一九五三年一月出生于湖南省。一九六八年初中毕业后赴湖南省汨罗县插队务农,一九七四年调该县文化馆工作,一九七八年就读湖南师范学院中文系。先后任《主人翁》杂志副主编(一九八二年)、湖南省作家协会专业作家(一九八五年)、《海南纪实》杂志主编(一九八八年)、《天涯》杂志社长(一九九五年)、海南省作协主席(一九九六年)、海南省文联主席(二〇〇〇年)等职。

主要文学作品有:短篇小说《西望茅草地》《飞过蓝天》《归去来》等,中篇小说《爸爸爸》《鞋癖》等,散文《世界》《完美的假定》等,长篇小说《马桥词典》《日夜书》《修改过程》,长篇随笔《暗示》《革命后记》,长篇散文《山南水北》《人生忽然》;另有译作《生命中不能承受之轻》《惶然录》。

曾获中华优秀出版物奖、鲁迅文学奖、萧红文学奖、华语文学传媒大奖年度小说家奖、美国纽曼华语文学奖等重要奖项,另获法兰西艺术与文学骑士勋章。作品有四十多种译本在境外出版。

在这一过程中，此我非我，彼他非他，一个人其实是隐秘的群体。没有葬礼的死亡不断发生，没有分娩的诞生经常进行，我们在不经意的匆匆忙碌之中，一再隐身于新的面孔，或者是很多人一再隐身于我的面孔。在这个意义上，作者署名几乎是一种越权冒领。一位难忘的故人，一次揪心的遭遇，一种知识的启迪，一个时代翻天覆地的巨变，作为复数同名者的一次次胎孕，其实都是这套选集的众多作者，至少是众多幕后的推手。

感谢上海文艺出版社，鼓励我出版这样一个选集，对三十多年来的写作有一个粗略盘点，让我有机会与众多自我别后相逢，也有机会说一声感谢：感谢一个隐身的大群体授权于我在这里出面署名。

欢迎读者批评。

韩少功

二〇一二年五月

日夜书

长篇小说

韩少功 著

上海文艺出版社

眼前这一套作品选集，署上了"韩少功"的名字，但相当一部分在我看来已颇为陌生。它们的长短得失令我迷惑。它们来自怎样的写作过程，都让我有几分茫然。一个问题是：如果它们确实是"韩少功"所写，那我现在就可能是另外一个人；如果我眼下坚持自己的姓名权，那么这一部分则似乎来自他人笔下。

我们很难给自己改名，就像不容易消除父母赐予的胎记。这样，我们与我们的过去异同交错，有时候像是一个人，有时候则如共享同一姓名的两个人、三个人、四个人……他们组成了同名者俱乐部，经常陷入喋喋不休的内部争议，互不认账，互不服输。

我们身上的细胞一直在迅速地分裂和更换。我们心中不断蜕变的自我也面目各异，在不同的生存处境中投入一次次精神上的转世和分身。时间的不可逆性，使我们不可能回到从前，复制以前那个不无陌生的同名者。时间的不可逆性，同样使我们不可能驻守现在，一定会在将来的某个时刻，再次变成某个不无陌生的同名者，并且对今天之我投来好奇的目光。

目录

1	一
6	二
13	三
21	四
29	五
36	六
42	七
48	八
55	九
63	十
68	十一
75	十二
83	十三
89	十四
95	十五
101	十六
111	十七
118	十八

125	十九
131	二十
134	二十一
144	二十二
151	二十三
159	二十四
165	二十五
170	二十六
180	二十七
187	二十八
195	二十九
202	三十
210	三十一
217	三十二
224	三十三
231	三十四
240	三十五
247	三十六
268	三十七
275	三十八
285	三十九
293	四十

一

　　那一天的情形至今历历在目。
　　我去学校查看升学名单的公告，在双杠上闲坐了一会儿，准备回家做煤球。我知道，政策规定不满十六岁的可继续升学，父母身边也可留下一名子女。我是两条都合得上，不必下乡去，被不少同学羡慕。
　　我似乎还能继续坐双杠，投射纸飞机，在上学的路上盘带小石块，去学校后门外的小店里吃米粉，把酸辣汤喝得一如既往。
　　下雨了，我一时回不去，便在大楼里闲逛。这时候的学校都成了旅客散尽的站台，一本本没有字迹的白页书。两年多的停课闹腾结束了，中学生几乎都被赶下乡去。到处空空荡荡，在走廊里咳嗽一声竟然回声四起，让人禁不住心里发毛。白墙上到处是标语残痕。窗户玻璃在武斗的石块和枪弹下所剩无几。楼梯上的一个大窟窿标记出这里曾为战场——不久前的那一次，一个冒失鬼发泄派争之恨，觉得自己没骂赢，打架也没占上风，居然把一颗手榴弹扔上教学楼。轰的一声，幸亏当时周围没人，没有伤到谁，只是把几块楼板炸塌了，吓出了楼板下一窝逃命的老鼠。
　　我推开二〇二房，我们不久前的兵团司令部，但这里已没有大旗横挑在窗外，没有我熟悉的钢板、蜡纸、油印机、糨糊桶，只剩下几张蒙尘的桌椅，完全是匪军溃逃后的一片狼藉。"为有牺牲多壮志，敢教日月换新天"——不知是谁临走前在墙上涂抹下这样的笔墨悲壮实在有点扎心。忍不住，我又习惯性地走进二〇

八、二〇九、三一一……门吱吱呀呀地开了，但这些地方更冷清，一张床是空的，另一张床是空的，另一张床还是空的。所有的床都只剩下裸露的床板，用木板结束一切。破窗纸在风中叭叭响。

我踢到了一个空纸盒，呼吸到伙伴们的气息，包括女孩子们身上似香若甜的气息——那些喜欢做鬼脸和发尖声的姐们。

亲爱的，我被你们抛弃了。

我有一种充满了风声和雨声的痛感，于是回家写诗，写下了一些夸张的句子，决定放弃自己的升学。

> 是那山谷的风，
> 吹动了我们的红旗；
> 是那狂暴的雨，
> 洗刷了我们的帐篷；
> ……

这是当时一首流行歌。一代少年对远方的想象，几乎就是由这一类作品逐渐打造成形。远方是什么？远方是手风琴声中飘忽的草原，是油画框中的垦荒者夕阳下归来，是篝火与帐篷的镜头特写，是雕塑般的人体侧影，是慢镜头摇出的地平线，是高位旋转拍摄下的两只白鸥滑飞，是沉默男人斜靠一台拖拉机时的忧伤远望……哦，忧伤，忧伤太好了，太揪心了，男人的忧伤简直就是青铜色的辉煌。

出校门时，雨还在下，仍在忧伤不已的我遇到了郭又军，比我高五届的红卫兵头。像我一样，他有一位工伤卧床的父亲，也有条件和理由不下乡，但他还是去了，这一次是回城来接收和指导另一批同学。他忙得满头大汗，受人之托代购了诸多新毛巾、新面盆、新球鞋，装了满满的两个大网袋，清一色的光鲜亮眼，给我一种出门旅游的气氛。一对新羽毛球拍也挂在他肩头。

"我跟你一起走。"我兴冲冲地报名参加旅游。

"你在那里有女朋友?"

"没有呵。"

"家里没出事吧?"

"没有。"

"那你发什么神经?"

"你们都走了,我一个人太没意思。"

"该升学就升学,别乱来。下乡不是下棋,户口一转就不能悔棋的。"他刮了一下我的鼻子,"再说办事还得讲究个组织纪律。"

军哥似乎不明白,此时的学校过于凄冷和陌生,让人没法待。还能上什么课呢?Long live Chairman Mao,英语课只会教这一类政治口号,笑死人了。代数课呢,不是算粮食就是算肥料,今天是牛粪一元方程,明天是猪粪二元方程,已经算得教室里粪味弥漫。学生们都惊呼人民公社的畜生也太能拉了。

"我已经向军代表报名了。"我兴奋地告诉他。

像后来有些人说的,我就这样自投罗网青春失足,揣上介绍信和户口材料,跟随军哥一同乘火车,再转汽车,再转马车,在路上昏昏沉沉颠了两天多,在哗哗急退的风景里心潮起伏。我们一路上同县招待所里的厨师吵过架,同另一伙知青下过馆子和看过电影,直到那个傍晚才抵达白马湖——山坡上的两排土平房。

我把一口木箱和一个被包砸在这里,未见欢迎仪式(据说几天前已经开过了),未见朋友们前来激情地跳跃和拥抱(他们早来十几天,已累得无精打采),更没见到旅游营地的手风琴和篝火,倒是被一钵冷饭堵得胸口冰凉。就吃这个?就这个?也许是淘米时太马虎,饭里夹了一些沙粒。更重要的是没有菜,只有盖在饭上的几颗咸黄豆,让我目瞪口呆,东张西望,无法下咽。

其实，更严重的情况还在后面。睡觉的土房里油灯如豆，地面高低不平，新泥墙还潮乎乎地透水。木栏窗只蒙了一块塑料布，被风鼓成了风帆状，叭啦叭啦的随风拍打。外面呼呼下大雪，瓦缝里就零星飘入小雪，以至帐顶上挡雪的一块油布不堪其重，半夜里被积雪压垮了，吓得同床的姚大甲跳起来大叫，把同室人都叫起来紧急救灾。"你踩着我的脚啦——"他冲着我怒吼。

还不到第二天挑湖泥，我就已经后悔不迭了，就明白农村户口是怎么回事了。我其实不是没有奋斗的准备，甚至在日记里写下过豪言壮语，写过"你应该""你必须""你一定""你将要"一类。但挑湖泥算什么？呱唧呱唧的臭泥水算怎么回事？牺牲，也得身姿矫健一点吧，也得顶天立地或排山倒海吧？一屁股坐在泥浆里算什么？

疑似半身不遂，我以为自己站直了，走稳了，但发现自己一只脚早已出了套鞋，赤裸裸踩在污泥里，踩出了脚趾间泥浆的冒溅，自己还浑然不觉。

身子一晃，像被谁重重地推了一把，我四脚朝天倒下去，引来远处几个本地农民的哈哈大笑。

"有牛肉吃啰！"

"有牛肉吃啰！"

……

我听不懂这些话。正像他们刚才冲着我说"三个脑袋"，叫喊"补锅的快来"，也不知是什么意思。

我差一点哭了起来。我是最后一个完成定额的，天黑时分还孤零零踉跄于工地，在冷冷的小雨中喊天不应，叫地不灵。幸好，路上出现了一个黑点，逐渐变成了一个人影，变成了一个更大的人影，变成了眼镜片和头发上全是泥点的军哥。"真是不该带你到这里来的。"他苦笑了一下，也累得鼻子不是鼻子，嘴不是嘴，五官没法互相配合。他从我肩上接过担子时,一线鼻涕晃悠悠落在我手上。

我已经没有力气说声谢谢。

多少年后,我差不多忘了白马湖。多少年后,我却从手机里突然接到军哥上吊自杀的消息,顿觉全身发软。当时我正乘坐长途大巴,脑子里轰的一声,怎么也不相信自己的耳朵。军哥,军哥,是叫郭又军吗?就是那一个喜欢下棋,喜欢篮球,跳起来可以摸板摸篮唱歌的郭长子?两年前的一次聚会上,你还同我下过棋,还说过笑话,还不由分说地给我加酒和灌酒,扭得我的胳膊很痛……你怎么就这样冷不防捅我胸口一刀,用一个电话把我的全身抽空?

不,他还是个有体温有动作的活人,还有中年大把大把的日子,不能这样急匆匆风化而去,在我的身边空去一块。我要掐自己,要揪自己,要抽自己的耳光,要用烟头烧自己的手,千万不能让自己失忆,就像不让自己在极度疲乏中入睡。对不起,如果我对他后来的事知之甚少,差不多相忘于江湖,但我至少应该记住多年前的那一线鼻涕,滑腻腻的,清亮亮的,曾飘落在我的手臂。

泪水夺眶而出。

我失声痛哭起来,全然不顾司机和乘客们的惊疑,直到后排座上有人拍拍我的肩,递来两张纸巾。

二

　　白马湖有一个公社的茶场，八千多亩旱土和荒坡，分别划给了四个工区。在缺少机械和柴油的情况下，肌肉就是生产力。两头不见天，即摸黑出工和摸黑收工是这里的常态。垦荒、耕耘、除草、下肥、收割、排渍、焚烧秸秆等，都得靠肌肉完成，都意味一个体力透支的过程。烈日当空之际，人们都是烧烤状态，半灼伤状态，汗流滚滚越过眉毛直刺眼球，很快就淹没黑溜溜的全身，在裤脚和衣角那些地方下泄如注，在风吹和日晒之下凝成一层层盐粉，给衣服绘出里三圈外三圈的各种白色图案。

　　驮一身沉甸甸的盐业产品回家，人们晃晃悠悠，找不到轻重，找不到高低，像一管挤空了的牙膏皮，肚皮紧贴背脊，喉管里早已伸出手来。男人们吃饭，那简直不是吃，差不多是搬掉脑袋，把饭菜往里面哗啦一倒，再把脑袋装上，互相看一下，什么也没发生。没把瓦钵筷子一股脑倒进肚子里去，就已经是很不错了。

　　人们的鼻子变得比狗还灵，空中的任何一丝气味，哪怕是数里路以外顺风飘来的一点猪油花子香，也能被嗖嗖嗖地准确捕获，激发大家的震惊和嫉妒。

　　当时粮食平均亩产也就三四百斤，如果乘以耕地面积，是个人都能知道，肯定不够吃，只能勒肚皮。男人每顿五两。女人每顿四两。如此定量显然只能填塞肚子的小小角落。如果没有家里的补贴，又找不到芋头、蚕豆一类杂粮，还有地木耳、马齿苋一类野菜，就只能盼望红薯出土的季节了。到那时，场部给每张饭票扣一两米，但红薯管饱。唯一的问题是红薯生气，于是肠胃运动多，季节性的屁声四起，不时搅乱大家的表情。一场严肃的批判会上，应该如期出现的愤怒或深刻，常被一些弧线音或断续音瓦解成哄堂大笑，被偷偷摸摸的宣叙调或急急风搅得离题万里。有经验的主持人从此明白，在这个季节里不宜聚众（比如开会），不宜激动（比如喊口号），阶级斗争还是少搞点好。这个季节就应该成为一个政治假期。

这就不难理解，人们在工地上表情轻松，经常谈吃，最愿意谈吃。吃的对象、方法、场景、过程、体会、快乐一次次进入众人七嘴八舌的记忆总复习。不，应该说在刚吃过饭的一段，比如，上午十点以前，肠胃还有所着落和依附，人们还是可以谈一些高雅话题，照顾一下上层建筑，比如，知青们背记全世界的国名，背记圆周率或平方表，背记一些电影里的经典台词……来自《列宁在十月》《南征北战》《卖花姑娘》《广阔的地平线》什么的。但到了腹中渐空之时，"看在党国的分上"一类不好笑了，"让列宁同志先走"一类也不好玩了，肠胃开始主宰思维。从北京汤包到陕西泡馍，从广州河粉到北京烤鸭……知青们谈得最多的是以往的味觉经验，包括红卫兵大串联时见识过的各地美食。关于"什么时候最幸福"的心得共识，肯定不是什么大雪天躲在被窝里，不是什么内急时抢到了厕位，而是饿得眼珠子发绿时一口咬个猪肘子。

操，吃了那一口，死了也值呵。

这一天，我没留意时间已经越过危险的上午十点，仍在吹嘘自己的腹肌。但大甲把我的肚皮仔细审查，决不容许我用四个肉块冒充八个肉块，不容许肥肉冒充肌肉。

"你也肯定没有一百二。"他说。

"怎么没有？我前几天还称过。"

"称的时候,你肯定喝了水。"

"还憋了三天屎尿吧?"

旁人开始起哄。赌!赌!赌!一定要赌!这使我奇怪,体重这事有什么好赌的?赢了如何?没赢又如何?后来,直到大甲高高兴兴在地上拍出几张饭票,我才恍然大悟:阴谋原来在这里。这就是说,他在设圈套要掏走我的饭票。

赌就赌。只是要不要刮去鞋底的泥块,要不要脱下棉衣,要不要撒完尿再上秤……我们就测量规则争议了好久。争到最无聊时,大甲摘了我的帽子,居然说我头发太多,蓄意欺骗党和人民,因此必须减除毛重半斤。看看,半斤毛重,心思够狠吧?总之,在他们花样百出恶意昭昭的联手陷害下,我从秤钩上跳下来,听到他们一阵欢呼,眼睁睁地看着八张饭票被大甲一手夺走,然后给帮凶们一一分发。

对这种下流无耻,我不想控诉。我只是第二天再下战表:"公用鳖,我们比一比认繁体字。赌十张饭票,一张票三个字。"

"那不行。你昨晚一直在翻字典,我看见了。"

"比投篮?标准距离,一人十个球。"

"不行,要比就比俯卧撑。"

"比过的不能再比。"

"你想反攻倒算?好,老子同情你,给你这个机会。"他左右张望,指了指身边一堆白花花的碎片,是大家开荒时刨出来的。"这样吧,你当大家的面吃一块死人骨头,就算你有狠。"

大家愣了一下。

亏他想得出,那些尸骨阴气袭人,污浊发霉,还滑腻腻的,散发出一种咸鱼味,但我嘴上还得硬。"十张饭票太少。"

"说,敢吃还是不敢吃?"

"我脑膜炎?你要我吃我就吃?"

8

"二十张！"

"老子今天没兴趣……"

"二十五！"

其他人觉得有戏可看了，七嘴八舌，手舞足蹈，大加评点或挑唆，使大甲更为得意地把赌注一再加码。三十，三十五，四十，四十五，最后涨停在五十——如此惊心动魄的豪赌已让我呼吸粗重。

五十是什么意思？五十就是五十钵白花花米饭，意味着你狼吞虎咽时的晕眩，你大快朵颐时的陶醉，还有抚摸肚皮时的脑子一片空白。想想吧，至少在一段日子里，你活得出人头地，志得意满，活脱脱就是皇上，不必再对食堂里的曹麻子谄笑，让他的铁勺给你多抖落几颗黄豆；也不必捶打邻居的房门，对屋内的猪油味贼心不死抓肝挠肺；更不必为了争抢一个生萝卜，与这个或那个斗出一身老汗。

生死抉择，成王败寇，翻身农奴得解放，不就在此一拼吗？我抹了一把脸，大声说："有什么了不起？饭票拿来！"

他们好像全都对我肃然起敬，眼睁睁地看着我清点饭票，确认赌资无误，然后旋旋腰，压压腿，捏一捏喉咙，咧一咧牙口，来几口深呼吸，如同出场前的运动员。这还不够，我得闭上眼，想一想舍身炸碉堡的英雄，想一想舍身堵枪眼的英雄，过一遍电影里诸多动人形象，在精神上也做好最充分准备。最后，我用衣角擦拭一块片骨上的霉污泥迹，两眼紧闭，大喊了一声：

"毛主席万岁——"

我咔哧咔哧地大嚼猛咬，没觉出就义的滋味，也不敢去想就义是什么味，但感到胃里突然一阵恶涌，眼看就要涌上口腔，像高压水枪一样把嘴里的渣渣喷射出去，这才捂住嘴，拔腿狂奔。据他们说，我窜到附近的小溪一头扑下去，在那里扑打着呕吐和

9

洗漱。

吐了！吐了！不算数！……身后有些人还在恶意叫喊。

但饭票已被我逃窜前一把抓走，至于我吐没吐，吐多少，也无法确证和定案。于是，从这一刻起，皇上的幸福令人陶醉，攥在手中的一沓饭票简直是镇国玉玺。晚上，队长买猪娃回来了。队长姓梁，绰号"秀佬"和"秀鸭婆"，不知有什么来历。他听说此事，觉得问题很严重，立即把全队男女召集在地坪，没顾得点上一盏油灯，就在黑糊糊的一圈人影里开骂："连先人都不放过呵？什么人呢，就不怕遭雷打？也不怕舌头上生疔？就不怕烂肠子烂肚？就不怕你婆娘以后生个娃仔没屁眼？……"

黑暗中的责骂声在继续："陶小布，你看你，长得十七八九二十一二三四岁了，还像只三脚猫，不上正板！"

这也太夸张了吧？一口气滑出七八个数，铆足了劲给我拔苗助长，怎么不一口气把我拔成一个老前辈？

"你锄死了花生苗，我还没说你。你一锄头下去，就少了半斤花生，明白不？你是个枯脑心，打牛——是你那样打的？你爹妈是那样打牛的？你爹妈是那样教你打牛的？你吃饭，它吃草。你睡床，它睡地。你跟它有仇呵？"

这话不但离题，还有点费解——他似乎不知道城里没有牛。

"你明天就给我进山去，多挑两柄竹！"

其他农民倒是兴高采烈，会后一再点头哈腰笑脸逢迎，争相找我借饭票，又忍不住好奇地打听：那骨头到底是什么味？是不是有点酸？是不是有点咸或者涩？年纪稍长的几个，问过以后还心重，还嘟囔，看我的目光不无异样。我喝过水的杯子，他们绝不再沾。我用过的脸盆，他们绝不再碰。到了深夜，同房的一个老头从噩梦中惊醒，大喊大叫，满头大汗，找到梁队长强烈要求换房，说他情愿睡牛栏，也不同啃尸鬼同住一窝。只有食堂里的曹麻子好像很欣赏我："小子，你胆大，你有种。以后吃烂肉算你的。"

他没解释"烂肉"是什么。

作为一种惩罚，我和大甲都被梁队长勒令去山里买竹。这是一种重活，得挑担子行走七十多里山路，不死也要脱层皮的。由于没拿到竹木计划砍伐指标，虽是给集体办事，但也算违规违法，只能贼一样昼伏夜行，躲过沿途检查站那些关卡。我们这次去又遇上大雨，还没赶到产竹地，在路边一位木匠家避雨，便吃光了随身所带的几斤米，不知道接下来两顿饭着落在哪里。

木匠是做棺材的。工房里摆了几口刚上过漆的胖大家伙，有木料味和油漆味，黑幽幽的阴气袭人。有时棺材板会无端发声，大概是板材干燥后变形所致，足令我们心惊肉跳。大甲喜欢这种阴森的布景和声效，一定要在这里睡觉，一定要在这里掌灯打牌。

"喂，你后面的棺材里怎么伸出了一只手？"他伴作惊讶，想报复我。

一个绰号"光洋"欠了我的饭票，立刻勤王护主，展开反击。"你自己后面有人，一个女人！"

"哈，是你的相好吧？想偷看我的牌？"

"真的，你看看，看看嘛。一张大白脸，抹了口红，眼角流血，舌头尺把长，牙齿绿幽幽，哎呀呀我怕……"

"她没戴金耳环金项链？哈哈哈……"

我用一根指头封嘴，让他们别闹，注意门外的动静。

我们屏住呼吸，确实听到了什么。但竖起耳朵再往深里听，能听到窗外下雨，听到树梢摇摆，溪流声膨胀，主人在隔壁的咳嗽有一下没一下……直到一张木门突然咣当震响，打了我们一个措手不及，这才吓出屋内一片惊叫。

原来是一阵风吹开了门。

灯火更加飘忽,我们虚虚的不再敢回看身后,更不敢探身门外,出门撒尿也相约同行,你盯上我,我看住你,你要走在后面,我也不愿走前面,撒尿时更无兴趣看谁射得更远或射得更高。刹那间,我赤裸的脚心一阵发麻,两腿不由自主地弹向空中——事后才发现时天地骤亮,才明白电光与惊雷同时抵达的恐怖意义:

雷!

我们被击中了!

一片漆黑中,我似乎还活着。重新点亮油灯后,我们检查自己的脑袋和手脚,但又是一声雷,又是两三次轰,更多的雷击接踵而至,一次次把窗外的夜晚照亮如昼。大水狂泼,地动山摇,整个世界黑白相续暴放暴收忽有忽无,似乎正万劫不复地向某个方向倾斜和滑落。不知是轰到哪一次了,一个火球滋滋滋地从大门外跳入,吓得我们叫的叫,倒的倒,无不灵魂出窍。待回过神来,才发现火球没有了,但门边一堆碎瓦散泥,是从屋顶垮落下来的。空气中有刺鼻的焦煳气味。大概是火球经过之处,有些地块久久地发烫。一个扫帚变成了灰烬,只剩下秃秃的一个把。一个油漆桶竟成了扭曲的废铁皮,收缩成一个瓢。

我们刚才若不是窜得快,躲过了这一"火轮车"(木匠后来的说法),眼下也会成为几团黑糊糊的烤肉吧?

好容易等到雷雨过去,我们整顿表情,陷入了激烈的互相指责。我一口咬定是他们刚才胡言乱语,对棺材不敬,触怒了阎王爷,才遭受如此警告。大甲当然更愿意相信是我发了死人财,不仁不义的饭票被雷公爷紧紧盯上了,害得大家受连累,一把扑克也玩不好。最后,他们一齐起哄,把我当成扫帚星、祸根子、危险万分的轰炸目标,绝不容许我同他们挤睡在一起。我夹了捆稻草,在愤怒的指责声中去厨房那边另打地铺。

三

　　与大甲同居一室，还同挤一床，实在不是太爽的事。他从无叠被子的习惯，常常不洗脚就钻被窝，弄得床上泥沙哗啦啦地丰富。这都不说了。早上被队长的哨音惊醒，忙乱之下，人家的农具总是被他顺手牵羊，帽子、裤子、衬衣也说不定到了他的身上。用蚊帐擦脸，在裤裆里掏袜子，此类举动也在所难免。好在那时候大家都没什么像样的行头，穿乱了也就乱了，抓错了也就错了，不都是几件破东西嘛，共产主义就是不分你我的乱来。

　　我穿上一件红背心，发现衣角有"公用"二字。其实不是"公用"，是"大甲"的艺术体和圆章形："大"字一圆就像"公"，"甲"字一圆就像"用"。这种醒目的联署双章，几乎盖满他的一切用品，显然是一位老母的良苦用心所在——怕他丢三落四，也怕他错取了人家的衣物，所以才处处下针，标注物主，明确物权。

　　这位老母肯定没想到，再多的盖章确权在白马湖依然无效，字体艺术纯属弄巧成拙，倒使物权保护成了物权开放：大家一致认定那两个字就是"公用"，只能这样认，必须这么认，怎么看也应该这样认。这样，大家从此都用得心安理得。

　　大甲看见我身上的"公用"二字颇为眼熟，但看看自己身上不知来处的衣物，也没法吭声。

　　他只是讨厌别人叫他"公用哥"或"公用佬"或"公用鳖"，似乎"公用"只能与公共厕所一类相联系。用他的话来说，他是艺术家,即便眼下公子落难,将来拨云见日,总有出人头地之日,见到总统都可以眼睛向上翻的。你不信吗?你怎么不承认事实呢?你脑子里进了臭大粪吧?他眼下就可以用小提琴拉出柴可夫斯基,可以拉扯脖子跳出维吾尔族舞蹈,还可以憋住嗓门在浴室里唱出鼻窦共鸣,放在哪个艺术院团,那都是前途无量。何况他吃奶时就开始创作,夹尿布时就有灵感,油画、水彩画、钢笔画、雕塑等等都是无师自通和出手不凡,就算用脚丫子来画,也比那些学院派老家伙不知强多少。这样的大人物,怎么能被你们"公用"?

每个土砖房都住五六个人,每间房里都是农民与知青混搭,出于场领导实施"再教育"的心机。农民们不相信他的天才,从他的蓬头垢面,也看不出贵人面相,于是他的说服工作变得十分艰难。他得启发,得比画,得举例,得找证人,得赌咒发誓,得一次次耐心地从头再来,从而让那些农民明白"下巴琴(小提琴)"是怎么回事,"天才"是什么意思。更重要的,他得让大家明白,为什么艺术比猪仔和红薯更重要、更伟大、更珍贵,为什么画册上那些老头子,那些拉(斐尔)家的、达(芬奇)家的、米(开朗基罗)家的,比县革委会的王主任要有用得多。

实在说不通时,他就不得不辅以拳头:有个农家后生冲着他做鬼脸,一直坚信王主任能批来化肥和救灾款,相比之下你那些画算个屁呵。这个"屁"字让大甲一时无语,上前去一个大背包,把对方狠狠摔在地上,哎哟哎哟直叫唤。

"真是没文化。"大甲抹一抹头发,大有黄钟毁弃的悲愤,眼睁睁地看着对方找干部告状去了。

"你不吹牛会病吗?"

"你不吹牛会死吗?"

"你自己不好好干活,还妨碍人家,存心破坏呵?"

"姚大甲,你还敢打人,街痞子,暴脑壳,日本鬼子、地主恶霸呵？"

……

这就是吴场长后来常有的责骂。场长有次一气之下还扇来耳光，没料到大甲居然还手，闹出过一场恶拼。

场领导后来议了几次，最后决定单独划一块地给大甲，算是画地为牢，隔离防疫，把他当成了大肠杆菌。

出工的队伍里少了他，真是少了油盐，日子过得平淡乏味。工地上没人唱歌，没人跳舞，没人摔跤，没人闹哄哄地赌饭票，于是锄头和粪桶似乎都沉重了不少，日影也移动得特别慢。"那个呆伙计呢？"有人忍不住脱口而出，于是大家同生一丝遗憾，四处张望，放目寻找，直到投注对面山上一粒小小的人影。嘿，那肯定是他。那单干户也太舒服了吧？他要改造也得在群众监督下改造呵，怎么能一个人享清福？就是，我们要声讨他，他也听不到。我们要揭发他，他耳朵不在这里呵。

大家谴责干部们的荒唐，对那家伙的特殊待遇深为不满。快看，他又走了。快看，他又坐下了。快看，他又睡下了，今天一上午就歇过好几回……那家伙大概也在张望这一边，不时送来几嗓子快意的长啸，声音飘飘忽忽地滑过山谷，落到了这一方。大家眼睁睁地看着他独来独往，自由自在，享受一份特许的轻松。至于他的任务，据说大部分交给了附近一伙农家娃，让他们热火朝天地代工。他的回报不过是在纸上涂鸦，给孩子们画画坦克、飞机、老虎、古代将军什么的，给孩子的妈妈们画画牡丹、荷莲、嫦娥、观音菩萨什么的。他设计的刺绣图案，还赢得了大嫂们满心崇拜，换来了糯米粑。

他很快画名远播，连附近一些村干部也来茶场交涉，以换工的方式，换他去村里制作墙上的领袖画像和语录牌，把他奉为宣传大师，完成政治任务的救星。到后来，县里文化馆还下乡求贤，让他去参与什么县城的庆典筹备，一去就两个月。关于剧团女演员们争相给他洗鞋袜的事，关于食堂里的肉汤任他大碗喝的事，都是他这时候吹上的。"我的衣服哪够她们洗呵？向毛主席保证，她们都抢得争风吃醋啦！"

肯定是发现他这一段脸上见肉了，额头上见油了，吴场长咬牙切齿地说："他能把蒋介石的毛鸟鸟割下来？"

旁人吓了一跳，"恐怕不行吧？"

"就是嘛，一个盗窃犯，等到第三次世界大战，先要把他关起来！"

旁人又吓了一跳，"他偷东西了？"

场长不回答。

"是不是偷……人？"

场长走了，扔回来一句："迟偷早偷，都是偷。"

我们没等到第三次世界大战，没法印证场长的高瞻远瞩。我们也没等到共产主义，同样没法印证场长有关吃饭不收饭票、餐餐有酱油、家家有套鞋的美好预言。那种"人人当地主"的好日子，总是停留在场长的嘴里，好像并不那么容易到来。我们只是等来了日复一日的困乏不已。不过，疲惫岁月里仍有无穷幻想。坊间的传说是：有一位知青从不用左手干活，哪怕这位独臂人的工分少了一大截。他私下的解释是：如果他的左手伤了，指头不敏感了，国际小提琴大奖就拿不到了呵。这种疯话足以让人吓一跳。另一则传说是，邻县一位知青听到中国第一颗人造卫星上天，不去参加庆祝，反而跑到屋后的竹林里大哭一场。他后来的解释也神经兮兮：人家抢在他前面把这件事做了呵，占了先机，夺了头功，他的科研计划就全打乱啦。

大甲只是个初中留级生，不至于牛成这样。他的科学知识够得上冲天炮，却够不上人造卫星。但这并不妨碍他也是美梦翩翩，曾谱写一部《伟大的姚大甲畅想曲》，咣咣咣咣，嘣嘣嘣嘣，总谱配器十分复杂，铿锵铜管和清脆竖琴一起上阵，又有快板又有慢板，又有三拍又有四拍，又有独唱又有齐唱，把自己的未来百般讴歌了一番。

当时他已离开茶场，去了附近一个生产大队——那里的书记姓胡，是个软心肠，见这一个城里娃老是被隔离劳动，觉得他既没偷猪，也没偷牛，凭什么把他当大肠杆菌严防死守？既然对上了眼，这位老干部二话不说，要他把行李打成包，扛上肩，跟着走，大有庇护政治难民的正义感。胡爹资历老，茶场也拿他没办法。

这样，大甲从此成了胡家一口子，不明不白的家庭成员，干什么都有老前辈罩着。后来，他玩到哪里就吃住在哪里，又成了梁家一口子，华家一口子，被更多的大叔大伯罩着。农忙时节，我们忙得两头不见天。他倒好，鞋袜齐整，歪戴一顶纸帽，在田野里拉一路小提琴来慰问我们，如同英国王子亲临印度难民营。"呵，在那西去列车的窗口，在那九曲黄河的上游……"他的朗诵分明是要气死我们。

我们躺在小溪边，遥望血色夕阳，顺着他的提琴声梦入未来。我们争相立下大誓，将来一定要狠狠地一口气吃上十个肉馅包子，要狠狠地一口气连看五场电影，要在最繁华的中山路或五一路狠狠走上八个来回，把临街每个橱窗都看个遍……未来的好事太多，我们用各种幻想来给青春镇痛。

多少年后，我再次经过这条小溪，踏上当年的小木桥，听河水仍在哗哗流淌，看纷乱的茅草封掩路面，不能不想起当年。大甲早已回城，进过剧团，办过画展，打过群架，开过小工厂，差一点还投资煤矿，又移居国外多年……但到底干了些什么，不是特别的清楚。凭一点道听途说，我知道他最终还是在艺术圈出没，在北京七九八或宋庄这些地方混过，折腾什么老门系列、拓片系列、幼婴系列，以及不久前那个又有窗、又有门、还安装了复杂电光装置的青花大瓷罐。据他说，这是他准备一举收拾威尼斯国际双年展的大制作。

看来世界已经大变，我在日新月异的艺术前已是一个老土，在青花大瓷罐面前只有可疑的兴奋，差不多就是装模作样。我咳了七八声，把下巴毫无意义地揉了又揉，说眼下的艺术越来越像技术，画家都成了工程师了。

"说对了，这正是我追求的方向。"他指定我的鼻子。

"你的意思是，艺术就应当成为技术？"

"你真是个聪明人。兄弟，你要彻底忘掉画笔，忘掉画布和画架，多想想切割机和龙门吊，就可以到美术学院当教授了。"

他这一说，我就明白了，当然也更不明白了。

如果我没有记错的话，他不就是三岁扎小辫、五岁穿花裤、九岁还吃奶的那个留级生吗？当年的邻居大婶奶汁高产，憋得自己难受，常招手叫他过去，让他扑入温暖怀抱咕嘟咕嘟吮上一番。想想看，一个家伙有了漫长的哺乳史，还能走出自己的童年？他后来走南闯北东奔西窜，但他的喉结、胡须、皱纹、宽肩膀，差不多是一个孩子的伪装，是他混迹于成人堆里的生理夸张。只有从这一点出发，你大概才能理解他为何追捕盗贼时一马当先，翻山越岭，穷追不舍，直到自己被毒蜂蜇得大叫——其实他不是珍爱集体林木，只是觉得抓贼好玩。你也才可能理解他为何一转眼就去偷窃队上的橘子，为了对付守园人，又是潜伏，又是迂回，又是佯攻，又是学猫叫，直到自己失足在粪坑里——其实他对橘子也并无兴趣，只是觉得做贼好玩。

对于他来说，人生就是玩，一切都是玩，如此而已。

对于他来说，抓贼与做贼都可能嗨，也都可能不嗨。只有嗨才是硬道理。艺术不过是可以偶尔嗨一下的把戏。拜托，千万不要同他谈什么思想内涵、艺术风格、技法革新以及各种主义，更不要听他有口无心地胡扯这个斯基或那个列夫。他要扯，让他扯吧。他做的那个大瓷罐，可以装酸菜也可以装饲料，还可以当尿罐。耗时一年的所谓大制作，在我看来不过是他咕嘟咕嘟喝足奶水以后，再次趴在地上，撅起屁股，捣腾一堆河沙。这家伙肯定把今天的家庭作业给忘记了，把回家吃饭给忘了。

他有家吗？我曾要来他的电子邮箱，但那信箱如同黑洞，从未出现过回复；也曾要来他的手机号，但每次打过去都遭遇对方关机。直到眼下，我只知道他大概还活在人世，偶尔在我面前冷不防地冒出来，挠挠头皮，眨眨眼睛，找点剩饭充塞自己的肚皮，然后东扯西拉一通，然后落下他的手机，揣走我的电视遥控器，再次消失在永无定准的旅途。最近的一段吹嘘是有关他如何解救小安子，一位我们共同认识的知青。他说他在美国开上越野车，挎上了美式M一六，带上一位黑哥们，去毒贩子们那里嘎嘎嘎（他的冲锋枪总是在叙述中发出唐老鸭的叫声）——他朝天一个点射，那些来自墨西哥的家伙便统统抱着头，面向墙壁，矮下了。

"你不是在拍电影？"我说。
"你不信？那你去问小安子，你现在就打电话，就打！"
"她怎么会在那里？"
"刚到美国，乱走乱跑，不听我的教导呵。"
"她不是在新西兰吗？"
"新西兰的黑社会哪够她玩？"

一个警匪大片就这样丢下了，一段闲扯人们不必全信也不必深究。他就是这样的一缕风，一只卡通化的公共传说，一个多动和快速的流浪汉，一个没法问候也没法告别的隐形人。他不仅没有恒定住址，从本质上说，大概还难以承担任何成年人恒定的身份：丈夫、父亲、同事、公民、教师、纳税者、合同甲方、意见领袖、法人代表、股权所有人等。也许，这样的伪成年人，不过是把每一个城市都当积木，把每一节列车都当浪桥，把每一个窗口都当哈哈镜，要把这一辈子做成乐园。

在将来的某一天，他可能勋业辉煌名震全球，像他自己吹嘘的那样；也可能一贫如洗流落街头，像他儿子说的那样。但不管落入哪种境地，他都可能挂一支破吉他，到处弹奏自己的伟大畅想。

公用鳖！

公用鳖！

给我画个菩萨吧。

我在想象中街头孩子们的叫喊中猛醒过来。

四

我们一起喝酒。对面的这个喝酒人牙齿稀疏,两三根寿眉飘然长挑,满脸皱纹如刀砍斧剁,不时咳出大段的静默,需要我细辨,才能从皱纹中慢慢打捞出往日的容颜,然后犹犹豫豫地"呵"上一声,确认自己没有认错:对了,他应该是吴天保。

这位老场长完全忘了当年对大甲的厌恶,似乎自己早就慧眼识珠、伯乐识马。你想呵,那个骚牯子哪是个种田的料?去打禾,洒得稻谷满田都是。去栽菜,踩得秧子七歪八倒——身上的每根骨头都长歪了吗,对不上榫头吗?你再想想,人家借了他的钱,他不记得。他借了人家的钱,也不记得的。更重要的是歹毒,你晓得的,好多人都看见的,有一次,他用一个木桶,提来一颗人头,一脸的大胡子,说是无名野尸的,然后借来一口锅,热气腾腾地煮出一锅肉汤,要制作什么标本。娘哎娘,那是人干的事吗?又剔肉,又刮骨,又拔须,掏了鼻孔还挑耳毛,忙得满头大汗,如同曹麻子杀猪办年饭,戳心不戳心?害人不害人?

吴天保时隔多年后差一点再呕一口。但他的意思不是谴责,恰恰相反,眼下的语气里满是赞叹,似乎非凡之人必有非凡之举,要成大事不就得这样疯疯癫癫吗?不就得这样狼心狗肺吗?

他临别时交代,等秋收以后,他要攒一筐鸡蛋,托我去带给大甲。

好的,好的。我含糊其辞。

"你把志佗也带去,他喜欢画菩萨。"他是指自己的孙子。

好的。

其实老吴应该记得，当年大甲和小安子剔刮出的那个骷髅，那几个四处探照的黑窟窿，几乎气得他把桌子拍垮。那也叫艺术？艺你娘的尸呵。他当时就是这样开骂的。怎么不天天睡到土里去艺术？怎么不把自己的脑袋割下来艺术？怎么不把你们爹妈的肠子肚子挂在墙上去艺什么鬼术？把一个好端端的社会主义茶场搞得屎臭尿臊，牛鬼蛇神闹场，是国民党派来的吧？

他当即在职工大会上宣布：扣掉大甲一个月饭票，一心要剐他十几斤肉，看他还抽什么风。

大甲气呼呼地同他交涉，怎么也谈不通。吴场长读书少，只是在扫盲班识了几个字，别说素描，据说以前接县里来的电话，还不知该如何对付话筒。"我听不清。我这就去穿草鞋，就到你那里来……"他居然不知道，县城远在一百多里之外，那个听起来很近的声音，并不在隔壁房间，也不在对门山上，一双草鞋根本帮不上忙。他甚至没见过火车，好容易在县城看到了，回来后大表惊讶，说那家伙一身黑皮，还冒烟，跑得比贼还快，大得吓死人，一天要吃多少草料呵！

不难理解，这样一块从地里刨出来的老树根，如何能与姚大师达成艺术共识？如何容得下街痞子的胡闹？但他没料到，大甲一旦饥寒交迫，就只能闹革命，见场长去打饭，他突然插上前，把食堂窗口的一钵饭菜抢了就跑。

"嘿——你土匪呵？"场长总算明白了自己的两手空空，气得额上直暴青筋。"你你你鬼爪子往哪里抓？"

大甲已跳到远处，"你要饿死我，那你也别吃。"

"崽呵崽，崽呵崽，老子要一拳砸得你脑壳从屁眼里出来！"

"老鳖，你来呵。你要是打死我，我妈还有两个儿子，没关系。我要是打死你，你婆娘就是寡妇，你那三个儿子就要随母下堂，不能再姓你的吴！"

"你等着，明天就把你捆到公安局去！"

"反正我没饭吃，吃牢饭去更好。"

场长愣了，肯定没见过这种煮不烂嚼不碎吞不下的活爷。后来，不知是威胁起了作用，还是抢饭防不胜防——那家伙不但抢场长的饭，后来还抢客人的饭，让茶场请来的木匠、篾匠、泥瓦匠频遭袭击，待客的鱼肉一次次被他无耻地分享。场长骂归骂，但也只得睁一只眼，闭一只眼，不得不听会计发还饭票，罚扣一事不了了之。

县文化馆来函借调大甲，场长不服气。"不就画个鬼脑壳吗？有什么了不起？无产阶级铁打的江山，他往哪里跑？跑到县里去？他跑到蒋介石胯裆里，老子也要把揪出来，蘸点酱油下酒！"

不过，他还是在借调函上速批"同意报销"，一刻也不耽误，倒有点巴不得和等不及的意思。

"同意报销"就是"同意"，算是他的万能圣旨。不知是谁教会了他这四个字，于是他从那以后把一切问题都处理成财务。在他乱糟糟的办公桌上，入党申请上是"同意报销"，举报材料上是"同意报销"，防虫防病紧急通知上是"同意报销"，各种上级红头文件上还是财务审批。梁队长说过，他不久前递上结婚报告，对方打了个哈欠，抽燃一支对方递上的喜烟，捉笔如捉泥鳅，搓搓笔杆好一阵，在空中哆嗦好一阵，描过来又画过去，最后才落下欣欣然四字箴言，其中的"销"照例错成了"肖"。

秀鸭婆不肯走。

"还有事？"

"场长……"

"怎么啦？"

"我买猪娃，你是这几个字。我买鱼苗，你也是这几个字。我买几个尿桶箍，你还是这几个字。"

"晓得你是要搞男女关系。"

"这是一辈子的大事，你是不是要写得客气一点？"

场长看了对方一眼，再看看批示，"怎么不客气？就你啰嗦，不都一样吗？你说说，不这样批又如何批？"

新郎总觉得喜事与猪娃鱼苗还是有所区别。"我又没找你要钱要粮，这报销不报销的，好浊气。"

"报销就是好事，报销就是领导支持，报销就是生产发展，工作顺利，形势大好。你懂不懂？你还要我批一句毛主席万岁吗？想偏你的脑壳。你去告诉国矮子，是我批的！"

他是指管理民政事务的一位公社干部，似乎他拍了桌子，就有了文件防伪的保证，就有了无可争议的权威性，国矮子没理由不开结婚证。

他后来不明白为什么大家说起这事都笑。为了回击不怀好意的笑声，他狠狠抽来一张椅子，端端地坐在门前，面对人来人往的地坪，大张旗鼓地看报纸，看文件，翻出哗哗声响，用一支笔在这里画两条杠，在那里画个圈，张扬自己的文明水准。看到兴奋处，他大声说："写得好！""写得真是好！""县上的同志就是水平高，十个国矮子捆在一起也比不上。"诸如此类。他指头蘸上口水翻纸页，翻出了好多爆炸性知识，比如，苏联人吃黑面包，邋遢死了，可怜！美国派来了什么无人侦察机，恐怕是人都死绝了，要断后了，飞机都没人开。天安门广场大得可以让全县人民去晒谷，工程伟大得真是了不起呵了不起。共产主义呢，日子好得没法过，成天不用做事，吃出了一身肥膘就去轧床，舒服得只能死……这些都是他后来常说的。

他还经常教导干部们："你们就是不学习，如何会有进步？"

当然，也有说乱的时候。"革命就是要苦干加 23 干"，这话怎么也让人听不明白。其实,"23"是"巧",一到他的眼里就掰成两半,还是阿拉伯数字。"海内存知己,天涯五比零",这后半句得让人琢磨片刻,才可明白那不过是唐诗里的"天涯若比邻",被他一不小心改成了球赛报分。有一天,晚上开大会,他在台上说得激动了,屁股下装了弹簧一般,身子一次次往上跳跃。"同志们,伟大领袖毛主席教导我们:世上无难事,只要肯爬山……"

不知谁提醒:"不是爬山,是登攀。"

"登攀?什么意思?"

"登攀……就是往上爬。"

"爬什么爬?"

"爬山呵。"

"还不是,"场长横了大家一眼:"还不是爬山?我哪里说错了?你们说说,我哪里说错了?"

提醒者还真是理亏。

场长再次听到了不怀好意的笑声。也许是很在意这一点,他走出会场时怒气冲冲,差点摔了一跤,发现是一只木桶绊脚,忍不住把木桶猛踢一脚,"不是个桶肏出来的!"

有趣的是,他说这一类下流话却从不出错,总是信手拈来,行云流水,不断创新,花样百出,让大家的耳朵忙不过来。

——夹卵(算了)!

——搞卵呵(搞什么)?

——不要算卵毛细(不要太小气)。

——你咬我的卵(你痴心妄想)。

——搓卵去了(你干什么去了)?

——我看你就是个尿胀卵(我看你就是个冒牌货)。

——你屙尿还没干胯(毛头小子你知道什么)?

——你们把屁眼夹紧点(你们把精神提起来)。

——大卵子一甩，天下太平呵（形势会越来越好呵）。

……

女知青极为反感这种口白，一听就皱眉，就脸红，如果见身边人哄笑，更有当众受辱之感，很可能啐一句"臭痞子"。我毫不怀疑，从某种意义上说，她们的青春理想就是由此破灭的，人生信仰就是从这里开始动摇的，后来一个个不择手段逃离乡村，与这种听觉伤害一定大有关系。

这些共产主义的花骨朵，以为革命充满了诗歌、礼花、小帆船以及飞奔的骏马。一个革命者如果不是身穿红军制服的亨利·方达或克拉克·盖博，不是布尔什维克的白马王子，至少也得雄姿英发，有刚正不阿的劲头，不可能是吴天保这样小眼珠、小尖嘴、小矮个，还满嘴污言秽语。这种烂人放到任何一部电影里，充其量也只能是一个匪军甲或流氓乙。一代新人能在他这里接受什么"再教育"？

我当然也是场长眼里的沙子。我痛恨他下达任务时心狠手辣，简直把我们当牲口，对雨和雪视而不见，天塌了也不忘吹出工哨。我还恨得牙痒痒地想到他上工时不见人，说不定是躲在哪里睡觉，到我们刚要休息时，却及时出现在工地，吓得队长不敢下令歇工。他早不来，晚不来，打蛇总是打在七寸，操一根两米长的竹竿作为随身量具，更相当于行凶暗器，在工地上这里量一量，那里丈一丈。两米竿在手上翻一跟头，配上他故意疾行的步伐，实际上一竿就是一竿半或两竿的距离——这样量出来的土方，谁担得完？这样丈出来的荒草，谁锄得完？

不怕阎王要你命，就怕猴子一根棍。连本地农友都这样说。

"猴子"是他的绰号。

不过，我已处于青春期，不能不好奇他的裤裆话，觉得那些话虽不雅，但很好笑，特敞亮，是典型的就近取喻，有通俗、形象、强烈、便于传播的好处，一炸开就爆破力十足。对不起，我大概是被他教坏了，也大体上赞同他对厕所的反感，特别是拒绝各种臭烘烘的茅坑。哪怕是离茅坑不远，他也更愿意去树丛后解裤头，搂屁股，差一点就要加上猫仔刨土和狗仔跷脚的动作。

这样做的好处，照他的说法，一是不闻到臭，二是省了运肥上地的手脚，三是可以看看风景，说不定还能顺手扯一把草药呢。这些理由真让我无话可说。

美丽的大自然呵，今年又是油菜大丰收呵——这样理由充分地拉过两三次后，我有时暗自惶恐，自己是不是也成了匪军甲或流氓乙的料？当然，我万万没想到，他把男人的嘴差不多都教坏了后，倒是教出了大甲多年后的灵感。事情是这样的：大甲在美国开了一个画展，一大堆男女变形的裸体画，如同展示一个冻肉库，让人们在一挂挂粉色肉体前穿行。画题分别是《夹卵》《搓卵》《咬卵》《木卵》《尿胀卵》《算卵毛细》等，分明就是吴天保当初教出来的，分明就是污言秽语的图解。画展总题则为《亚利玛：人民的修辞》。其前半句，既是基督圣母名谓的倒装，也是白马湖人骂娘的谐音。

大甲这家伙就不怕毒害小朋友？

事实上，他在那里开过不少画展，每次都惨到了门可罗雀的程度。玩抽象，玩具象，都不灵，拉家的、达家的、米家的那些大师全帮不上忙，倒是这一次重口味，至少吸引了一些华人，据说市长和主编的宴会请帖送来了，记者的采访让他烦不胜烦。一些洋同行拉他去喝酒，白肤或黑肤的，长发或光头的，在酒吧里同他大谈"解构"或"反抗"，听他答非所问胡言乱语也依然开心。

"不就是个冻肉库吗？"我翻看他带回国的画册和照片，不明白这种下流有何意思，不知观众们为何热血。

他乐得在床上翻了一个跟头，笑得上气不接下气，憋出了连翻白眼的可怜样，"你呵你，真是个土蛤蟆，太可爱了，太可爱了。"

"骂人就不土？"

"太对了。"他一拍大腿，"就是要骂人，就是要用屎团子把资产阶级砸晕。那些擂的死（太太）煎特焖（先生），扭着小屁股吃香喝辣，一个个赖死得很……对，就是这个 nice！你知道他们赖死得有多痛苦吗？成天都得端着，不是皮笑肉不笑，就是肉笑皮不笑，教养来，教养去，每天差不多要讲几百个散客游（谢谢）呵，你说吓不吓了，几百个呵，水深火热呵，暗无天日呵。"

"你的意思是……"

"猪脑子，还没明白？那些阉货都活得不会骂娘了，肾上腺素都断档了，所以我们革命人民就得教他们骂娘，代替他们骂娘，骂出他们的心花怒放。"

我痛恨他胡扯，相信事情肯定比他说的要复杂得多。但他已活得无比自信，一甩长发，径直去我家厨房找吃的，没耐心与我讨论。他在冷猪蹄上咬出了洋洋自得，说他反正是成功了，眼下放个屁，在艺术界那也是香的。没办法呵，运气来了，门板都挡不住。

第二天早上，他迟迟没起床。我去拉开窗帘时，发现他睡得平静，眼角流出一滴泪，想必是坠入梦中什么伤心事。我暗自一怔。这家伙还有猫尿？他不会是自己把自己胳肢了一夜吧？我忽然想起，他昨天曾凝视过墙上一幅画，是他以前的旧作，土红色调的夕阳图，大树下有一条老狗，有几只小鸡。他面对那些可能早已陌生的色块和线条，那种老掉牙的绘画，好一阵发呆。他那一刻是不是想起了白马湖的日子？想起了他和小安子曾合养过的那一条狗？想起了他从来都不承认的绝望初恋？

我很想摇醒他问一问。

五

吴天保丢了官帽，就地劳动改造，还接受审查，事因是破坏计划生育，闹过头了。他已有三个儿子，其中老大叫"公粮"，老二叫"余粮"，老三叫"粮库"，全都是与吃饭有关的好东西，但他居然还想生一胎"粮票"或"杂粮"，对抗当时刚刚起步的节制生育政策。他不但不让老婆去卫生院上环，还一张嘴巴不干净，说共产党管天管地，还管到裤裆里来了，肖书记他鬼爪子也伸得太长了吧？

这就把自己的官帽给骂掉了。

他在会上挂了牌子，戴了高帽，站过台子，一些陈年老账也被翻出来重新清算。他少年时给一位阵亡的解放军将领挖过坟，算是非凡事迹，但现在的说法是：那是什么挖坟？保不准就是盗墓。将军是埋下了，但衣袋里四块光洋不见了，是不是这家伙做了手脚？偷了大老英雄的钱？他小的时候还跟随父亲，曾给一个大财主帮厨，见一锅肉迟迟未煮烂，客人们又到齐入座，便照他爹说的，跳上灶台朝锅里偷偷射出一泡尿，算是以人尿代硝土，用土办法催熟。以前的说辞是，他那是同父亲一道，一泡尿大长了革命人民的威风，大灭了剥削阶级的志气，包括让一位反动军官吃坏了肚子。但他一旦在批斗台上低下头，一位批斗者就愤怒揭发：姓吴的，你当时为什么不下毒药？为什么不冲过去投手榴弹？为什么还怕反动派把一锅炖肉吃得不够烂和不够鲜？同志们，他的阶级立场到底在哪一边，不是昭然若揭吗？同志们，那一次，那个军官还赏给他一块白绸子,夸奖他把肉炖得香,这不就是他早就暗通敌人的铁证?

吴天保辩解:"什么绸子呵,一不暖身,二不收汗,顶多只能拿去做祭幛,屁用都没有。"

主持人拍打桌子,"为什么不给张三,不给李四,偏偏只给你?你同那家伙是不是共裤连裆的汉流?"

据说"汉流"就是洪门会党,曾是革命英雄,后来不知何时又成了取缔对象。这些来历和批判都不大容易听懂,与生育似乎也没多大关系。但不管怎么说,落毛的凤凰不如鸡,看到场长大人挂着鼻涕两腿发抖,很多人还是兴奋不已。

他和我们一起挑土,同样嘴歪鼻斜,大喘粗气,让我好好地幸灾乐祸了一把。我故意往他的箩箕里多多压土,看他两条脚杆摇摇晃晃,憋出了吃奶的气力。

他明白这是报复,但只能谄媚地笑笑,递来烟丝和纸片,请我享受一种叫"喇叭筒"的自制烟卷。

我不抽烟。

"一个男人家,不抽烟,不喝酒,只吃几粒谷,不像个麻雀子?"他把卷好的烟塞过来,殷勤地划火柴。

我被一口烟呛得大声咳嗽。

他嘿嘿一笑,"搞卵呵,我家公粮五岁就抽水烟筒。"

他捶打自己的腰和背,捶出哎哟哎哟的呻吟,然后告诉我偷懒的窍门。出工要走在前,知道吗?让人一眼就看见。装土呢,却要装得松,让土块架起来,这样担子好看又不咬肩。他还悄悄传授吃的艺术,比如,去食堂要晚一点,等大菜盆里浅下去了,厨师才能舀到盆里的汤。知道吗?好油水都在汤里呵……听到这些,我觉得这家伙原形毕露,觉悟确实低,将军家的四块光洋说不定真被他偷了。

我为他代写检讨书，用墨如泼文思飞扬，让他对自己大加挞伐。他不知道我写些什么，只是大为惊讶，说你写字怎么同拈泡一样？这是说我写得快。

当他发现检讨书上很多字难认，还顺便得知数字有多种写法，有大写、小写、阿拉伯字等，禁不住睁大眼，"了不得，了不得，你的学问真是大。"

"这算什么？我以前参加数学竞赛，都是第一个交卷。"

"竞赛？赛赢了如何？"

"不如何。"

"不奖谷？"

"不奖。"

"不奖肉？"

"你说什么呢？"

"那有什么味？"

我给他解释数学，解释少年科学宫，突然发现他半张着嘴，头一歪，呼呼睡过去了。直到复工哨吹响，他揉揉眼睛，不忘记续上前面的话题，"你的学问真是大，放个屁都是文章，将来牢饭是有得吃的。"

我以为自己听错了，不明白他何出此言——居然说到了坐牢。这正是以前他一再需要我脑筋急转弯，才能听懂他的意思。比如，我用收音机偷听过海外广播，被举报了，他找我严肃谈过话，也是圣意难测。"你这个贼养的，收听敌台是不是错？"这一句还好理解。"你听就听了，还说出来，还承认，是不是错上加错？"这一句就只能让我发愣。他该不是恼怒于我如实坦白，害得他不得不来谈话，耽误了他的好瞌睡吧？他是不是教导我，以后不论做了什么错事，都要拿出铮铮铁骨，一瞒到底，守口如瓶，决不认错？

猴子——我现在也习惯这样叫他了——这一天与我同去榨房

打油，一打就是昏天黑地的几天几夜。柴禾用完时，没法炒籽和蒸粉，不得不停工。他缩在草窝里翻来覆去，大概是吃多了出榨的新油，有了火烧火燎的活力，不容易入睡，一次次坐起来抽烟，在暗中亮起一星火光。

"知道吗？今年收了晚禾以后，就要解放台湾了。"他兴冲冲地告诉我，见我没什么反应，又郑重其事通知："下个月有一架北京来的飞机，从北边过，到时候你们不准拿棒棒打飞机，更不准扔石头。听到没有？"

天知道他从哪里得知这些国家机密。他该不是做了一个自己仍在当场长的梦吧，一个仍在操劳国家大事的梦吧？

他说完飞机，找来一个瓦钵，装了一钵新油出门，好一阵才回来。我怀疑他是去了附近的村子，讨好哪个老相好去了。果然，他回来后容光焕发，坐起来又睡下，睡下去又坐起，捅一捅我，"嘿嘿，睡过妹子没有？"

"说什么呢。"

"骚牯子，还给老子装老实。"

"向毛主席保证，顶多只拉过手。"

"你憋得住？"

"没什么呵。"

"不打个手铳？"

我不明白他的意思。后来才知那是指自慰，立刻脸上发烧，心头咚咚大跳。

"告诉你，不打手铳，我就早犯错误了。嘿，贼养的，只有打手铳不犯法，又快活，还不费钱，想睡哪个就睡哪个。白马湖的妖精你都可以睡。"

"老不正经的家伙！"

"小子，你屙尿没干胯，卵毛没长齐，晓得什么？等你牙齿落了，蚊子都拍不中了，就会明白人生一世，没多大意思的。这样吧，我告诉你一句大实话：锅里有煮的，胯里有杵的，就这么两条。"

"姓吴的，你以前怎么说的？荒山变粮山，解放全人类，誓把革命进行到底，坚决贯彻落实肖书记的英明指示，好话都被你说完了。"

"那也没错。解放全人类，不就是要让大家都好过？没有煮的，没有杵的，能好到哪里去？好，让你们都当县长，但你们卵子没有了，有意思吗？"

窗外有远近高低的蛙鸣，有春天的温润，有一种生活重新开始的蓬蓬勃勃。在这样一个美丽的春江花月夜，这一个应该遥想远方和未来的时刻，下流话题实在不合时宜。"不，生活中不止是吃喝拉撒。"我也卷上了烟草，不无豪气地宣布，"司马迁说过，人固有一死，或重于泰山，或轻于鸿毛。人与动物是有区别的，生活中一定有更高的东西。"

"更高的？哪里？"

我一时说不上来。

"你们这些喜欢刷牙的家伙，就是啰嗦，就是心大了碍肺，架起梯子想上天。你上呵。你小子，陶小布，是一个。还有你们几个，马楠，甲年皮，蔡海伦，尿罐，偷偷摸摸搞什么，以为我不晓得？尽搞些没用的东西，不着肉不粘骨的东西。一朝当皇帝，还想做神仙；坐了神仙位，还想蟠桃会。人家几句戏文，你听听就好，还当得了真？我看你一顿饭吃得下两三钵，工分没少赚，早点找个对象把肚子搞大，还算一回事。"

他熄灭了黑暗中的星火，一翻身缩到草窝里，顶过来一条弯曲的背脊，又补上一句："我是对你好，才说几句实话。小子，你听我的没错，搞对象就得赶紧，就是要骚，要蹿。我老婆就是我蹿来的。"

然后不再说话了,很快就放出呼呼的鼾声。

在后来的日子,我经常回想这一个深夜,回想那浓烈的菜油味,那干稻草暖烘烘的气息。一束月光投入窗口,照得碾台上如霜如雪。我静听窗外的蛙鸣,听草窝里的呼呼鼾声,不能不大为惊讶地想到,几十年后我也会是这样子吗?也会鼾声粗野,磨牙声狰狞,偶尔还在乱糟糟的裤头里放出一两个闷屁,混吃混喝然后生下一窝"公粮""余粮""粮库"?白马湖呵白马湖,生活正在眼前展开,正嘀嘀哒哒扑面而来。如果我不愿像他那样活,那又能怎样?如果这个世界上还有另一种活法,有更高的东西,那更高的在哪里?

小时候曾暗暗猜想:多年后的人们,回看我的一生也许像看一部电影。我眼下的每一天,每一月,每一年……在观众眼里不过都是电影情节。因此,与其说我眼下正在走向未来,不如说一卷长长的电影胶片正抵达于我,让我一格一格地严格就范,出演各种已知的结果。我可以违反剧本吗?当然可以。我可以自选动作和自创台词吗?当然可以。但这种片中人偶然的自行其是,其实也是已知情节的一部分,早被胶片制作者们预测、设计以及掌控——包括我眼下这种胡思乱想。

于是,对于当事人来说,人生就是一部延时开播的电影。我们在银幕前关上窗子,熄掉灯光,确保自己的现场感和首映权,但在另一个地方,在后人或上帝那里,同一部电影其实早已完成,甚至早已入库。我们的一切未来都在他们预知之中,仅供他们一边嚼着玉米花,一边微笑或叹息。

谁能早一点告诉我剧情和结局?

我能不能从时间里脱身而出,脱身哪怕数年,哪怕数月,哪怕数日,跳到上帝的那个影片库里窥探一下自己的未来,一种其实无法更改的未来？

　　好，眼下这一刻，我已站在未来了，已把自己这部电影看了个够，也许正面临片尾音乐和演职员表的呼之欲出。我不知在演职员表里能看到哪些名字，能否看到自己的名字。更重要的，剧情已明朗，未来已成过去，那时候的我凭什么说这一堆烂胶片，就是那更高的什么？凭什么就认定这个可恶的白马湖是我的一辈子？

六

吴天保的检讨总算获得通过,他被降职为副场长,变得有点消沉,不再操一根竹竿在地上吆喝,也很少去开会,总是借故自己头痛。若有人私下里问起来,他气呼呼地说:"开什么开?老子上次去,一块肉皮都没吃到。厨房师傅本事大,做出了哪吒闹海。"

他是指干部会的伙食越来越差,美其名曰四个菜,其中三碗是汤,尽是一些水,没什么意思。

"怕是住在湖边上,肖书记他挑水挑上了瘾呵。"这是谴责公社领导拿清汤寡水来糊弄下属。

他更愿意带上几个人去抓鱼、捕鸟、挖洞打蛇,烧野蜂窝,看能不能掏一点野蜂糖。有一天夜里,他找来两杆民兵用的老枪,带我们去打野猪。但我们在一个山谷里蹲守大半夜,连根野猪毛也没看见,回来时已快天亮。大概觉得这一晚无功而返,什么也没做,有点说不过去,他就在山坡上教我们一点"牛皮鳞"的拳法——据说是向一个牛贩子学来的。我们即学即用,互相比试,结果牛皮鳞夹杂蛤蟆拳,一直打得好几个鼻青脸肿。大家面向鲜润的东方红日一阵叫喊,觉得这个晚上还算过得充实。

采茶季节到来了。这是女人的季节,附近各村的妇女们,即老吴嘴里的"妖精们",挎着篮子来采茶,算是季节性的临时工。一枝两叶是一级茶,四分钱一斤;一枝三叶是二级茶,三分钱一斤。鲜叶价格分出档次,多采多得,过秤付钱。但妇女们结成团伙以后就难免有些疯野，三个蛤蟆闹一塘，妇女解放张牙舞爪。"毛主席说，妇女是半边天。你算哪根毛，比毛主席还大？"这是她们经常抗议男人的话。她们突然一阵哄笑，不知有何原因。又一阵哄笑，也不知是何原因。再横蛮的男人，面对这来历不明的大笑，也会有点不知所措。

看准了这一点，她们就笑得更开心，更夸张，更猖狂，然后乘人不备，把已经过秤的茶叶再称一次（赚两份钱）；或往茶叶里偷偷塞两个石头（虚增重量）；或者不管有关两叶、三叶、四叶的技术规定，把一根根茶枝呼啦啦捋成光杆（茶叶质量可想而知，茶树存活也凶吉难料）……她们几乎是投入一场捣乱大赛，毫不在乎吴天保这个家伙，不久前还在挂牌挨斗的货。

"猴子！"

"老猴子！"

"不给老姐送点茶水来吗？"

"我就住在你三姨妈的对门，你也不给我一张饭票？"

她们这样叫叫嚷嚷。一个叫梅艳的少妇，大概仗着自己丈夫是现役军官，胆气特别壮，多次成为闹事带头人。她带头偷吃黄瓜和菜瓜，带头在茶园里烧火烤米粑，还扣过茶场的一个秤砣，说你们再不提价，老娘就把秤砣丢到河里去。

猴子来找她要秤砣，她还无耻放刁，说铁秤砣没有，肉秤砣倒有两个，就怕你不敢要。一句话臊得对方红了脸，在哄笑中狼狈而逃。

这一天，不知用了什么高招，猴子竟然成功复仇，整得她放声大哭，披头散发，两眼通红，要不是两个妇人拉住，眼看着就要朝水泥电杆一头撞过去，留下一摊浓浓的血迹——谁都觉得事情的下一步就是这样。

"老贼，你凭什么血口喷人？凭什么造我的谣？"

猴子眨眨眼，"你没被强奸呵？那就好，那就好。"

"你装什么蒜？今天当面锣，对面鼓，你不把证据摆出来，老娘非割你的舌头不可！"

"是我说的吗？"

"就是你说的！"

"我什么时候说了？"

"就是你，就是你，三妹子都告诉我了……"

"我什么地方说的？"

"就在供销社门口。我至少有两个人作证……"

猴子叹了口气，"好吧，就算我说了，那也是没办法，真的没办法呵。"他伸出两个指头朝前点了点对方，"艳妹子，我不这样说，如何把你搞臭？我不把你搞臭，你会还秤砣？"

"你去死吧你——"梅艳绝望地一闭眼，一头撞上前，把对方冲了个趔趄。刹那间茶园泥沙飞溅，竹篮、泥块、木凳在尖叫声中都成了武器，在空中飞来飞去。尽管很多人大加劝阻，猴子下坡时，脖子上还是有两道血红的抓痕，衣襟也被扯破一块，头上的痰液被他一抹再抹。但他一路上很得意。"这叫什么？这叫恶狗服粗棍，蛇精怕雷打。茶场的秤砣是好扣的？不来点邪的，她不晓得厉害！"

梅艳气病了，一连几天没来茶场，而且再也不敢出头闹事。老猴子为此更为牛皮哄哄，见后生们都不愿意去对付妇女，知青们更怕那些明里暗里的调笑，便身先士卒，成天在女人国里窜来窜去，脸上刮得发青，一个铜哨挂在胸前，鸭公嗓漏风跑气地到处叫唤，还经常透出一股酒气。他也管得太宽了，不但检查采茶的质量，还要这个戴好草帽，要那个擦净鼻涕，命令另一个扣好腰身一侧的裤扣，不得露出内裤，坏了社会风气。为了加强权威性，他不时假造圣旨，宣布各种最新的中央精神："四十六号文件怎么说的？生产时不准打架！""根据政府规定，妇女不能随便插嘴，更不准咒背时鸟，踩死了花生苗的都要缴罚款，一根苗一块钱！"

如此条款似真似假，镇得女人们不敢吱声。

当然，混迹于一个乳房密集区、肥臀密集区、花头巾密集区，陌生的体味似有似无，撩来撩去，一个酒鬼难免更晕。这天的情况正是这样。他出门时踩塌了一脚，朝一口大水缸笑了笑，后来才发现那不是一个人。把挑水的曹麻子喊成王会计，也搞得对方十分疑惑。接下来，深一脚浅一脚，走到茶场的烘房前，见一个叫胖婶的妇人弯腰忙碌什么，在晒垫前撅起一个肥大屁股，十分触目和碍事。一定是酒力乱性，他不知脑子搭错了哪根筋，心花怒放，情不自禁，把扁担一丢，上前一把搂住大圆臀，顶上自己的下半身，隔着裤子又撞又蹭，乐呵呵地大笑："好热乎呵，好软和呵，好家伙呵……"

在场的人都惊呆了，空气死一般的寂静。

事后连他自己也有些吃惊，即便对方是老熟人，无皮无血的一块老抹布，但光天化日之下，玩笑还是太过分了吧？

胖婶吓了一跳，回过头来，炸红一张脸："你这个猪——夐的猪夐的猪夐的猪夐的——"

一道声音的弧线由高到低，直抵气绝之处。

一口气灌下了多少个"猪夐的"，谁也数不清。在场者只记得那声音剧尖，是吸髓的、抽筋的、揭头皮式的，揭得大家都觉得脑袋凉飕飕。

接下来，大家还能听到猴子的声音，至少能听到零星呼叫，但已不见他的人影。只见胖婶全身发动，如同一辆肉坦克，在墙根那里轰隆隆又冲又撞，好像与墙壁过不去。"我看你臭，我看你骚！"

肉坦克遮盖之下，时有时无的缝隙里，"住手"飘了一下，"救命"闪了一下，"玩笑"蹦了一下，基本上不成句子。

"你还嘴硬！"胖婶不解气，又一屁股骑上去，恨恨地解怀露胸，掏出大奶头，挤得奶汁喷射，可惜打斗之际只能一通乱射。"臭猴子，你吃了老娘的奶，就是老娘的崽。看你以后还敢没大没小！"她哈哈大笑，"你说，好不好吃？你是不是我的崽？是还是不是？你老实说……"

围观人笑得前栽后仰的，捂的捂嘴，跺的跺地。郭又军被这一幕吓坏了，去那里援救副场长，说你这位大妈太过分了，太过分了，太过分了吧，可几句学生腔，根本架不住女们欢腾的声浪。他很快就被挤出圈外，坐倒在地。

"翻天……"坦克下还有零碎声音，"老子"飘了一下，"哎呀"闪了一下，"裤子"一词更瘪也更弱。

妇人们七嘴八舌大加助威：

"他要脱裤子？吓白菜呵？好呵，让他脱！"

"今天他不脱了还不行！"

"阉了他！"

"把他那四两臭肉割了！"

……

一些小媳妇和小姑娘看不下去了，红着脸跑开。倒是几个老娘们看得过瘾，不但三下五除二剥了副场长的裤子，而且找的找柴刀，找的找绳子，要为民除害，替政府斩草除根。特别是那个梅艳，终于找到报仇机会，抓来一团牛粪，朝仇人的胯下砸。

她们当然不至于真阉，但下手还是够狠，把一个尖屁股猴子绑在一张椅子上。一条细麻绳缠紧胯下的四两肉，绳子在椅下通过，另一头系住身后一块立砖，相当于装了一拉线开关。闲人们好容易才看明白，她们要看看猴子的厉害，拿他的命根子做一次惩罚性试验——什么时候那家伙举起来了,把绳子拉动了,把后面那块砖扳倒了,她们就来还裤子。这是她们宣布的规则。

臭猪婆——猴子发出气绝的号叫,脑袋左一撞,右一甩,无奈自己被绑成个粽子样,怎么样也脱不了身头。

大概是有人同情猴子,或是同情普天下男人,不一会儿,把天保的老娘请来了。老娘平时不大来茶场的,这一天也想赚几个小钱,没想到来得太不是时候。远远一见儿子这模样,哇的一声大哭,要不是有人扶住,差一点就摔倒在地。她一头白发,一双小脚,一张牙齿零落的嘴,眼角处积有暗黄色的眼泥,一张老皮松松垮垮地披挂在几根骨头上,吓得妇人们吐吐舌头,哄的一下作鸟兽散。

"我怎么还不死呵?"老人越走近儿子就越走不动,最后颓然坐地,抽打自己的脸,"我吴家一根独苗,我养了四十年的儿呵,遭这些狗婆欺侮呵。这些丧天良的,欺我一个老寡妇呵。老天在上,老天有眼,你们的鸡要发瘟,你们的菜要烂根,你们的房子要起火,你们以后只能叉开胯裆生蛇蛋呵。你们拿刀来呀,拿斧子来呀,杀了我这个老不死的,就是你们行善积德呵。我还有什么活头?我不是赖着不想死……"

老儿子鼓出一个鼻涕泡也哭起来,"娘,怪我,又喝多了……"

七

知青们后来回忆白马湖,最烦最恨的其实还不是吴天保,而是另有其人。如大家说的,当时走了一只猴,来了一只羊,这是指新任场长杨某,谐音"羊"。他在外当过兵,篮球打得不错,也有刷牙的习惯,当民兵营长那一阵喜欢与知青们混,讲半吊子的普通话,暗地里经常撇一撇嘴,把本地农民叫做"土皮虫",把自己撇在城里人一边。

他曾拍打这个或那个的肩膀,吹嘘民兵马上就要改编成预备役,拉到中苏边境去打仗,到时候每人都有一条真枪,半天劳动,半天练兵,每个星期天就放假打球,食堂里保证供应回锅肉,晚上放电影的话还有面条加餐……这一前景让我们十分向往,浮想联翩了好长一段时光。

他抱怨场领导不重视体育活动,这也很对我们的胃口。

没料到,接替场长兼书记一职后,他立刻变了一张脸,不仅回锅肉和电影没有下文,而且动不动就抽检知青的书信和日记,看里面有没有反动话,夜里还常到知青住房外偷听,看是否有人收听敌台。他最快乐的事就是找女知青谈话,东敲一句,西打一下,时不时翻动自己的笔记本,抖落一点有关告密材料,享受对方恐惧万分的等待。这时候,他有一种老猫戏鼠的饶有兴趣,慢条斯理,拖腔拉调,讲话留半句,笑声掐半截,后半截压在舌根处下的某个位置,挤揉出一丝奇怪的尖声。

他把好几个女知青都吓哭过。只有小安子同大甲一起煮过死人脑壳,还敢晚上一个人上坟地,有无形的杀气,他不敢怎么招惹。

这家伙不会扶犁掌耙,但头戴最小号的军帽,一颗小脑袋里能琢磨出很多批斗会的新花样,对付敌人的招式不断改进。比如,罪人罚站要站在高凳上,罚跪要跪在碎石上,挂的黑牌越挂越大,最后大成了一张门板,几乎把罪人的脖子当成起重机吊臂。他还不知从哪里还引入一些奇怪的刑讯手段,比如,把罪人绑在木梯,再将整个木梯翻转倒挂,这叫"翻身探海"。把罪人的两个拇指捆在木桩,然后从桩顶的缝隙钉下木楔,随着打手挥锤钉楔,随着木楔一分分往下挤,绷紧的绳子几乎勒断罪人的拇指。这叫"猴子献桃"。总之,自他官升一级,批斗会多出很多鬼哭狼嚎。

有一次,是三工区一个新来的农民往家里偷运了三根木头,被他派人一绳子捆上了台,跪在一层碎石上。

"你老实交代,家里到底是什么成分?"杨场长这样大声喝问。

"成分?"那个盗木贼满头大汗,"哪有什么陈粪(成分)?队上每月上门收几轮,粪池都被他们刮塌了。"

"胡说!成分你不懂?成分就是阶级!"

"阶级?我家就两间茅房子,连门槛都没有,哪有什么阶级?"

"你小子装疯卖傻?'阶级'就是……"

"我懂呵。"

"你懂个屁。你老实说,你和刘老四走得那样近,是不是他们一伙的?你们密谋过什么?有什么纲领?"

"纲领?"

"对,你们的政治纲领。"

"缸(纲)倒是有一个吧?"

"谁搞的?是你,还是刘老四?"

"当然是刘老四。我劝他不要搞,他硬要搞,说这家伙比木桶好，还借了我五角钱。结果有什么用呢？他家娃仔太调皮，上房揭瓦的货，一个石头就把它打烂了。"

"打烂了也要交出来。你们休想隐瞒罪证！"

"就在他家后院里，已经不能装酒了。你们去看一下嘛。"

"你说什么？你是说瓦缸吧？我们问的是纲领，你同我们哩咯啷，东扯葫芦西扯叶。告诉你，你是个不见棺材不落泪的货，今天不挤出你的屎，你不晓得东南西北是吧？"

"我是交代缸呵。"

"纲领不是水缸，不是酒缸，你猪耳朵打蚊子去了？"

这里简直是鸡同鸭讲，折腾得双方都满头大汗。很多人还忍不住笑，大甲一笑就大嘴哈哈欢天喜地，又拍手，又跺脚，一不留神往后翻，只能到板凳后面去找人了。这让杨场长脸色很不好看。

不久后的一天，大甲就为他的这一笑付出代价，更是为他多次逃会付出代价，为他在篮球场上一再把杨场长撞翻付出代价。杨场长发现他拿一张旧报纸擦画笔，刚好污损了报纸上一张领袖照片，立刻激动不已，两手搓个不停，摘下小军帽，往桌上狠狠一掼，当晚就把他五花大绑。好小子，好小子，总算暴露了吧？你胆敢在老人家脸上打叉叉？他亲自主持批斗大会，说毛主席领导我们推倒了三座大山，建立了新中国，你一家人都暗地里恨得咬牙切齿是吧？

事涉国家领袖，问题比较严重了。一些本地农民不知详情，一听也大吃一惊，怒气冲冲地在台下大喊：

"绚起来！"

"绚起来！"

"绚起来——"

意思是吊上梁去，吓得大甲张皇无措，一对大眼睛眨来眨去的，大概以为这一次自己死定了。

"你不是喜欢笑吗？你笑呵，怎么不笑了？"小军帽更得意，"告诉你，我不是吴天保，不怕你抢饭吃，不怕你放刁。你是一只老虎，我今天也敲掉你满口牙。你是一条毒蛇，我今天也要让你脱层皮。像你这样的资产阶级狗崽子，我一口气毙上七八个，也只是踩死几只蚂蚁！"

没料到大甲就是命大，瞎眼鸡仔天照应，哪怕走错路也能遇贵人。不知什么时候，眼看着几个人七手八脚，往梁上挂绳子，台下冒出一个女人的声音："杨场长，你讲得太好了。但毛主席说过，在革命队伍内部，要批评，还要自我批评，你那个脸盆的事，今天是不是也要说一说？"

大家回过头来，发现说话的是小安子，正梳理自己一头湿发，说话有点没头没脑。"没听懂呵？"她站起来，指着杨场长，"你那个脸盆，好几次都把我吓出汗来了，心脏病都吓出来了。你思想觉悟比天高，怎么会干出那种事？"

台上的杨场长莫名其妙。

小安子也莫名其妙，又梳了一把，一甩长发，大摇大摆移步了，挤出人群了，走到门口了，径直飘向门外。

怎么回事？怎么回事？脸盆不脸盆的怎么啦？……人们面面相觑，议论纷纷，抓耳挠腮，争相在记忆中打捞有关脸盆的细节。片刻之后，小安子提来一个脸盆，亮给这边和那边看看，然后咣当一声扔在台上。大家这才恍然大悟。对呵，这不就是杨场长的脸盆吗？不就是他从部队里带回的那个搪瓷盆吗？里面果然大有文章，有一圈"毛泽东思想万岁"的红漆字。这不想不是事，一想还真是事。天啦，大甲他不敬领袖固然可恶，你堂堂的场长也不含糊，一直在用神圣无比的革命口号洗脸、洗脚、洗短裤，洗臭袜子，算什么？更加难以启齿的是，很多人想起来了，他家娃仔上次吃坏了肚子,哇的一声,一口秽物不就恰恰喷在脸盆里？他婆娘来场里过夜,不是还用那东西洗过女人的什么……

小军帽捡起脸盆看了看,脸上红一块白一块,情急之下振臂高呼:"革命群众一定要擦亮眼睛——"

台下的跟进呼号却已寥寥无几。

"毛泽东思想就是万岁——"

跟进的人更少了。

他看来已乱了套。眼看着险情迎刃而解,有人前来松绑,大甲早已眼泪花花,委屈和感动得像个孩子。

批斗会再一次虎头蛇尾。

接下来的几天,没见新场长人影,直到他后来再次出现在大会上,传达什么文件,大家发现他瘦了不少,连连抽烟和咳嗽,目光躲闪,很少抬头。不知讲到哪一段,他突然卡住了,咳一声,再咳一声,然后再无言语。台下很多人发现不对劲,抬头一看,才发现他半张嘴,茫然的目光投向前方,似乎同一根房梁较上了劲。一分钟过去了,两分钟过去了,三分钟、四分钟也过去了,他还是凝固成直愣愣眺望远方的形象。身边的李会计又是给他的杯子加水,又是扯他的衣袖,还是未能把他从不屈不挠的远望中拉回来。

最后,他被别人请下台,脸上毫无表情,只是目光呆呆的,全身汗湿,像从水里捞出来的,连头发梢都在滴水。

他去过医院,在伙房里熬出浓重的中药味,后来慢慢恢复了正常,包括恢复了领导工作。只是落下两个小毛病:一是见到小安子就脸色变,急忙绕道走;二是半夜里经常不由自主尖叫,有点怪吓人的。这当然也不算什么大事,在医生们眼里,他既然可以吃饭如常,查工如常,打电话如常,那就够了。至于夜里遭遇什么噩梦,或者说也不一定有噩梦,只是喉头无端地搞搞怪,闹点小动静,那也不算什么事,应该会慢慢好起来。

据梁队长说,后来有一次,他住进县招待所,一个同房的后生被夜空中一道尖声惊醒,面色惨白地求饶:说这位叔,你不让我睡不要紧,留我一条命吧。然后夹上枕头和被子,情愿去走廊里打地铺。又一次,他住在邻县一家旅店,店主竟带上警察半夜里敲门,一进门就床下、门后、被子里到处搜查,似乎不相信这里没有血迹——否则怎么会有那样的惨叫?怎么把全旅店的人都吓了个半死?

他尝试过很多办法,比如,睡前用毛巾塞嘴,但到了夜半三更,自己扯出毛巾还是叫,完全是下意识的非叫不可。无奈之下,他只好采取提前道歉的办法,特别是出差在外,总是及早向同房旅客献上笑脸,递上一支支烟,说对不起,很对不起。今天晚上可能有点那个……到时候你们莫慌,莫怕,不会有事的。

"对不起,我有个小毛病,今天晚上可能会……你们把窗子都关紧点就好。"他对住地附近的陌生人也连连鞠躬。

值得一提的是,我听多了这种深夜呐喊,倒也习以为常。如同靠近海关的人听惯了钟楼报时,靠近铁路的人听惯了火车鸣笛,如果一夜下来寂静万分,反觉得少了点什么。有一段时间,我离开茶场,受队上派遣,去了一个更偏僻的地方,一个人在山谷守夜,防止野物偷吃庄稼,发现自己常在半夜里醒来,好一阵不易重新入睡。我思来想去,确信自己不是怕鬼,不是怕野物,倒是山谷里的夜晚太安静,成了一种难耐的惊扰。

八

如果大甲没有吹牛，那么他多年后从毒贩子那里解救安燕，地点应该在美国的南边，在迈阿密或露易丝安娜。

安燕以前最喜欢查看地图，常在地图里神游远方。佛冷翠，枫丹白露、爱琴海、米兰、萨拉曼卡……当然还有这个露易丝安娜。这些外国地名最令她神往（应感谢中文译者吧），一看就是充满爱情和诗意的地方。

她以前还喜欢游泳，冰天雪地时也敢下湖，把男人都比下去一头。待她一身泳装回到宿舍，招来各个门窗里的伸头探脑，对于本地农民来说，那无异于伤风败俗的色情表演，真是要看瞎一双眼的。她裸露光光的两条腿，提一个水桶，去食堂里打热水洗澡，吓得主厨的曹麻子丢下锅铲就跑，在外面躲了好一阵，结果把一锅菜烧糊了。

曹麻子更恼火的是，这个贼婆子不要脸也就算了，洗澡用热水太多也就算了，一张嘴还足够无聊。连猫也吃，连老鼠也吃，还曾把一条血污污的长蛇提进厨房，不但污了菜刀和砧板，费了公家的柴禾，更重要的是折腾得太闹心，让大家这一碗饭怎么往下咽？神婆子，这种歹毒之物你也吃得下？

"它咬我一口，我就要咬它十口。"她是这样解释的。原来她在茶园里被蛇咬了一口，气愤之下一口气追出好远，没顾得上操锄头，便用石块砸，用树枝打，最后干脆用脚后跟一顿乱踹，连大甲也看得目瞪口呆，倒抽一口冷气。

这条蛇已血肉模糊夹泥带砂，不方便吃了，但她仍要吃，非吃不可，要把蛇咬去的给咬回来。

有关她的传说还包括杀猪。那是过年前，梁队长掌刀，见她在一旁好奇地观看，便要她递个手，拉一拉绳子。但她生性多事，不知何时一把揪住了猪耳朵——这一抓就是木已成舟，依照本地人"谁抓耳朵谁动手"的规矩，队长只好把一柄尖刀塞给她，"戳，归你戳！"到了这一步，她才知道自己抓错了地方，不上也得上了，只能闭上眼操刀上阵。她第一刀，没刺准；第二刀，没扎透；第三下刺准了也扎透了，却又戳斜了。不过她不服输，咬紧牙关痛下毒手，一连十几刀，活生生戳出一片血糊糊的肉瓤，才把血放出来。不用说，这事办得很难看，那畜生惨叫好一阵，血喷溅了她的一身。

一个血人哼哼唱唱地走回宿舍，吓得旁人四处躲闪大惊失色，她却得意扬扬地找来一面镜子端详，索性把自己抹成一个大红脸。

从此，不管她走到哪里，都有本地农民对她指指点点，更为她的男友郭又军担心。"你一不瘸，二不瞎，什么人不能找？"他们的意思是，崽呵崽，怎么偏找一个杀猪婆？你们以后过日子，你不怕她一不高兴就摸刀？

更多的人是这样说："军哥，你好猛，佩服你。"

军哥笑眯眯地回答："娶鸡随鸡，娶狗随狗，命苦呗，只能这样啦。"然后继续在棋盘上落子，或者给自己补裤子。

关于军哥、大甲、小安子三人之间到底是什么关系，谁也说不清楚，至今仍是一谜团。照理说，小安子与大甲在学校里同班，又都比较文艺，是郎才女貌的天生一对。两人收工后在湖边拉小提琴，在防空洞里练美声，架起一口锅热气腾腾制作什么骷髅标本，确实经常疯在一起，没军哥什么事。但近距离也是危险距离，大甲与小安子倒是吵架最多，吵得最凶，动不动就泼菜汤，动不动就掀桌子，需要军哥居中调解。

军哥是个笑脸哥，给小安子打饭时也给大甲打一份，尽管小安子坚决不同意，说那家伙是吃了不认账的白眼狼。军哥给小安子洗衣和补衣，也准备给大甲搭一手，尽管小安子从中作梗，说那家伙一身油泥，灶眼里蹦出来的家伙，一件衣还不洗掉我们半块肥皂？直到这一次，大甲在杨场长那里挨整，差一点被吊上梁，军哥与弟兄们合计解围，小安子一开始还很犹豫。

"他那个家伙就是活该整一整！我警告了不知多少次，要他小心一点，再小心一点，千万别踩雷，他还骂人。"

"他骂你什么了？"

"他骂我白骨精。"

"那我不成了牛魔王？"

"还骂我寡妇。"

"那不是咒我死？你等着，看我去拍了他！"

两人下决心隔岸观火，只是事到临头，见大甲真要被吊上梁，小安子才忍不住豁出去了。不过，见大甲获释归来，白骨精余恨未消，还是罚对方代工锄草三百米，洗三大盆脏衣臭鞋，得叉着腰看他精疲力竭。她还数落对方在批斗台上流眼泪，你丢不丢人？你也知道怕呵？还以为你会视死如归，气冲霄汉，就等着你唱《国际歌》呢。

"老子没哭，向毛主席保证，没哭，就是没哭！"

大甲居然也有脸红的时候。

多少年后，大甲与小安子都去了国外。有人在军哥耳边嘀咕，说这算什么回事呵，那两个家伙早有绯闻呢。军哥不以为然地一笑，好像他皇帝不急，太监们大可不必操心。"伙计，你要是说安妹子同门前那个雪菩萨好上了，我还会相信一点。"他这样说。

郭又军对婚姻是不是真有自信？小安子的线条硬，有一种尖锐感和寒冷感，睫毛忽闪忽闪能满场生风，岂是军哥一张驴脸把得住的？在离校前那一段，他经常穿着不合身的衣，本是一个扫地、打水、装电灯的长工角色，后来被大家推举他当头，军代表又让他进革委会，看重的就是他的工人家庭背景，还有学生党员的身份，头上有红帽子。就是因这一条，他怀揣小红书去不少单位做宣讲，带领同学们下厂劳动或迎接外宾，人生之路风光无限，被小安子她妈一眼看中。

不过拐上美女也是一种负担，比如，他父亲有病，本可以依据政策留城，但送小安子来白马湖的那天，小安子一哭，他就不能不英雄救美了。小安子倒不是怕苦，有时比农家女还豪气，连扶犁掌耙都敢试手。她只是受不了蛆虫、毛虫、线虫、虱子、蚊子、苍蝇、瓢虫、蚂蟥、蜘蛛、蠓子这些小动物，受不了身上的一片片红包，更没法忍受大粪——她下乡后的第一哭就是被茅坑吓坏了，在轰然爆开的苍蝇齐鸣中找不到北，好一阵翻肠倒胃，差一点没接上气来，回到宿舍后怎么也咽不下饭。

那一天她既不吃也不喝，似乎只要牢牢把住入口关，就不用再去那恐怖的茅坑。她恨不得从今以后靠空气过日子。

这样，后来所有涉粪的任务，都是由军哥去代工，或是由她戴上两三层口鼻罩去完成。有时遇到什么清洁工种，队长首先想到的就是这位"口鼻罩"，照顾她去锄草、脱粒、洗茶叶、上地赶鸟什么的。

  霎时间天昏地又黑，
  爹爹，爹爹，你死得惨。
  乡亲们呀，乡亲们，
  欠钱不还打死我爹爹。
  ……

她最喜欢赶鸟这份差事。她唱上这样的现代歌剧，还唱了《起义者》或《鸽子》，唱了《流浪者之歌》或《莫斯科郊外的晚上》……手摇一根长长的竹竿，竿头挂一束飘动的红布条，活脱脱就是一个摇幡舞旗的女巫，在刚下过种的花生地和绿豆地里四处巡游，果然有赶鸟的好效果。据说任何人干这事都不如她，大概鸟雀都惊诧于她的口琴或小提琴，更被她的奇形怪状吓了一跳：头上插野花，腰间挂荷叶，背上披了块大红布，有时还涂上红色或黑色的脸谱。

本地农民不知她唱了些什么，还以为她是念咒。"鬼喊鬼叫的，哭爹哭娘一样，你以为好容易？不是对集体生产高度负责，哪个打得起这个精神，学得来这样的猫公咒？"武队长后来在会上提出表扬。

"你才猫公咒呢。"

"不是猫公咒，那些鸟如何就怕你？"

"我那是美声，花腔，《地狱中的奥菲欧》！"

队长不知她说什么，"这不是我说的，是你们那个姚大甲说的。"

"他是说音乐剧《猫》，好不好？"

"还是猫嘛。"

队长觉得她的纠正无效。

这一天下雨了。军哥打好了饭，打好了热水，还没见小安子回来，到绿豆地里一看，只见赶鸟的长竿插在地头，还是不见人影。他差点急出了一身汗，满工区到处找，一直找到白马湖的渠闸，才发现小安子正在雨中慢走，披头散发，全身湿透，明明手里有一顶草帽，却偏偏没戴上。

你没事吧？他以为对方受了什么委屈，或接到了什么让人揪心的来信，母亲又摊上事了，于是一时想不开。

小安子朝满天雨雾展开双臂好一阵大笑，吓了他一跳。"当感情征服了我的时候，我的眼泪呵，像阿拉伯的橡胶树——"

这似乎是哪个剧本里的一句台词，军哥有一点印象。

"你不是生气呵？"

"生什么气？我散步。"

"散步？你什么时候不能散步？"

"雨中别有滋味，别有浪漫，亲爱的，你不懂。"

"你看你这两脚泥，你全身。"

"平时哪有这沙沙沙的雨声？"

"那你……打把伞吧。"

"傻吧？"她把军哥塞过去的纸伞扔了回来，拒绝这种丑陋的道具。

"姑奶奶，你会淋出病的。"

"讨厌！你这样跟着我，我还怎么散步？"

"你走你的，我又不妨碍你。"

"郭大傻，一个人散步，两个人散步，那感受根本不是一回事，你知不知道？你是不是还要拉一支队伍来游行？你是不是要锣鼓喧天红旗招展？你是不是要我揣着红宝书踢正步？"

"那好……我到那边去等你。"

"那我成什么啦？是你放的牛？放的羊？"

"没关系，你就当我不存在嘛。"

"我又不是个木头，怎么能当你不存在？"

"你不是木头，你是祖宗……"

"去，你往前走。"

"我走。"

"你不准回头看。"

"我不看，不看……"

军哥只好先走了。但没过片刻，小安子也气冲冲地来了，大概雨中的孤独感被搅散，忧伤感、悲壮感、超然世外感也没法找回，她失去了阿拉伯橡胶树流泪的兴致，只能走向庸俗的工区宿舍。

她果然病了，发烧，呕吐，昏迷中胡言乱语。军哥给她烧姜汤，灌热水袋，连夜提上马灯去请医生，翻了两个岭，在路上不小心一脚踏空，摔到陡坡下的茅草丛里，砸在一块石头上，脑门上砸开一道口子，去医院里缝了五针。我得知这一消息时，对安妹子的雨中情怀又敬又怕：我的妈，谁受得了那血淋淋的五针？

九

郭又军有红帽子，有党龄，下乡仅一年多就招工去了县城，能月月领到让知青们羡慕的薪水，还承担光荣的涉外和涉密工作，不过那外贸公司的差，是随火车押运活猪去香港。啧啧，那毕竟是去香港，香港咧。

不过，失去了这个忠诚的骑士和勤奋的黑奴，安公主阁下的日子过得有些乱，常常忘了打开水，只能喝冷水；忘了打饭，只能事后啃萝卜或红薯。若不是女友们帮忙，若不是军哥隔三岔五来探亲慰劳，她床上差不多就是一狗窝，被子和衣服搅成团，内裤什么的也不收捡。男性本地农民图一个吉利，都不敢进她的房间。

她找朋友帮忙，洗衣或缝被套，但找马楠时推开了蔡海伦的门，喊蔡海伦时推开了顾雨佳的门，总是找错地方，然后说"对不起"，退出门来再找。

有一天半夜，她一翻身，翻得床铺咔嚓塌了一头。大概是天太冷，她不愿出被窝，懒得起来点灯和修理架床，只是探头四下里看了看，发现并无大碍，仍然缩在被窝里睡下去，哪怕脚高头低的高难度动作一直将就到天亮。"练倒立不也是要练吗？这是培养一种平衡感。"她后来向朋友这样解释。

洗衣总是让她心烦。不知何时，她盯住溪水看了一阵，有了新的创意，用绳子系住一件件衣物，吊入哗哗水流中，接受水力冲击，省下搓洗工夫，算是自动冲洗法。不幸的是，别出心裁也有巨大风险。第二天,她去溪边兴冲冲地回收衣物,发现夜里一场雨太大,溪水突然膨胀,轰隆隆冲走了她的衣物。她急得叫出了杀猪宰羊的动物声音,在附近农民的指点下,沿着溪流往下游方向找了一两里路,虽找回了几件,但还是丢了一只袜子和一条裤子,手中那些糊满黄泥的秽物也需要重洗。一个放牛仔捡到她的乳罩,不知是何物,缠在头上当帽子,让她哭笑不得。

她在另一些事情上倒是一点都不懒,甚至精力无限,哪怕没顾上吃饭,也可以去教别人游泳,教别人拉琴,或去防空洞里练腹腔和胸腔的共鸣。听说省歌舞团来县城演出,水平高得一票难求,她惊喜得两眼发直,尖叫一声,嗖的一声跳下床,说走就走了,没搭上便车就徒步出行,一连几天不见人影。

武队长怒不可遏,"她是从山上捉下来的吗?太没规矩了吧?把茶场当茅坑,想屙就屙,想走就走?"

其他发妹子、根妹子、飞妹子也不满,都说这种人跑了也好,留下来是个祸。这些"妹子"其实都是男的,按本地习惯叫成了这样。

移栽老茶树的时候,女员工也有每天六十个坑的任务。她意兴阑珊,抡起一把过于沉重的四齿钯,身子七歪八扭好一阵,差一点把自己扭成麻花,钯尖还是在硬土层上弹跳,就是扎不进去,顶多留几个齿痕,老鼠咬出的一般。眼看别人挖出一个个坑,都走远了,她还满脸通红地落在后面,有一种要哭的表情,每挖一钯,就低声咒一句"妈妈的",或"奶奶的",粗口滔滔不绝。

"武妹子我挖你祖宗——"她对队长的一腔怒火更是冲天而起。

我禁不住好笑,上前去示意她让开,替她狠狠地钉下几十钯。这样,硬土层已破开,她接下来刨取碎土和修整坑形,就容易多了。

她站在旁边没说话，累得已经说不出话。

我也没说什么。

傍晚时分，她拿一根针线来找我，居然有了女人味。"你那两件衣太破了，我帮你补一下吧。"

真是太阳从西边出来了，让我大吃一惊，受宠若惊。"你也会补衣？你不是只会贴胶布吗？"

"补衣有什么了不起？我只是觉得没意思，不想学。真要补，像我这样聪明的人，还有什么不能无师自通？"

"你不会把两只袖子绞成一只吧？"

"不识好人心呵？"

"这件事可真是划时代的历史事件！"

"不带你这么看不起人的吧？"

其实，补衣的女人更像女人，就像捣衣的女人，淘米的女人，蹲下来同孩子说话的女人，在我这种老土的眼里，是她们不可缺少的姿态。我当时更愿意给这样的女人打扇——眼下她挑针引线，不时跺脚，脖子扭动，显然正受到蚊子侵扰。

这个弥漫着烧草烟子味的橘色黄昏，显得特别静，也特别长，特别适合人吹箫或抚琴。直到咬完最后一个线头，她得意于自己的补丁有模有样，斜看我一眼，笑了一下，又得意扬扬地吹了一声口哨，噘起下嘴唇吹了吹自己额前的垂发。

时间还算早，她邀我去吃肉，说是有福同享。我后来才知道，吃肉就是农民说的"吃烂肉"，是丧家的招待。附近一位妇人死了，丧家知道她胆子大，想必是阳气旺八字硬，扛得住阴间的邪毒，前来请她去抹尸。这当然是对她的尊崇，是知人善用：她不是制作过骷髅标本吗？

我也想油一油自己干枯的肠胃，但一听抹尸，还是心里打鼓。抹尸也太那个了吧？谁知道那尸体是不是发臭，会不会屎尿横流，会不会有传染病？再好的山珍海味，摆在离地府阴间最近的地方，摆在死神的嘴边，恐怕也有几分难以下咽吧？更可疑的是，她连死人都不怕，居然不敢一个人夜行，要拉上我做个伴——这话似乎有假。想必是大甲和军哥都不在这里了，她把我当代用品，身边不能没有小听差。

"算了吧，我要睡觉。"

"胆子果然是小。"

这话比较伤人，我只得狠狠心随她出了门。不料我们出行前就传染病一事争议太久，又走错了路，耽误了时间。丧家以为她不来了，便请人抹过了——这就是说，我们只能无功而返，喝过孝子敬上来的一杯茶就算完事。

小安子急得直搓手直跺脚，"那不行，我还没抹。"

"确实抹过了，都入殓了呵……"孝子吃了一惊。

"重抹！"

"为什么？"

"抹尸这可是大事，一定要保证质量……"她支支吾吾，"你说的那个三嫂什么人？用没用肥皂？用没用热水？该抹的地方都抹到了？"

"实在对不起，你迟迟又没来，不能再等了呵。不过三嫂是学裁缝的，做事最贴心，最细心，该轻的时候轻，该重的时候重，肯定把我娘抹舒服了……"孝子突然"呵"了一声，大概从我们的纠缠中悟到什么。"这样吧，来的就是客，你们来了就不要走，留下来吃块豆腐。"

小安子冒出个大红脸，"不用，不用，你让他吃就行……"

"你们是城里人，是毛主席派来的知青，来了就是我娘的面子。是不是？不能走，说什么也不能走。我娘这一辈子连县城也没去过。要是知道你们来了，来得这么远，她死得有面子，这一路肯定走得高兴。"

后来才明白,"吃豆腐"是低调的说法。实际上,半夜这一顿肉鱼都有,让我忍不住热血沸腾神采飞扬,一顿饭吃得体沉和气短。惭愧的是,我们什么也没做,小安子的一套化妆功夫也没用上。我们既不会唱夜歌,进门时也没带香烛、鞭炮、祭幛什么的,几乎吃得不明不白。为了有所弥补,我们化悲痛为力量,决定做点什么以寄托哀思。我去抱一个奶娃,结果笨手笨脚,竟抱出一个上下颠倒,奶娃的两脚朝上,急得娃他妈在一旁哭笑不得。小安子去帮丧家磨豆腐,却不习惯吊杆长柄的推磨,上推时卡住,下拉时也卡住,一下用力过猛,又嘎啦一声,把长手柄的立杆别断了。好在主人没见怪,说没关系,没关系,他再去砍一根就是。

回家的路上,小安子对自己的添乱忍不住大笑,惊得林中宿鸟扑扑飞逃。我们走上一个山坡,穿过一片竹林,走在一片深秋的虫声里。沙路有点滑,她向我伸出一只手,让我拉了一把——黑暗中的那只手有点冷,但坚硬如铁掌,让我暗暗心惊。

"陶小布,我们这样子有点像私奔吧?哈哈哈——"她的手有一丝犹豫,终于放开了,突然冒出大笑。

"小安姐,你……你要让军哥掐死我呵?"

"你看看,怕了吧?声音都抖了。"

"我……"我一时没找到词。

"小菜瓜,装一次私奔你会死?"

我恨不得找一条地缝钻进去。

"你知道私奔要如何装?"

"我哪知道?"

"想一想嘛。"

"我想不出。"

"要不要我告诉你?"

"我明白了。昂首挺胸，前弓后箭，面带微笑，遥望远方……"

"呸，我今天给你补了衣，让你来吃了肉。你可真是忘恩负义。去去去，下次不带你玩了。"

"装私奔……还不如盗墓吧？我们说不定还真能盗个财主墓，挖出一点金元宝……"

嘿！她打断我，"你拉我一把呵。"

"这里又不滑，你上不来？"

"我走不动了。"

我把拐杖的一头递给她。

她啪的一下打掉拐杖，在黑暗中再笑，"……你看你，吓得连手都没有了，是不是尿裤子了？你干嘛不撒开脚丫子开跑？"

"你……你这已经上来了嘛。"

"没劲！"

她怒冲冲的快步向前，一下就冲得没影了。

补记：

多年后，她女儿丹丹送来一个布包，说里面有几本日记，是母亲去非洲之前交代过的：如果三个月内得不到她的消息，就把这一包交给小布叔叔——我不知这一托付与多年前的那个秋夜是否有关，不知这种托付为何指向我。

我与她之间有过什么吗？没有，甚至没说过多少话。那么她要向我托付什么？把自己一生中的心里话交出去，也许比交出身体更为严重，发生在一个女人远行前，不能不让我心里咯噔。我觉得日记就是秋夜里伸来的那只手。

我没有忘记什么，当然没有。我肯定没有忘记什么，当然肯定。她说过："知道我最想做的事情是什么吗？就是抱一支吉他，穿一条黑色长裙，在全世界到处流浪，去寻找高高大山那边我的爱人。"

对不起,这是很多少女的梦,其实不说也罢。如果我没理解错的话,这个世界里大凡读过一些书的女子,都有过爱情的梦、艺术的梦、英雄的梦、都市或田园的梦……人们一代代前仆后继,在高高云端中梦游,差不多都是下定决心对现实视而不见的。"米"不是大米的米,首先是米开朗基罗的"米";"柴"不是柴禾的柴,首先是柴可夫斯基的"柴";至于雨,万万不可扯上灌溉或涝渍,不可扯上水桶和沟渠,只能是雪莱或海涅笔下的沙沙声响和霏霏水珠——问题是,哪一个男人能伴飞这永无止境的梦游?

对不起,我是一个俗人。军哥、大甲等等也是。生活中得首先有米,首先有柴,首先有掏得出来的钢镚儿……即便梦很真实,但梦的褪色是一种更漫长的真实,更煎熬人的真实。

她父亲也是这样的。翻开她的日记,可知道有一位曾留学苏联的乐团指挥,好旅游,喜游泳,爱朗诵,热衷跑步,雨中散步一类的雅兴肯定也少不了。但这一切并不妨碍他胆小,一旦听到妻子戴上右派帽子,成了政治拖累,立即离婚而去,能躲多远就躲多远。女儿曾瞒着母亲和外婆,一个人偷偷远涉千里之外,去寻找生父的面孔。但对方只是把她带到饭店,看她狼吞虎咽地吃下两碗面,给她一些钱,并无把她迎入家门的意思。"安志翔——"小安子最后直呼其名,"我一直保存了你的一张照片。我现在要告诉你的是,我回去就会把这张照片撕掉。"

从她的日记中还可得知,她母亲是一位油画讲师,最多的周末活动是去郊外写生,给儿女捉蝴蝶或捡蘑菇,讲一讲《安徒生童话》什么的。但她的再婚对象是一个早早谢顶的官员,显得她的新生活务实了许多。这一天,面对丈夫的急不可耐,家里唯一的小房子又太窄,她便把儿子哄到门外去睡,说外面更凉快。时值派别武斗正酣,是城里最乱的那几个月里,远处的枪声竟夜不息。冲锋枪哒哒哒,重机枪咚咚咚,老式三八大盖的叭——咯,连邻家的小孩子都耳熟能详,能分辨出一二。不知什么时候,一颗呼啸流弹到访了这一家,偏偏就那样邪乎,正中竹床上孩子光洁的头部,却不为家人所知。于是这里的世界霎时断裂成两极:在枪声时断时续的这个晚上,在南方夏天星光繁密的这个夜晚,在很多秘密事件悄然发生的这个夜晚,墙那边是父母的鱼水尽欢,墙这边是儿子的奄奄一息;门那边是情欲,门这边是死亡。血流出了一步,流出了两步,流出了三步,流得越来越远也越来越快,最后旋转着闪入排水管……直到第二天早上,母亲发现儿子全身冰凉,当场晕了过去。

  小安子独自处理了弟弟入殓的一切事务,包括换衣和化妆。

  她清洗弟弟颌下和耳后的血渍,清洗一双小手和一双小脚,觉得自己正在面对一个洋娃娃,有一种过家家的奇怪感觉。这就是她后来再也见不得洋娃娃的原因。她情愿给农妇抹尸,但一个塑胶小胖脸也足以吓得她面如纸白。

  也许是这样,当一个女子连洋娃娃都不敢面对,如果不投入一种更为高远的梦游,又怎能把日子过下去?

十

郭又军迁居省城是多少年后。大学重新开始招生,他却没考上,不是基础差(下乡前已读到高三),也不是没时间准备(已能洋洋得意地做出不少偏题和怪题),只是一听到数学监考老师大声宣布"开始",偌大一个汉子,竟一时心慌,脑子里一片空白,笔尖在考卷上笃笃笃啄个不停。全怪那家伙把"开始"喊得太吓人了——他事后这样埋怨。

他又怪老婆那天早给他煮咖啡,不但不提神,反而闹肚子。

第二年,他忙着办调动,打家具、粉刷房子、给女儿冲奶粉,去某厂篮球队打外援,给张家或李家修理自行车,还被厂里派去山西采购煤炭,结果根本没进考场。考什么大学?以后给你提个科长就得了。领导这种空头支票,他居然也信了。当对方拿纪律来说事,他居然也就从了。何况采购员的日子确实不赖,能在客户那里喝喝小酒,在验货时稍稍通融一下,就能得到好烟好酒好烧鸡的回报,说不定还被对方请去钓鱼,甚至去北京或西安玩一趟。从那些大地方给工友们带回一些紧俏货品,被大家感恩戴德,竖一个大拇指,也是很有面子的事。

厂长还真没说错:大学算不了什么。这样滋润的小日子,拿三张大学文凭捆在一起来换也不够吧?

一直忙到自己所在的国企破产,他这才发现那个许愿的领导不知去向,自己也突然一下变老,脸上多出了皱纹。很多工友在下岗,这张老脸不进入下岗人员名单是不大说得过去的。看来时代已经大变了,红帽子不再管用了,"老大哥"成了"打工仔",他眼下被人们的目光跳过去,被有些人视而不见,如同一块嚼过的口香糖只配粘在鞋底。

有一次还有个妇人在街头突然抢白他:"这不是郭常委吗?怎么混成了这样?当初我是班上连入团都不够格的,不认得了?"对方一身珠光宝气,香喷喷的,抹了口红,大概是哪位老同学。但军哥到最后也没想出来这人是谁。

茶叶得花钱买了,这变得很现实。小酒瓶已倒空了,这也变得很具体。他下岗后摆过摊,拉过货,做过装修,收过医疗垃圾,还在一家罐头厂破过鱼,都没赚到多少钱。有时是面子却不过,比如,给熟人刷一下墙,收钱岂不是打他的脸?有时是自己贪玩,比如,在路边看别人下棋,一看就大半天,把生意耽误了。这一天,他从公厕出来遇到一位老工友,听对方随口搭一句,去哪里呵?他似乎觉得这个问题很重要,顾不上自己正要赶活,也不管对方是否有急事,停下来耐心解释自己的去向,以及他今天为什么要去那里,以及他去那里以后还要去哪里,以及他今天为什么要带上卷尺、电钻、切割机以及一瓶凉开水……直到对方东张西望,吐长气,一脸欲逃无计的苦恼,大概为刚才的搭讪后悔不迭。

他说错什么吗?他不该把事情说清楚吗?不该让对方明白他眼下的工作与采购同样重要吗?但他事后发现,就因为说得太清楚,停在路边的自行车不翼而飞,大概是被哪个小偷撬走。

这是他丢失的第四辆车。一气之下,他恶向胆边生,用砌刀撬了路边另一辆车,骑上去逃之夭夭。

他得给这辆车改一下模样,但拆卸网篮时,发现网篮里的两个纸团都是试卷,上面稚嫩的字迹,一看就是出自女孩之手。

这孩子丢了车,会不会迟到和缺课?会不会急得哭走街头?会不会被父母责骂甚至暴打然后不敢回家?……想到这些,郭长子有些不安，终于把车送回原地。不巧的是，他刚到那个停车棚，就听到身后有人大喊："抓小偷呵——"原来是车主的父母正在这里找车。在一些路人的帮助下，他们一窝蜂冲上来，怒气冲冲地把他抓扯得衣领歪斜和扣子脱落，一举扭送派出所。

新车锁当然是他盗车铁证。他一身脏兮兮的也不无人渣之嫌。还算好，值班警察认识他，说自己老娘有一次在街头中风倒地，是他护送去医院里的。靠这一点交情，对方从轻发落军哥，没让他写检讨贴到街上去。

小安子从派出所领回他，已没兴趣责怪这个呆货。论脾气，论人缘，论孝顺，论他从前的各种实惠，这老公也算是经济适用了。但小安子生气的恰恰是太没有理由生气，她说不清道不明的心情是另一回事。

小安子有一些怪癖，比方与丈夫办事之前，要在卧房里贴满各种人物头像，最好是大人物的，最好是熟人们的，造成一种众目睽睽万人围观的效果，一种当众下流的疯狂感。有时她还要大音量播放老歌，最狂热、最激烈、最喧嚣的那种，几乎把某种记忆当作肉搏的最佳情境。

更不可思议的是，她后来还有受虐兴趣，一再要求丈夫家暴，好像只有在厮打的状态下把自己还原成弱者的感觉下，一种惨遭迫害的感觉下，她才可能亢奋起来。否则，她就如同一个死人，通体冰霜没法解冻，公事公办草草应付，让丈夫十分苦恼。

她是不是该去看心理医生？丈夫还真去找过医生，取回一些药片，谎称是维生素，但不幸被她一眼看穿，连瓶子带药一起扔到窗外。没办法，军哥只好努力培养自己的粗暴，喝下很多酒，全身运气再三，如同一个大猩猩猛烈捶打胸脯，豪气冲天地决死一战，但他还是一再失败。

他要真打吗？要真掐吗？要真踢吗？要揪着对方的头发拖来

拖去？要把她的手臂扭得咯咯响？他下不了这个手。

"你就不能把自己想象成一个日本鬼子？"

"我凭什么要当什么日本鬼子？我明明是中国人，是老党员。"

"要死了，你就不能叛变一会儿？"

"真让人受不了。"

"你以为我受得了？郭大傻呵，郭大白菜呵，你去死吧你！"她接下来的话更难加费解，"你不强奸我，就是真正地强奸我，道道地地的犯罪，明白吗？"

照这种说法，小安子在婚后大部分情况下，是被笑脸哥温柔地、耐心地、按部就班地谋害了，并且留下暴力的恶果，一个丑陋的女儿。那么她后来提一口皮箱远走高飞，看来不仅是要去看世界闯天下，更重要的，是无法忍受遥遥无期的合法暴力，无法接受身心折磨。她得给自己解冻，需要燃烧，需要日新月异，不再空守锅台和水龙头。

生命不息，折腾不止。她后来有过另一个男人，一个同她在舞会上认识的流浪诗人，那家伙至少能注意她黑裙子和灰裙子的变换，不是丈夫这种瞎子。不久她又有了另一个男人，一位很懂打领带、吃西餐、听爵士乐、扔保龄球的气质教授，那家伙至少能欣赏她翻墙偷花的胆大妄为，不是丈夫这种守法守纪的可怜虫。

她的心还在继续飞翔，飞向更多激动人心的非常旅途。有一次，她在外地遇到一中学同学，校园时代的羽毛球王子。该出手时就出手，她把对方骗上床，不料对方已是一位资深医生，特别讲究卫生，事前要求她洗澡，刷牙，剪指甲，刮腋毛、喷香水，用过了牙刷还得用牙线，用过了香皂还得用酒精，用了一遍还得用二遍，好几条毛巾拿出来各专其职。这还不算，严格程序走完了，双方好容易完成体力劳动了，卫生专家还把地上废纸巾捡起来，收集于一个铝盆，用小钳子夹住一点点在火中烧掉。

那些纸团在小安子记忆中烧出了世界上最恶心的气味,简直让她万箭穿心,冷汗直冒,差一点呕吐。她后来整整一个月痛经,据说就是深受刺激了。

天啦,她的偶像怎么成这样了?燕子,你得用牙线。燕子,你的腋毛太多了。燕子,我给你说吧,双氧水的作用是……对方比她更有知识也更有责任感地掌控身体,处理精子与卵子的一时冲动。同他在一起,差不多就是上课铃响,她被一位老师带入生理卫生的课堂,而且这位优秀老师出题还特别难,每一道题都是对细菌和病毒的精密想象,都是对双方身体健康的合理规划,都是由香皂、酒精、牙线、双氧水、剃刀等组成的复杂运算环节,只能令人崩溃。

她慌不择路地夺门而出。我操你大爷,你们男人都死完了呵?她在路口忍不住跳脚大骂。

"腋毛怎么啦?"她狠狠啐一口,"本小姐偏偏喜欢腋毛,腋毛,腋毛——"直吓得路边两位妇人快步逃窜。

也许是她曾把这一故事说给大甲,后来从大甲嘴里传出,便成了他与一位护士的故事。两个版本分别在坊间悄悄流传,只是不知哪个版本为真,哪个版本才是剽窃和胡吹。这些传说都是没法认真的。但她与大甲既然能说到这一步,可见相互之间过于暴露,一丝不挂,扒皮见骨,反而就腻不成了,更不可能走到一起。这一点大家后来好像也能理解。

十一

大军的女儿叫丹丹,高颧骨,一脸横肉,虎背熊腰,一点也不像她妈,甚至不像爸——郭长子的一张驴脸至少还算周正。这种父母的缺点集中,一加一小于二,也许是一种婚姻错误的后果。

但女儿再怎么样也是父亲的心尖尖,是百看不厌的吉祥物。尤其是母亲出国后,好一段无音无信,父亲觉得没娘的娃可怜,宁可自己嚼冷馍,也必须倾囊而出,笑眯眯地坐在卡座对面,看女儿享受周末大犒劳,一口气吃下两个汉堡包、八个炸鸡腿以及三个彩色冰激凌。

"军哥,你别老守着我,眼睛直勾勾的,像个变态男。再去找个妈吧。我妈肯定是不要你了。"女儿说岔了辈分,在他的手背上拍一拍,总是没上没下。

"胡说什么!"

"我妈在外面肯定有人了。"

"这是你该管的事吗?"

"别以为我不知道,别在我面前假正经。快去吧,请吃饭呵,看手相呵,操练口头幽默呵,痛说革命家史呵,感叹无常人生呵……泡妞不就是这几招?你也太笨了,连这个都学不会?要不要我教教你?"

"老子拍死你!"父亲高扬巴掌,吓得女儿头一低。

当然并不敢真打。女儿看透了这一点,继续拿他消遣,放出哈哈大笑。不过她笑得有点难,因为吃得越来越胖,胖得自己面部皮肉堆积，表情动作完成不易，只能靠手指头拉扯嘴角，算是帮帮自己的嘴。这正如她用手指头拉扯眼眶，曾帮助自己惊讶或愤怒，有关动作都日渐熟练。但这一个超大娃娃，觉得自己还没吃够，回家后敲两下电子琴，觉得没意思，再翻翻卡通画，还是没意思，蹲进厕所里大叹人生悲哀。唉，今天没有吃荔枝，今天没有吃巧克力，今天没有吃香酥芋卷，今天没有喝野生蓝莓汁……

父亲在门外听了一阵，"丹丹，你嘟囔什么？吃吃吃，只知道吃。吃成了一个肥猪婆，看以后怎么嫁人！"

女儿把什么东西砸在门上了，"姓郭的你滚开！"

一阵沉寂。

不一会，厕所里又传来苦恼的自语："唉，今天也没吃玫瑰果冻……"

她的食谱居然没完没了？以前的果冻，论斤卖也就几毛钱，现在变变花样，加点色素，就价格翻上几倍。就像她妈出国前那些折腾，弹钢琴、养藏獒、学法语、沿长江旅行，眼下没一件不是要放血的。现在好，自己下岗了，女儿却偏偏犯上快乐这种毒瘾，中了快乐这种邪魔，一个食谱就吓得父亲屁滚尿流。问题是，生活不就是这样吗？如果无力购买商家们开发出来的高价快乐，还算是生活吗？一种快乐成本不断攀高的生活，是否也必然是快乐不断相对稀缺的生活？

郁闷哥好几次想告诉女儿，为什么一定要咬牙切齿地逼自己快乐？成天不疯疯癫癫就不行，这是哪一家的王法？

郁闷哥更想告诉女儿，其实呢，象棋也很好玩，篮球也很好玩，沙子里也有快乐……但他没勇气说出这些，觉得自己理不直气不壮。可不是嘛，夏威夷或巴厘岛的沙子可说好玩，但家门前那堆王师傅砌墙剩下的沙子算什么？不能坐上游轮和飞机去玩的

69

沙子,还能算沙子?

丹丹的学业当然好不到哪里去。上课时,她画动漫,不一会儿就睡着了。但她入睡前在一张纸上画出两个睁大的眼睛,贴在自己额头,代替她听课。老师居然没理她,不知是真被面具骗了,还是根本不想蹚这一池浑水。

父亲被请到学校去谈话。女儿根本不在乎父亲来干什么,不在乎父亲满头大汗和面红耳赤。她确实考了个全年级倒数第三,那又怎么样?她噘起嘴巴,说她本来是倒数第一,就是来了两个插班生,害得她进步了。

"你给老子争名次是吧?"父亲大吼。

"你来读一下试试。"

"我当年,怎么说也是班上前十。"

"谁信呢?你读得好,现在怎么这样窝囊废?"

"怎么窝囊废了?"

"连耐克都不给我买,还好意思说。"

父亲哑口无言。女儿踢了他一脚,把书包和旱冰鞋扔在地上,意思是要他老老实实地背上。正在这时,一些女同学围上来了。"见识一下外公吧。"她一边喝饮料,一边大大方方地吆喝她们,摸摸这个的头,拍拍那个的肩。"这个外公好凶的,最抠了,不给我买鞋子,但再抠也是你们的外公。"

外公!外公!外公!……女同学们立刻热情地叫成一片,吓得军哥脸红,一把拉住女儿就走。"活祖宗,你就不怕他们的家长生气?"

"我要是不罩着她们,她们就会受欺侮。"

"就你这样,还罩人家?"

"我有神门十三剑,还有树魔宝杖。"

这话父亲就不懂了。要听懂,可能就得多去电影院,就得在时尚男女中混。现代社会里的话题其实也是有价格的。

丹丹读高二那年，跟着几个男同学喝酒，偷学开车，一次撞车竟欠下了三万赔款，吓得她一直躲在外面不回家。军哥急红了眼，急出了一嘴的火泡。他近来悔棋和赖牌太多，在工友圈子里名声不佳，已不大好意思见人，更没脸去找人借钱。思来想去，他喝下半瓶白酒，找来一块砖用报纸包好，沿街搜索一家家夜总会，一直找到女儿正在那里唱卡拉OK的包厢。踢开门，一步抢进去，什么话也不说，抡起手中砖块，一道弧线闪过，猛砸在自己脑门上。

嘣的一声，鲜血立刻迸涌而出，流过了鼻子和嘴唇，吓得包厢里的少男少女一片尖叫，那是看足球破门时才有的尖叫，是三维电影中一支剑突然刺向观众眉心时才有的尖叫。

"反正要被你气死，不如我自己先走——"他大概说了这样一句，已看不清扑上来的是什么人。

"我不要你负责，只是你要去告诉你妈，告诉你叔叔你爷爷，你爸是如何走的……"军哥挣扎着再来一砖，但被什么人拦住了。

"爸——"

女儿哭歪了一张脸，扑上来抱住父亲的双腿。

从那以后，她再也不敢对父亲翻白眼或吐唾沫，再也不敢捂住耳朵喊出"我没听见"或"我没耳朵"，而且第二天就恢复了晨跑，还主动买早点和烧开水，当月就拿回了一个英语小考的好成绩。

丹丹此后的变化让人吃惊，像从昏梦中醒了，像脱胎换骨换了个人。考本科，考硕博，她都轻松得如入无人之境，属于那种电影、排球、零食什么都不耽误但照样刷出高分的学霸。连脸上横肉也不见踪影，变成了梨花带露的美人胚。这肯定是她妈当年完全想不到的。眼看着她就要毕业，就要重新扛起这个家，万万没想到的是，在最后一个暑假，她发现父亲的一张驴脸越来越窄，体重越来越轻，几根胸肋骨变成突出和尖锐。要不是叔叔贺亦民来过，发觉有点不对劲，催他去检查，他们还以为那就是一般的胃炎。

情况果然很揪心，女儿陪他去了医院，检查过程复杂得可疑，时间长得可疑，虽然医生只说肝部结节，只说需要再观察，但他并不呆，很快就从女儿的红眼圈里看出端倪。他后来去护士工作间偷看病历，只是进一步印证预感：果然是癌，是肝癌！

窗外的槐树还是那样，天空还是那样，白云还是那样，夕阳斜照还是那样，但突然都有了珍贵和短暂的意义，处于倒计时状态。无怪乎，老同事和老同学都来了，连一些消失多年的面孔也冒出来。大家排了班似的，今天来一拨，明天来一拨，送来各种慰问品，还陪他下棋、散步、说说笑笑。他当然没必要同大家说破，也顺着他们笑笑。"等老子病好了，再来给你们烧一次鱼，让你们晓得自己吃了半辈子狗屎。"

他预约日后的快乐。

不料，有一次说到安妹子，说得他突然生气，居然同对方杠了起来，闹了起来。你嘴里放干净一点！你这个家伙就是欠抽！老子的事容得你来放屁？你的那顶绿帽子还想要多大？老子撕了你的嘴！你来呵，你来呵我崽，你算哪根毛？除了他娘的偷油漆偷铜线，你还会什么？你这个老货不是也进过派出所？你还要不要脸？哪次下棋，我不是让你的子？……他们完全昏了头，甚至争到了以前的质检舞弊和饭票做假，看哪个更狗屎。他们最终纠扯成一团，额头顶额头，怒目对视，咬紧牙关，呼呼喘气，直到眼里都有了泪水，直到都骂无可骂，只是呜呜呜哭了。他们好像不骂就找不到哭的理由。"滚！都跟老子滚——"郭长子一脚踢关了门。

小安子未能赶回来,虽然已离婚,但汇来了美金,托人捎回一种针剂,据说是什么靶向特效药。这肯定是天价哩,闹得女儿每次都不准护士过早拔针,对吊瓶里剩下的几滴心疼不已。倒是同室病友说漏了嘴:"可惜呀,一滴就是几十块钱。"

这一句军哥算是听懂了,也听憎了。老天,这是什么龙肝凤胆?一针就打掉了女儿大学一年的学费?就打掉两个汽车轮子?莫非这个时代不仅快乐很昂贵(比如耐克鞋),不快乐也昂贵(比如高价药),无论哪一头都超出了他的支付能力?都要同他过不去?

他把针剂包装盒看了好久,好像要把洋字码一一研究,要研究出一个废物在这些字码里的活命之道。

那一天,他说在医院里睡不好,征得医生同意,回家休息几天。他说想吃蟹,让女儿去北门大市场买,去叫婶婶来做。等家里安静下来以后,他洗了个澡,换了一身衣,充分的大小便——想走得干净一些,不至于太难看。他算准了时间,因此女儿和老婶婶来家时,一切已经完结,包括他换下的衣服都已洗净,整齐地晾晒在阳台;包括他睡过的被子,叠得整整齐齐;包括他穿过的大皮鞋,都擦得干干净净。他得给这个世界一个清洁的告别式,不麻烦任何人。

一台卡式录音机反复播放出《运动员进行曲》,是球赛前经常播放的那一曲,也是他少年时代听得最熟悉的。雄壮的旋律震天动地,斗志昂扬,再一次鼓舞他披挂球衣小跑步入场。

丹丹从这种近乎咆哮的乐曲中预感到什么,紧急丢下菜篮,门里门外四处寻找,最后发现厕所门紧闭,任你怎么捶打,里面也无动静。

"爸——"

"老爸——"女儿的声音透出惊恐。

老婶婶叫来了邻居，踢破了门板。门下方两块生霉的板子最先破，从这个口子朝里看，两只悬空摇荡的大脚，赫然压在门后。

"爸呀爸，你怎么能这样？你不是还要看我的毕业证，要看我的方帽子照片，要看我的男朋友吗？……"女儿已捂上眼，不敢再看了。

丹丹，冤枉钱不要再花了吧，我也累了。

这是他遗书中的一句，写在一个笔记本里。他歪歪扭扭的字迹还记录了一些小事，谁送来了钱，谁给他熬过药，谁来看过他，谁的咳嗽也得注意了，比如贺亦民抽烟太狠，诸如此类。其中当然少不了对女儿的交代：

炒白菜要先炒杆，再加叶子一起炒。
宽汤煮面比较好吃，给锅里多放一点水。
做红烧肉略加一点糖，味道更好。
家里用煤火，一定要开窗。晚上把煤炉提到户外，千万记住！
最好剪一个短发，省得天天扎辫子，费时间。
天快冷了，电热毯和热水袋在床下的木箱里。
……

他大概没想过，女儿往后是否还需要这些经验。

十二

　　当年安燕挑一杆赶鸟的旌幡，说过一定要把马楠培养成狐狸精，不然这丫头今后怎么活？一辈子听外婆讲大灰狼的故事吗？一个女人不能对自己不负责任，就准备让男人来欺侮呵？

　　大概是不堪教化，马楠与她同居一室，混了好长一段，还是活得十分迷糊。但她的迷糊中总是有提心吊胆，比如，去食堂帮厨，量米、切菜、烧火，干什么都行，连挑水也能摇摇晃晃地对付，只是一见办招待，要破鱼杀鸡了，就跑出去老远，躲在外面不敢回来。即便事后蹑手蹑脚回来，若看到地上有血迹，还可能一脸惨白。曹麻子知道这一点，每次总是在她回来之前把血迹冲刷得一干二净，烧一把稻草熏一熏。这也许就是她后来送曹麻子回家时，哭得特别伤心的原因。

　　一位年轻的公社干部最喜欢教她骑自行车。但她不敢骑，在对方百般鼓励之下，闭上眼睛，咬紧牙关，好容易跨上了车，一起步还是满头冒汗大呼小叫。哪怕前方路上的人影还只有豆粒般大小，她也会觉得血案迫在眉睫，双手松把，狂叫一声："前面有人——"然后连人带车扑向最近的树干或电杆，抱住救命的依靠。这时候的她，两只手僵硬成半握状，需要旁人又揉又搓，又捏又拍，才能让手指慢慢伸展，恢复指关节的活动。

　　她居然为公家办事，去供销社买过一次鞭炮，相当于吃了豹子胆，英勇得连自己也无法相信。她开始倒没什么感觉，只是搂住鞭炮一路回来，忍不住想象鞭炮受热后的爆炸，想象爆炸时自己的皮开肉绽，于是寻找树荫避开阳光不说，不断用草帽给怀里扇风不说，揣在怀里怕它受热，抓在手里也怕它受热，结果左手拿一下，右手拿一下，如同来回捣腾一颗吱吱冒烟的原子弹，回家时连衣都汗湿了。

她为什么认定人体的热气足以引爆鞭炮？她学过数理化吗？就像她认定自己的左臂比右臂长一点（完全测不出来），认定山上的野草分公母（找不到任何依据），认定人的梦有黑白、彩色、橙黄色的三种（她不会是个催眠女巫吧），认定同一只木桶装满冷水时比装满热水时要重得多（温度计比台秤更能测出重量似的）……如此稀奇古怪的想法，经常没来由地冒出来，似乎要把大家的智商都统统打回草履虫的状态。

她是属兔的。这只总是能在生活中嗅出巨大危险的兔子，有时也不乏惊人之举，让人们奇怪。这一天，她在食堂里烧开水烫萝卜菜。一个不知哪里来的疯子，到处追杀"妖怪"，全身又脏又破，哇哇哇冲进厨房，手舞一把菜刀逢人便砍。曹麻子的手臂首先挨了一刀，鲜血立刻喷溅灶台。另一伙计用锅盖挡了一把，很快夺门而逃。还有一位是来打热水的，顿时吓得瘫软在地。倒是她迷迷瞪瞪迎头撞上，不知眼前发生了什么，见疯子杀气腾腾，觉得这家伙也太可恨了，闹得这里乌烟瘴气，像什么话？"你才妖怪呢。"她顺手舀起一瓢开水泼过去，烫出对方一声惨叫，捂住一张脸，跑了。

她看看一把地上的菜刀，看到曹麻子手上的血，这才突然明白了什么，双膝一折，自己晕了过去。

人们掐人中，抹凉水，抽打嘴巴，好容易把她弄醒，告诉她疯子已被抓住了，不会有危险了。她却不知对方说什么。

大家夸她勇敢，说要不是她一瓢开水，疯子说不定还要伤害更多的人。她看看这个，看看那个——开什么玩笑？她怎么可能勇敢？怎么可能一瓢退敌？给她十个胆也下不了那个手呵。她冲着曹麻子瞪一眼，"你休想赖我。"

"是你的功劳，你还谦虚什么？"

"你见鬼去吧。"

"马楠，你看你，这不是夸你吗？"

"你们都是骗子，都在骗我！"

其实，她有一个服役海军的男同学，与对方常有书信来往，已是一种成年的迹象。这样看来，她已属婚恋军需品，只能被我们放过。有一段，我们两人被公社抽调，筹备全公社的文艺汇演，随一位姓焦的宣传干部下村，巡回辅导农民编排文艺节目。她舞跳得好，是宣传队的尖子，负责指导表演，我则参与修改脚本。那些天里，即便走得近，但她在我眼里也只是工作搭档。无论我们相互看了多少眼，目光也是毛毛糙糙的，没什么温度。

当然，也可能是我们还幼稚，属于绝缘体，不带电。就像她后来说的：对天发誓，她下乡很久后，还辨不出什么是女人的漂亮，什么是男人的英俊，总觉得这些话题过于深奥。即便自己已胸大臀满，也还是听不懂粗痞话，也不知道种猪爬背的怎么回事。有一次，她竟然参与猪场围观，急急地向旁人打听，这家伙干什么呢？为什么打架？她又一个劲地催促梁队长，怎么多出了一条腿？你得管一管呵，快喊兽医呵。

不用说，队长倒是被她问出了一个大红脸，只能摇头，"嗨，这些城里妹，还真是些懂懂。"

"懂懂"的意思是蠢货。

我们两个懂懂就这样走了十几个村。借居一个乡村小学时，我们自己做饭吃。她切菜，我烧火。她洗碗，我挑水。但吃了也就吃了，没什么好说的。这一天，她发现一条蛇从门外爬入，吓得魂飞魄散地大叫。我赶过去，顺手一合门，靠门板与门框的挤压,刚好把一条蛇卡住,最终将其碾为血淋淋的两段。但叫也就叫了,碾也就碾了,还是没什么好说的。我们点上油灯去各自的房间,累得只想早点睡。

如果不想睡得太早,我们或也在火塘边坐一坐,看房东老太纺纱什么的。一辆手摇纺车不时轻摇,发出低一声高一声的嗡嗡嗡和嗡嗡嗡,如催眠的哼唱,从屋檐下丝丝缕缕外溢,在乡村的静夜里显得特别洪亮,特别飘滑,也传得特别远。这种颤音让人似乎想到什么,又想不起来。

不知什么时候,我回头一看,她的座位已经空了。

如果早晨醒得太早,我们也许会在村里闲逛一下,比如,看一个少年屠夫在地坪里杀猪。她不敢看,但事后一再好奇地问这问那,想知道那一位八岁娃是如何降服一座肉山,以至大叔都只配当下手,帮他煺一煺毛,理一理猪下水。她强烈关心的是少年是如何下绳,如何出刀,如何喝令长辈,嘴里说了些什么话,小鼻子和小眉毛是否有些奇异。直到问得我烦了,没好气地回一句:"干嘛不自己去看?"堵得她两眼往上一轮,呼了口气,闷闷地走开。

时间长了,出双入对的情形多了,事情还是会有一些微妙变化。这么说吧,有些女人是地下矿藏,是需要慢慢发掘的东西,特别是她这样的懂懂,相当于玉石,不是宝石;相当于璞玉,不是器玉,丢在人群里并不打眼。只有在足够长的时间后,才会有一个浅笑,一个微偏的回头,一次轻盈的跳跃,一回生气时的噘嘴,一条腰身线条的妖娆,一种悄悄拉扯衣角的羞涩,一种下蹲时大腿挤压出来的丰满曲面,渐入男人的心头。这是一个无法预测也无法作为的过程,是一种自然的积累。

可能有那么一天,你突然感到一阵心痛,来自对方身影的沉重一击——毫无疑问,那才是心理创伤已经造成,那才是命中注定。

　　生活中很多事就是这样，形式反过来决定了内容。在龙廷上批过圣旨的，不是皇帝也是皇帝。用密码发过情报的，不是间谍也是间谍。没有身份的行为本身就是身份，没有内容的形式一定会成为是内容。一如某些孤男寡女，泡过酒吧了，看过电影了，在海边畅谈过人生了，还相互关切过肚子痛了……恋爱的一切形式就位，他们不是恋爱又是什么？他们还能像小贩砍价那样事后一拍两散？上天之眼肯定注意到这样的情节：我与她已走过了十几个村子，已合伙吃过饭，联手打过蛇，在月光下多次夜行……这不是爱情片还能是什么？事情还能回到以前？

　　几乎用不着任何人指导，低音美声已能脱口而出："对不起，借我一下针线……"看看吧，借一下针线都不失雄浑、深沉以及孔武有力，问题就很大了吧？

　　"针线不是在你那里吗？"

　　"是吗？我已拿走了呵？是刚才拿走了？"

　　她觉得好生奇怪。

　　我回到房间磨蹭了好一阵，忍不住还是去找她，先说一说天气，再说一说节目，最后绕到要命的正题："别人都在说，你没听见？"

　　"说什么？"

　　"说我们两人的事。"

　　"我们什么事？"

　　"我们……是有点那个了？"

　　"什么那个？"

　　"恋爱吧，是不是？"

　　"恋爱？恋爱就是这样子？"她脸红了，但似乎很吃惊。

　　"依我看，还能怎样呢？你看这小日子，我们过得老夫老妻似的……"

"你放屁！不准你说。"

"对不起，这可是别人说的……"

"别人说的也不行。就算全世界的人都说了，这话也不能由你来说。"

但她的脸红其实已说明了什么。她并未给我一巴掌，并未大喊抓流氓，只是一个劲地逐客，随后紧紧关上房门，响亮地插上木栓，似乎也说明了什么。

几天后，我下河洗澡，就是村前那条小河，没料到上游有人在放巴豆水毒鱼。我看到水面上漂来一两条白肚皮，还以为自己捡了便宜，待听到上游有人冲着我大声喊，才知河水有毒，不能沾，更不能喝。但为时已晚，我上岸时头重脚轻，下身已麻辣火烧，走到村头时肯定已面色惨白和嘴唇乌青，否则不会偏偏倒下。一位老农急忙找来山蒜拌桐油，灌进我的嘴，让我好一阵呕吐，吐得死过了一轮似的。他还挖来茅坑土，臭烘烘的那种，放在锅里炒热，再泡出水来往我嘴里灌。又拿来一碗热麻油，涂抹那些毒水浸出来的红斑，特别是裤裆里的私处，石榴皮一般的热毒痘疹。在这一过程中，她去卫生院，找医生来给我打针。

不好意思，不仅整个下身热得发烫，我那家伙也又红又肿，贴满了老汉——掐破的芝麻粒，据说也是用来解毒的一招。好了，到这一步，我觉得自己简直是黄色镜头，更是恐怖镜头，再好的形象也毁在一个烂胯裆里，连死的心都有。

焦宣委也来过了，要我提前结束下队，回茶场去休养。不知什么时候，她也发现我醒过来，想吃点东西了，显得很高兴。"我知道你死不了。吃吧，多吃一点。我也要去洗头了。"

这话真让人扫兴。洗头不洗头的，她就没有精彩些的话？好歹也是劫后余生，好歹还要旅途分手，即便她不能扑上来抱头痛哭，即便她没有"活着真好"一类感叹，在如此大难之后，哪怕是萍水之交，至少得多一点陪伴吧？

她果真撇下我，自顾自去洗头了，果真去久久地烧水和挑水了，让我无所事事，只能一个人呼噜呼噜大吃稀饭，吃出猪栏里拱潲的声音。

"这里还有咸菜，还有红薯丝。"她的台词依旧平庸烂俗。

"不要。"

"你说什么？"

"我说了不要就不要，我又不是一个饭桶！"

"你说什么？"

"没什么，我要睡觉了！"

"那你睡吧……"她有点疑惑，"你自己把油灯给吹了。"

我偏不睡觉，偏要下床，偏要找火柴抽烟，却不知她去了哪里。多少年后，我笑她不解风情，她翻了一下眼皮，却只承认自己嘴笨，而且一直痛恨这种无可救药的笨。她甚至奇怪，说不知自己为何经常开口就错，得罪过不少人，以致她很长一段时间内总是少说不说，见到生人尤其不敢直视。她似乎活成了两个她，上台演出是一个，一抹上油彩就如鱼得水，昂首挺胸，胆子天大；但如果要她上台讲话，哪怕是给她一个讲稿，只要她照着念，那也无异于逼她杀人，只能让她哆嗦。

一次言语事故据说是这样。她织了一条纱巾送给二姐，说出口的热情居然是："这东西我反正用不了，你拿去吧。"

二姐冷冷一笑，说妹呵，你的剩余物资太多，搞扶贫是吧？

她觉得不对味，不知该如何接话，想了一阵，忙补上一顶大高帽："我不是这个意思。你哪是扶贫对象？我什么人都不佩服，只佩服你们这些当老师的。"

但刚说完又急，恨不得给自己一巴掌。她怎么能这样说？这算是讨好二姐了,但在座的还有一位邻居,有干部身份。如果她只佩服老师,那位徐主任往哪里摆?她瞟了一眼,发现那人果然沉下脸,放下一份报纸要走。

"徐叔叔,你怎么能走?好不容易来一趟,哪能就走呢?你看,已经到饭时了,就在这里吃一碗吧。你反正也没地方吃饭。"

对方好奇怪,"我没地方吃饭?"

"不是,不是这个意思,我是说……"

对方还是拉门而去。

是呀,什么叫没地方吃饭?人家好歹一个堂堂革委会的大主任,到哪里没人招待,还指望你这里一碗?你马楠留人吃饭就吃饭,什么猪嘴巴没事找事多一句,能不把人家气得七窍冒烟?

她见徐叔叔远去的背影,又见二姐没带走围巾,顿觉天旋地转,一屁股坐下,恨不得哇哇大哭一场。她后来一口咬定,肯定是小学里那个该死的男同学,拿一条蛇放在她课桌里,吓得她晕了过去,从此就把脑子给吓笨了。

十三

因马楠的关系，我认识了她哥马涛，也是郭又军的老相识。他们两位在下乡前算是学生组织的同一派，有点战友交情。马涛的父亲被抓走和批斗，是军哥带着介绍信去交涉，把老人家要回来的。马涛说妹妹有关节炎，不合适下水田，也是军哥去公社和县里跑手续，把马楠从外县迁来白马湖茶场。

与妹妹不同，马涛倒是特别能言善辩。据说，当年在学校就是王牌辩手，只要他一出马，要格言有格言，要论据有论据，要讽刺有讽刺，要诗情有诗情，口水总是淹得对方招架不住。同学们一高兴，齐声欢呼"马克涛"，就是马克思第二的意思。

他曾来白马湖看望过妹妹。正值抢收早稻的季节，我们没法请假陪他，他便同我们一起出工，干得浑身泥水，在烈日下烤出一脸黑，腿上也有好几处蚂蟥叮出的血痕。军哥在掰手腕时赢了他，让他不服气，于是提议比酒量，把村里款待支援者的谷酒一口气连喝五大碗，喝得军哥自愧不如。接下来又提议比挑担，他挑起满满四箩水淋淋的稻谷，踉踉跄跄，东偏西倒，在众人的惊呼声中一口气挑到晒谷场，吓得大家都倒抽一口冷气。二比一，涛哥脸上这才有了笑容。

但他在象棋盘上很少赢过又军，下不了军哥擅长的盲棋，去湖边洗澡和跳水，二比一的记录更出现动摇。

来一个吧？怎么样？飞燕式还是鱼跃式？要不来个最简单的，倒插一根"冰棍"总可以吧？军哥冲着他一脸笑里藏刀。

马涛笑一笑，搓洗自己的衣，算是支吾过去了。但这天夜里，他忍不了老相识的笑脸，既不歇凉，也不早睡，一个人再次去了湖边堤坝，在那里发出通一下又通一下的入水声音，显然是非要练出点什么不可。直到子夜，北斗已偏转，我们聊过了大蜂窝，聊过了岔路鬼，聊过第二次世界大战时美国最好的步枪"大八粒"……不知何时，觉得有点什么不对劲。细想一下，原来堤坝那边太安静了。

我们没见马涛回来，忙去堤坝边寻找，用手电一照，不禁失声惊呼——他躺在岸边，半身还在水里，一手捂住额头，从指缝中流出的血盖满全脸，只有两只眼睛偶尔翻一下，显示出那还是一个活物。

天啦！

你受伤了？

快来人呵——

他已无力回应我们的任何问话。后来才知道，堤坝两端有涵管，还有堵漏的一些木桩。他不熟悉这里的水情，选择落差最大的地段跳水，没料到一头扎下去，砸中了隐伏水中一根木桩，顿时失去了知觉，所幸最后得以苏醒，坚持游回了岸边。

第二天，他头上缠着白纱布离开茶场，登车时突然想起什么，交代送行的马楠："你们去告诉又军，我的难度系数肯定超过了他。"

他说什么呢？什么叫难度系数？马楠愣了一下，好一阵才恍然大悟：原来他还惦记跳水，原来他刚才应酬一些送行者，实际上一直心不在焉，脑子里只有二比一。

他额上的那块伤疤，好几年才慢慢平复。他后来一旦摸不到这个疤，就完全忘了那一段，从不记得什么跳水，更不相信他脑袋差点开瓢一类无稽之谈。相比之下，他只记得胜利，更乐意谈一谈打水漂、扎飞镖、乒乓球、下围棋、打桥牌、解数学题、哲学中的这一派那一派……他在那些事情上何时屈居人后？说俗事当然也无妨，连洗衣做饭也可以谈——只是一谈就得谈他洗衣的成就，谈他做饭的示范，谈出深度和高度。别人若跟不上，他便不来电，无精打采，兴味索然，揉一揉指头，走开去捞一张报纸看看。

不能不承认，他走到哪里都是百兽之王，都是镇山之虎，是各种朋友圈的主心骨，永远不乏我这样的崇拜者。特别是在那个年代，谁都想当英雄，谁都想追随英雄，如果没遇上战争，那就革命吧。革命就是年轻人尊严、激情、崇高、传奇人生的最后机会。这样，知青中也会有这样一些少男少女三五成群，神色凝重，嚼一点炒蚕豆或冷锅巴，一张嘴，一放言，就是面对中国和世界，面对今后三十年乃至一百年。

他们说一说东南亚应该怎么办，说一说欧洲与非洲应该怎样变，说一说领袖们的"重上井冈山"和"一切权利归苏维埃"，说一说第三国际、北约和华约、中国的钢铁产量和军队动向。这种拔剑四顾和栏杆拍遍的豪情，这种一个个即将成为广场上伟大塑像的劲头，能不让人热血沸腾？

革命是一杯什么人都能醉一把的美酒——不管他们是来自贫困，还是来自失恋，还是来自忤逆，还是来自无聊，还是来自读书后的想入非非。革命的某种形式感，诸如紧紧握手、吟诗赠别、严肃论争，还有在河边或山头的沉思状，已足以让人心醉。何况，对于有些人来说，这还是社交的有效通行证，就像马克思说过的，在广阔的大地上，任何人凭借一首《国际歌》，都可以在任何一个角落找到同志。那么对于我们这些革命同志来说，当然还意味着找到一顿充饥的饱饭，几支劣质香烟，一双他人慷慨相赠的旧胶鞋——这些《国际歌》的兑换品和增加值总是一再温暖旅途。

一个人进门时举起右拳:"消灭法西斯!"

其他人举起右拳回应:"自由属于人民!"

这样一些礼仪都是从电影里学来的。

坦白地说,如果没有这种革命,我的青春会苦闷得多,在白马湖根本待不下去。人是很奇怪的动物,一旦有了候任铜像或石像的劲头,再苦的日子都会变得无足轻重,甚至还能熠熠生辉——在日后的我看来,宗教其实不也就是这样吗?在宗教退场的地方,商业不也能这样吗?眼下那些娱乐的、体育的、促销的明星,引千万追星族要死要活,闹到自贱、自废、自残的程度,其实也没什么新鲜,不过是人类激情一次次失控性的自燃。

我曾重新看待脚上的一道道割痕。作为格瓦拉的崇拜者,我当然不再自怜,倒有一种把伤痕当作勋章的骄傲,走过那些衣冠楚楚的上等人身边,甚至忍不住亮出勋章,让寄生虫们一边去吧。

我也开始重新打量崎岖山道。作为甘地的崇拜者,我当然不再叹息,倒有一种把艰辛当作资历和业绩的兴奋。我相信一个人的体魄和意志,只有在这样的山道上,在汗如雨下两腿哆嗦的长途,才能真正百炼成钢。

我突然觉得都市没什么了不起,城市户口算什么呢?一个乡下人,心里装着马克思和巴黎公社,哪还有工夫自卑?哪还有工夫羡慕和嫉妒?哪还有兴趣婆婆妈妈的上街淘货?眼下的大事都忙不过来呢。想想看,可能有那么一天,反动派拒绝下台。那么,街垒战斗太有可能在这一片城区打响。红旗应该在这幢楼上飘扬,机枪应该在那幢楼上布设,当硝烟和坦克的机废气隐约可闻,起义者就应该在这里阻击,应该从那一条街增援,应该提前割断电话线,应该在百货大楼或南华山建立指挥所,应该有车载高音喇叭随防线推进……这一切岂能不预先有所规划?更重要的,路上一个白发乞丐,应该好好接济。街旁一个病妇,也应该出手搀扶。

因为人民大众是革命的坚强后盾，这些大爷和大嫂，说不定就是将来可贵的向导，是最要紧的线人，到时候能助我方突出重围绝处逢生——人民万岁！

突然，一片鞭炮般的炸响，我感到了背部和屁股连遭痛击，整个身体散了架，在空中高高腾飞，又重重砸在地上。我定下神，翻过身来，拍了拍脑袋，看清了天上的星星，看清了路边黑色的树影，伸出两手摸索，才发现自己坐在一条路边的水沟里，并不在货厢里的竹竿上。到这时我才大致明白，一定是拖拉机厢板挂钩在颠簸中脱落，半车竹竿哗啦啦滚下车，躺在上面的我自由落体无法幸免。

"喂，停车——"

我把呼叫抛出去，扔入一大堆钢铁撞击声以及竹竿颠簸声里，连自己也不大能听见。但拖拉机绝尘而去，一晃一晃的尾灯越来越远，最终被无边的黑暗淹没。

"丁师傅——"我几乎欲哭无泪。

车后尾灯更加远了。

我这才想起来，自己刚才是躺在拖拉机货厢上，怀揣一封来自马涛的信。信中关于国内革命形势的分析让我无法入眠，再一次神驰万里。眼望着一座座向车后退去的暗色山峰，听满车竹子颠簸的哗哗声，我根本不知道危险正在步步逼近。

荒山野岭杳无人迹，好在还有一条沙石大路。我撅着屁股，以一根树枝为杖，一拐一拐地上路，走到老井坊那里，向路边农户讨了一点草纸，烧成草灰，凑着油灯，给腿上的伤口止血。谢天谢地，我重新上路的时候，总算听到熟悉的声音，看见远处的两道光柱。后来才知道，机手一直把拖拉机开到茶场，发现车上没剩下几根竹子，车上人也无踪影，这才急忙开车回头来找。车上的两个后生是他找来帮忙搬竹子的，不是来参加白马湖革命的。

"你聋了吗？我要你慢点开，慢点开。那个破车厢不散架才怪呢。"我忍不住骂起来。

"这能怪我吗？我要你坐到前面来，你偏要睡在上面，吹你那一身痱子。我又没长后眼睛。"机手也很冒火，压根儿没把我当作未来的起义领袖。

同来的后生也怨我："李师傅不是为了赶任务吗？你自己没坐稳，怪谁？"

"颠簸得那样厉害，他怎么开车的？草菅人命呵？"

"路不好，你有钱来修？"

我们争着吵着。我觉得他们好无道理，明明知道我破皮流血了，知道我已走得很累，还要我帮忙搬竹子。他们就不知道我的事有多么重要吗？不知道我暂时不能说的事，将要做的事，对国家和人民将何其珍贵？我很想启发一下对方，不要鼠目寸光，不要门缝里看人，不要以为我只是一个撅着屁股的家伙。伏契克说过：人呵，我是爱你们的！但你们也许并不需要知道这一点。

直到从机手那里接下两个煮红薯，我才确认远水不解近渴，此时的此时，红薯还是比革命更能消除我眼下的头晕目眩。

十四

　　这个城市曾成为神秘的基地之一。离城七八十公里的山坡上，一片树林子里，一座没有挂牌的楼房，架有铁塔天线并有军人守卫，是东南亚某国共产党的一个广播电台——这事多少年后才为公众所知，楼房成了一个游者出入的历史遗迹。来自几个东南亚国家的红色干部子弟，还有些烈士遗孤，安顿在远郊一个学校。我们曾去那里举行过篮球友谊赛，向对方球友赠送像章。我的一位大龄同学，好像姓罗，记不太清楚了，还在那里交上了一位女友，据说是菲共首脑的女儿。那女孩大眼睛，大酒窝，中国话学得很快，最喜欢打乒乓球。

　　罗同学带这位女孩来到学校，说他不久前偷渡出境，去越南参战抗美，不巧被解放军的空防部队抓住，押解回国，惨透了。不过，他说他还要去的，等到东南亚全解放，哥们可能混成一个旅长或师长，到时候一定邀我去旅游，饱吃那里的香蕉和木瓜。

　　一位偷渡同行者已死在美国 B–五二的狂炸之下，也是他说的。

　　我下乡后还见过这位罗同学。他不知为何没去越南，红色公主似乎也没下文。但他同我说起了马涛，一个他无比崇拜却无缘得见的思想大侠，江湖中名声日盛的影子人物，曾任某派小报的主笔。

　　"你是说马涛？我认识呵。"

　　他圆睁双眼，把我当恐龙上下打量，"吹吧，骗谁呢？"

　　"吹什么？他妹将来说不定还是我的……那口子。"

　　他差一点眼球掉出了眼眶。

"你看你,至于吗?我有什么必要骗你?"

"你真的……认识他?"

"真的。"

"你是不是耍我?"

"懒得同你说。"

"亲爱的,那你一定要带我去认识一下。"他立刻拍打我身上的灰,买来一支冰棍递给我。

他从抽屉里搬出一本剪报,里面有不少马涛的文章,化名"新共工""潜伏哨""小人物"一类,都是当初小报上的时论。他又掏出一个笔记本,里面密密麻麻有各种他抄录和珍藏的格言:

革命就是看似凶手的外科医生。
胜利的最大秘密,在于等待对手犯错。
青春——与年龄无关的热情。
……

你听听,说得太好了,太深刻了!也就是一个中学生,你说他脑子是怎么长的?听说他的数学,初中时就自学到高中,觉得物理课本没意思,索性自己重新编写了一套。有这事吗?听说他很多的文章都不用打草稿,直接往蜡纸上刻,有这事吗?……他兴冲冲向我打听各种细节,又翻动纸页,温习下一句格言。

我无法证实传说,也无法确定那些格言出自马涛。我略感吃惊的是,涛哥什么时候已如此深入人心了?也许是时间长了,接触多了,见多不怪,加上马楠这一层关系,我倒也没觉得他神奇到哪里去。他没叼烟斗,没披风衣,没戴花呢贝雷帽,没敲击打字机并且在壁挂地图前踱来踱去,不像个来自巴黎或彼得堡的革命党魁。"托洛次基同志……"他没这样嘟囔过。"阿芙乐尔巡洋舰在哪里？……"他没这样打过电话。虽说鼻梁高挺，眉骨凌厉，隐有一股英气，但他挑担的气力够大，戳在哪里打铁或夯地也合适，能否彪炳史册，还真不好说。

他在民办中学里高中毕业生——当时很多家庭背景不好的学生，只能去那种学校。那种学校隐在小巷里，或旧祠堂里，连操场都不一定有。

他似乎还有一点神经大条，虽对自己入迷的书过目不忘，能一字不漏地背出某一段，甚至能准确锁定哪一页；虽然讲一个小说或电影里的故事，也能风生水起和精确无误，但他就是不大记人，是一个"大字先生"——农民们对粗心人的另一种说法。据说他下乡后，总是把村里的姓王的叫成姓刘的，把杀猪的叫成弹棉花的，把人家的三大姨叫成四姑娘，一再搞乱村里人的辈分和姓氏，被旁人纠正了，下次还可能错。

他在三〇一国道边一个知青户住过两天又吃又喝，还借走人家几毛钱去搭乘汽车，但那位债权人日后见到他，他根本不记得，理都没理，只看了一眼，便倒在床上读书，把对方气得脸红脖子粗。什么人呢？怎么这样白眼狼？"他去我们那里，谁不是把他当祖宗供着？他担过一次水吗？劈过一根柴吗？摆过一次筷子吗？"

呸，呸呸！

有人把这些悲愤万分的话捎给马涛。马涛很奇怪，"有这事？我怎么一点印象都没有？"

天地良心，他可能真忘了，绝非故意赖账。他身边的人都知道，哪怕在他家里，他也是个瓶倒不扶、水开不灌的主。就是说，在很多时候，他的世界里完全没有扫帚、饭锅这一类小事。

回城过春节，他与同行的知青想省钱，"打溜票"上火车。碰到乘务员查票，有的人钻厕所，有的人藏椅下，有的人抓住停站一刻前车厢下后车厢上，还有的嗷嗷直叫装聋哑人，拿一条围巾

91

蒙面装麻风病人，或联手演一出失主追打小偷的苦肉计……总之花样百出各显神通，让查票的顾此失彼。结果大家都纷纷过关了，唯有他这位大爷呆呆的坐等奇迹发生，坐等什么人来把事情搞定，最终在座位上束手就擒，一开口就承认自己没买票，承认自己也没钱买票，对不起，确实是揩国家的油了。

他气得伙伴们一个个痛不欲生。天下还有他这样的猪脑袋？他就不会说车票被小偷偷走了？就不会说车票不小心丢了？就不会说老母病危在床……

"像他这样的木瓜，抓进鬼子的宪兵队，肯定第一个毙了！"有人对他的智商也大生怀疑。

他被乘警带走，供认不讳，自证其罪，据说在终点车站外挂一个"流窜犯"的纸牌，与其他盗贼、骗子什么的一起，面对广场示众三日，算是折抵车资接受惩罚。

几个伙伴去接他回家时，他不知在哪里睡过，与一些什么家伙亲密过，头发结成了块，身上冒出一股浓浓的馊味，脸上好几处红包，大概是跳蚤的作品。但他不大在意，见到伙伴时兴冲中的第一句话却是："告诉你们，我知道维特根斯坦错在哪里了。"

你说什么？大家如同听到火星语。

"何胖子根本没读懂，他对怀特海的解释也纯属胡扯！"

他是不是被关出病来了？

他把包丢给伙伴，说自己这就去找何胖子。旁人问了半天，才知道他要与那位化工厂的锅炉工就欧洲现代哲学一决胜负，不杀个人仰马翻决不收兵。

"你先回家洗个澡吧？"马楠急得要哭了，"你看你身上臭成什么了，一身臭气也不怕熏了别人？"

"我臭吗？"

"你自己就没鼻子？"

"哦，哦……"

他愣了一下，这才注意到，自己确实成了一颗毒气弹，便没再说什么，心有不甘的随妹妹回家。

多年后，他已远在太平洋的那一边，音信渺茫，相见时难，但还是不时闯入我的思念。马涛同志，我得感激他在我最阴暗的岁月，在我父母倒霉的那一段，也是很多熟人避开我的那一段，经常与我散步地头，接纳了这位倒霉的妹夫，兄长一样的热情鼓动，填补了我的空虚，给了我温暖。我得感激他引我走上了知识之途——尽管他的不少说法后来也让我生疑，尽管他后来对我耐心渐少，刻薄之语让人受不了，动不动就疾言厉色，恨不能朝我屁股上猛踢一脚。"你猪脑子呵？""怎么连这个都不懂？""你怎么还不去一头撞死？"……但我还得承认，他是第一个划火柴的人，即便是一个冷血教官，也点燃了茫茫暗夜的一盏灯，照亮了我的整个青春。

书是一个好东西，至少能通向一个另外的世界，更大的世界，更多欢乐依据的世界，足以补偿物质的匮乏。当一个人在历史中隐身遨游，在哲学中亲历探险，在乡村一盏油灯下为作家们笔下的冉·阿让或玛丝洛娃伤心流泪，他就有了充实感，有了更多价值的收益，如同一个穷人另有隐秘的金矿、隐秘的提款权、隐秘的财产保险单，不会过于心慌。

这样，从毛泽东的《实践论》，到马克思的《法兰西内战》，从左派烈士格瓦拉，到右派好汉吉拉斯，我就是在马涛的一根根火柴照亮下，一步步走过来了。借来的、抄来的、偷来的书塞了满脑子以后，我甚至像圈子里的各位学长，差不多长出了一张马涛的嘴，动不动就"我以为"或"倘如此"（鲁迅常用语），动不动就蹦一个"逻各斯"或摔一个"布尔乔亚"（"逻辑"或"资产阶级"的旧译），说话口气回到手摇留声机时代，回到繁体字和长布衫的时代，暗示自己的学养根底非常了得。

不好意思的那一次，就像大家嘲笑过的，一听到马涛推介《共产主义运动中的左派幼稚病》，我甚至立刻跑到书店，一进门就大喊："买一本幼稚病"——显然是自己未能记住长长的书名。

一位营业员愣了，"你看病？走错门了吧？"

"不，我是要买书。"

"那你上二楼看看，治病的书在那里。"

"幼稚病不是病，是左派。"

"左派？我们都是左派，革命左派。你从哪个螺蛳壳里拱出来，敢说我们……有病？"

我可能真是记错了。那么到底是左派的幼稚病，还是幼稚的左派病？是青年近卫军的幼稚病，还是铁道游击队的左派病？……我把读过的几本小说里扑腾好一阵，却越想越乱。书店老头取来的几本幼儿书，当然也是离题万里。我只得红着脸悻悻地离去，让几位营业员在我身后面面相觑。

出门后居然遇到小安子。她是来买手风琴教材的，听我说完忍不住大笑，伸出一个指头在我眼前晃了晃，"喂，几个指头？"

"一个嘛。"

她加上一个指头，"这是几？"

"你什么意思？"

"我要看你是不是脑膜炎。"

"你才脑膜炎呢。"

"你不会说燕雀安知鸿鹄之志吧？小菜瓜，告诉你，有些狂人就是飞蛾扑火，充其量是一点飞蛾之志。你最好离他远一点。"

她翻一个白眼，扬长而去。看来她是知道一点我们读书小组情况的，也略知来来往往的马涛是谁。但像大多数朋友一样，她对此不以为然，而且嗅出了某种不祥。不幸的是，他们的嗅觉其实很准，很快就得到了应验。

十五

当时的乡都称"公社"。那个公社的知青散落山南岭北,到赶集时才会集中出现于小镇。操一口外地腔的,步态富有弹性的,领口缀有小花边但一脸晒得最黑的,或脚穿白球鞋但身上棉袄最破的,肯定就是知青崽了。他们夸张城市的高贵(小花边、白球鞋),也夸张乡村的朴实(最黑的脸、最破的棉袄),把两个极端混搭,有自我矛盾的意味,似乎不知该把自己如何打扮。

每逢农历三、六、九,农民们来此交换土产品,以货易货,调剂余缺,大多聚集在猪市、牛市、鸡鸭市、竹木市的地段。知青们则大多是冲食物而来,见到甜酒、米粉、猪血汤、糍粑、包子、板栗、菱角、杨梅等必兴奋不已。本地小贩不大喜欢这些外地人。有人说,这些街痞子没规矩,好无血,用磁铁块暗贴秤砣,一个钱买两个钱的货,太歹毒了。还有人说到更无聊的事:买一个包子,吃两口后假装失手,把剩下一半落在油锅里,气得女店主欲哭无泪。"小祖宗,你吃包子就吃包子,这一下吸走我二两油呵。"

四乡八里的知青在这里混出了几分熟,日后不免有些走动,串门相聚,下下棋或打打球,唱唱《三套车》《山楂树》什么的,再讲一个福尔摩斯侦探的故事,就算是超爽的文化大餐了。

马涛落户这里的茶盘硔,在集市上结识了另一伙,一些操纯正北京腔的知青——据说多是外交部子弟,不知出于什么原因,通过特殊关系落户这里。天下知青是一家。两拨人隔河相望,一接上头便有一见如故相见恨晚之感，在小饭店里吃米粉时，免不了互相谦让，争相埋单，闹出扭打的模样。"人生呵人生。""命运不过是一杯苦酒。""不在沉默中爆发，就在沉默中灭亡。"……这些话都很耳熟，很对味，也伤感动人，如同江湖上的接头暗号，一听便可引为知己。

"你就是马涛那个点的？"

"你同阎小梅一个队？"

"我早就拜读过你们涛哥的文章。"

"我早就仰慕你们梅姐的诗名。"

"能认识你们，我太高兴了。"

"你的普通话说得真好听……"

他们中间有不少爱书人，不坠青云之志，身居茅棚心怀天下。一个少男和一个少女，在邮政所前认识了，互相一阵打量，又紧紧握手，眼睛迸放光芒，立即解下背篓去溪边深谈。他们有多少心里话可说呵。他们在柳树林那边会不会擦碰出感情火花，会不会眉来眼去进而谈婚论嫁，也尽在其他伙伴的想象中。不料大家才逛了半个集市，就发现他们怒气冲冲各自归队，情节急转直下。

少女回头大骂了一句："骗子！"

少男也回头大啐："呸，什么东西，屁都不懂！"

大家后来才发现，也许是相互期望值太高，亲密者其实最容易成为冤家仇寇。他们刚才不过是一个有关俄国电影的解读没谈拢，就无不痛感失望，怒不可遏，忍不住喷沫相骂——知识的高风险由此可见。读书是好事吗？当然是。但读书人之间的相互认同，一不小心就在相互挑剔、相互质疑、相互教导之下土崩瓦解，甚至在知识重载之下情绪翻车，翻出一大堆粗言恶语。

不久后，一场读书人之间的口水仗再度爆发：

你们读过《斯巴达克思》？

哎呀呀，通俗文学在这里就不必谈了吧？

那你们读过吉拉斯的《新阶级》？

也就看两三遍吧，不是太熟。

那好，说说《资本论》吧。

不好意思。请问是哪个版本？是人民版，还是三联版？还是中译局内部版？兄弟，我们最好先约定一下范围，不要说乱了。

你们知道谁是索尔仁尼琴？

你是说《伊凡·杰尼索维奇的一天》还是《玛特辽娜的家》？你要是想听，我都可以给你讲一讲。

那……请问你们如何评价奥威尔的《一九八四》？

……

读书人就是麻烦。这种对话像打牌，各方都决心压对方一头，四连炸，同花顺，一个个都争相拍出大牌。对方读过的书，那就没什么好谈了，没读过的才应该成为话题，才是缺口、软肋以及决战机会，必须一举发现，狠狠抓住，穷追猛打，打得对方晕头转向。相比之下，关于辩证法、土地制度、苏区五次反围剿一类，大家都能说上几句，是一些难分高下的死局，说起来就比较费事，聪明人最好不去那里纠缠。由此可以想象，如果他们的学问再大些，还懂什么英文或法文，那么各路功夫都抢上来，正事就更没法谈了。

空气中已隐隐弥漫敌意。茶盘砚和枫树坪的两伙，已成老对手，擂台争雄难有结果，于是比拼就转向更加奇怪的科目。你犁过田？你做过瓦？你烧过砖？你炸过石头？你下过禾种？你阉过猪？你车过水？你会打连枷？你会打土车？你一天能插多少秧？你一次能挑多重的谷？你打死过银环蛇和猫头蛇？你知道"赶肉"与"炼山"是什么意思？你那棉袄上的补丁有我的多？……如此唇枪舌剑，相当于夸富和炫宝的颠倒版，同样是一种挑衅，一种进犯，一种排行榜竞争，一场争面子和抢风头的往死里打，一种革命和更革命之间的不共戴天，英雄和更英雄之间的水火不容。

"骂谁呢?"有人大拍桌子。

有谁骂了吗？更多的人东张西望，寻找目标。

"道不同，不相与谋!"另一位站起来，气呼呼地拂袖而去，跨出了小饭店门槛，带动了另一些人纷纷起身，吓得几个和事佬左右为难。

他们这一次赶集，不仅没有争相埋单，而且大多成了气包子，脸上挂不住，连告别也免了。只有阎小梅跑出来大喊："谁的草帽？是你们的草帽吧？草帽都不要了？"

后来，一条河相隔，茶盘砚有人骂出了"臭权贵"，枫树坪有人骂出了"狗崽子"，扯上各自的家庭背景，就更为意气用事了。其实，双方的家长当时大多是运动冲击下的倒霉蛋，但有的黑一些，有的红一些，不过是苦情同中有异，好比都是牙痛，痛得不大一样而已，不必小题大做。

有人把马涛被捕一事，归咎于对方借刀杀人——怀疑依据之一，就是马涛在争辩时太傲慢，种下了苦瓜籽。雪上加霜的是，后来有一天，阎小梅在路上被碎瓷片割伤脚，一时血流如注，红透了半只草鞋，在路边痛得咬牙切齿一头大汗。马涛恰巧路过那里。他不是不认识对方，不是没看见对方脚下的血草鞋，不是不知道这里偏僻得前不巴村后不巴店，不可思议的是，他只是笑一笑。

"怎么这样不小心？要防止破伤风呵。"

他取下墨镜又戴上墨镜，跨过箩筐扁担以及血草鞋，竟然一步步走远，一只旅行包在背上晃荡，消失在通往县城的大路上。

"快去卫生院吧。"他最大的恩惠，最深的关切，最温柔的言语，就是回头补上这一句指示。

他以为他是谁？

他不帮一手，人家怎么去？他不捎个信，那么人家什么时候才能够去？这显然太冷血了，太不是东西了。连一条路边的狗都会对血迹惊慌大叫的，但他居然没停下来，没蹲下来，没查看伤情，没撕破衬衫帮助包扎，就这样脸厚如墙地扬长而去。他就不知道流血过多差一点要了小梅的命？即便他与阎小梅是老对手，但他是人，是男人，是一个号称心系世界的男人，如果不懂得怜香惜玉，至少也要知恩图报吧？如果不懂得知恩图报，至少得有一点人之恻隐吧？

　　抬头不见低头见。同是天涯沦落人。放在前不久，他没少吃阎小梅那些人买的甜酒、米粉、猪血汤……这些就不说了。有一次过河去借粮，他喷完一通马克思，还受到对方全体的热烈鼓掌。换下来的衣服，还是阎小梅和另一个女知青拿去洗过的，阎小梅从北京带来的书籍也是优先他挑选。他怎么一转脸就全部人情归零？如果不是良心被狗吃了，这一骇人听闻的事实该如何解释？

　　阎小梅的男友，一位军人的儿子，不久捎来口信，要与马涛约架，一对一，徒手上，血溅五步，生死在天，药费自理。要不是双方的和事佬劝阻，一场血案也许难免。但事已至此，两个读书小组的严重分裂无可挽回。

　　壮志未酬，大业未竟，胡马未灭国先乱，靖康犹耻箕豆煎，呵呵呵，这日子还有什么盼头？有一位女知青每想到这一点就暗自流泪。同伙们发现她一直沉默不语，茶饭不思，要不是偶然发现她的三首旧体诗，差一点就听任她悲愤万分投江明志去了。

　　大约一个月后，一封不知出自何人的告密信，举报马涛的危险言论，算得上警察一看就要血管爆炸的大案情，引来了两台神秘的吉普车。警察身穿便衣，换掉了警用车牌，大概是不想打草惊蛇，没有直扑茶盘砚抓人，只是在离村子较远的路口布控，让一名公社干部去诱马涛入网，其事由是请他去帮助绘制水利地图。

这一次秘密逮捕，当然是为了撒开一张更大的网。以至村里人都不知情，好一段还给马涛记工分和分口粮，以为他不过是去公社当差了。连他身边最近的人，也以为他是再次不辞而别，去哪里云游访学了。

没有什么人打听他的归期。

十六

我一直为马涛悬着心,觉得他去游南北,交友太广,说话又敞,很可能遇上什么叛徒或密探。他曾提议建党,建一个真正马克思主义的党,还草拟过党纲。考虑到他周围的面孔太多和太杂,出事的风险超大,我们大家都反对。

我得承认,谨慎的别号就是怯懦,我们的勇气远不如他。我一直为此暗自羞愧,总觉得自己骨头软,离烈士气节差一大截,一旦碰上小说里描写过的老虎凳、辣椒水、大烙铁一类,肯定受不了,肯定会招供,说不定还丢人现眼地尿裤子。我太想当英雄但从小就怕打针。我太想当英雄但千万不要受刑。要死就快死,挨枪子踩地雷都无所谓,只是不要面对老虎凳……我最大的隐私就在这里。

好几次,眼看就要出事了,特别是春节回城聚会的那一次,涛哥进门后摘下口罩,大声招呼各位,但迅速低语一声:"我被跟踪了。"

我如遭电击,好一阵目瞪口呆。

事情原来是这样,他发现自家楼下突然换了房客,是一对夫妻,但女方支支吾吾,说不清自己所在的单位,说不清单位的业务,表情很不自然,估计就是探子。更可疑的是,他收到来自四川的两封信,从邮戳的日期判断,都比以前反常地慢了两三天,那么这种延误意味什么?难道不正是秘密邮检所需的时间?就是刚才,他出门后发现身后总有一个人影,不远不近地尾随。他试探了一下，把一张废纸揉成团，扔进街口的一个垃圾箱。果不出预料，他后来躲在墙后偷看，发现那个身穿深蓝色夹克的家伙，正朝垃圾箱里查看，大概想找到他扔掉的纸团。

我们慌了，顿时觉得门外充满风险，布满了警察的眼睛。不知谁撞倒了一个茶杯，发出惊天动地的恫吓。

涛哥若无其事地一扬手，"打牌。"

他指了指上下左右，又指了指耳朵，意思是这里也可能有窃听器。这样，他接下来要说的话，在一片发牌和叫牌的嘈杂声中，由他写在一块纸片上：

第一，这两天大家不要互相联系。第二，分散出门，若被查问，就说今天是打扑克，说说招工的事。第三，回去后销毁一切可能引起麻烦的文字，特别是信件、日记。第四，以后见面时吹一声口哨表示安全，摸一摸头表示有麻烦。

他把这张纸片交大家看过，划燃一根火柴，烧了。

我们给窃听器热火朝天打了一通扑克，分批离开了。我一路走得胸口大跳，见谁都紧张，见警察和军人尤其心慌，于是两次进入商店，上了一趟公共厕所，看一下路边墙上的公告，还仿照涛哥的办法，故意丢下一个纸团，看是否有人随后来捡。还好，我觉得最可疑的一个撑伞女人越过纸团径直往前走了。

也许事情没那样严重？也许刚才那间房间里并没什么可怕的？也许就像报上说的，形势越来越好，大乱走向大治，全国正在一步步落实政策，扩大化和残酷化已成为过去？我怯怯地这样想。

一定是某种奇妙的感应在发生。大约半年后的一天，我深夜醒来，确定自己躺在床上，躺在县电影公司的客房里，听到了窗外的风声、雨声、雷声、树枝折断声,还有火车站那边的汽笛声。我还听到了隐隐约约的一丝呼唤,侧耳再听片刻,觉得那呼喊似与我有关。是的,应该有关,好像就是喊我的名字。我打开电灯,穿好衣服,开门下到一楼,没找到保管院门钥匙的老王。

仍然能听到远处飘忽不定的什么,好像那个声音不是越来越近,倒是越来越远,消失在邮电大楼那边。

我只好翻墙出院,撑一把伞,来到了街上。我赶到邮电大楼,发现积水的广场上空无一人,只有水渍中的路灯倒影。再找一找,才发现声音已飘至农机厂那边:"陶——小——布——"

果然是我的名字!

这太奇怪了。这么晚,是谁在找我?是谁用这种奇怪的方式找我?

我赶过去,发现昏暗的路灯下有一个人影。一张半藏在雨帽里的脸看上去很眼生。"你找陶小布?"

"你是陶小布?"

"你是谁?"

"你不认识我。"

"你找我……有事吗?"

"马涛你认识吧?"

"当然,当然……"

"他进去了。"

我吃了一惊,顿觉脊梁后一股凉气往上冒。看来,该来的终于来了。当然,既然来了也就踏实了。我觉得自己还不错,开始沉着地掏烟。

"你好像不太吃惊?"

"早晚都会这样的。"我得提防来人是一个探子,是一个什么圈套。

103

其实对方也不知具体案情。他是一个窃贼,看上去是一个真窃贼,与马涛在号子里萍水相逢。听说他今天将获释,马涛便托他捎出口信,而且要求快,十万火急,万勿耽搁。但他不知如何才能找到我。从马涛嘴里得到的信息,只知我最近借调在县里写幻灯脚本,具体地址并不清楚。因此,他只能大海捞针,乘晚班火车赶到这里,下车后沿街寻找,借助路灯和手中的打火机,见一个招牌就看一个,直到把打火机的汽油烧光,还没找到什么电影公司。夜太深,雨太大,他找不到地方买打火机、手电、火柴,也不便敲门问路,只好一条又一条街地狂喊,不信自己的运气就那样背。

这真是太悬了。假如我这一天睡死了怎么办?假如我这一天出差了怎么办?假如我提早返回乡下了怎么办?假如我听到呼喊但没能追上他怎么办?……更脆弱的一环是,他与马涛非亲非故,凭什么费力又费钱地跑这一趟?假如他不是对涛哥高看一眼,不是一个身为窃贼的活雷锋,一出看守所就把这事忘到九霄云外又怎么办?在这一刻,我不能不相信奇迹,不能不相信眼前这个不速之客就是上帝之手,不能不相信上帝的另一只手刚才在风雨中摇醒了我。

"他说了,只要告诉你这个消息,你就知道该怎么办。"

"当然,当然……谢谢你。"我用打火机点上他的烟,"你都淋湿了,到我那里吧。你一定也饿了。"

不行,他得马上走,据说明天还有急事。于是他执意随即去车站,只是临走前找我要下了余下的半包烟,稍有犹豫后,连打火机一起塞进他的衣袋。

我回到电影公司的客房,看看闹钟,离天亮还有四小时。我的第一步是紧锁房门,拉上窗帘,烧掉身边一切可能惹事的纸片,特别是马涛的几封信。我总觉得时钟滴答滴答跑得太快,相信很多事正在这时步步逼近，比如，突击审讯可能在这个雨夜继续，抓捕名单可能在这个雨夜扩充，布控电话可能在这个雨夜打向四面八方，警察们可能在这个雨夜紧急出动，扑向那些睡梦中的人……秘密逮捕图的不就是这种迅雷不及掩耳的大突破吗？

县公安局那座远远的大楼，还有三四个房间亮灯，更引起我的警觉。那里的人为什么还没睡？他们在干什么？（补记：有意思的是，后来我了解的事实居然证实了这一点。那一夜省厅专案组人员确已驱车抵达这个县城，比捎信的小窃贼快了一步。幸运的是，一场大雨造成道路泥泞，困住了吉普车，加上县局同行们执意招待酒饭，他们才没有连夜下乡去，给我留下了宝贵的时间差。）

早上八点，我准时来到邮电局，第一个冲进营业厅，抢填长途电话申请单——当时长途电话都只能这样打。

我的慌乱肯定让营业员奇怪。但我顾不上那么多，第一个电话打向茶场，让王会计立刻通知马楠，"三姑要来看她了"——这是我与她约定的暗语，最高级别的警报。她一听就知道该干什么。

第二个电话打出去了，第三个电话打出去了，第四个电话打出去了……最后一个电话是打给广联公社中学的莫眼镜。这个莫眼镜与马涛走得近，也是读书发烧友，还曾把武斗中的一支手枪窝藏下来，虽只是为了好玩，打光子弹后便把枪丢到河里了，但是眼下若查出这一段，不仅他要脱一层皮，马涛也必然罪加一等。

通话的结果是，他此时不在学校。他的同事说他上午要看病，然后随校长来县城开会。这似乎证明他尚无危险。

不过蹊跷的是，这莫眼镜什么人？一直无官无职，大头兵一个，什么会议轮得上他？

我对"开会"的说法放心不下，便去汽车站拦截。查了一下班次表，发现从广联来的最早一班车是中午抵达，太晚了，太晚了,晚得有点悬了。我必须把拦截的位置前移,移到对方上车之前。

我去外贸公司找郭又军问货车的情况,恰好军哥去了香港。我只好上路拦货车,在公路上窜来窜去,太想自己变成一个花姑娘,让货车司机们动心;太想衣袋里有钱,让货车司机们对一张钞票动心。但这一切都不可能。我更不可能操一挺机关枪立在路当中朝天点射,把开车的吓下车来,只能眼看着货车一辆辆飞驰而过。经验丰富的司机们,越是见路边有人探头探脑,越是把汽车开得飞快。

最后一招,只能是爬车了。我追赶的第一辆,呼的一下如炮弹出膛,只给我一个眨眼的机会,连车影子都没摸上。我追赶的第二辆,哗的一下溅我全身泥点,待我抹去脸上的零碎,目光重新聚焦,眼前只剩下一条空空的道路。

一直走到三五〇公里路牌处,我才看出一点点门道,发现货车减速的条件,一是上坡,二是转弯,三是载货重。这样,我选定一段上坡的弯道,在那里蹲守,终于等来一辆摇摇晃晃的运粮大卡。

破釜沉舟在此一举。我一听到汽车喘息减速,立刻从路边跃身而出,拿出跑道冲线的疯狂,把随身的挎包首先扔上车厢——这相当于来一次豪赌:能上车则已,不能上车就一输到底,挎包里的钥匙、粮票、雨衣等统统奉献给司机,给你大爷尽孝吧——事实证明,这种自逼绝境的一招确实有效。赌徒一旦孤注一掷,脑子便是一片空白,眼睛是充血的,两脚不再属于自己,爆发力不可思议。不知何时,我发现自己已摸到车厢板,扣住了车厢板,呼呼呼脚下生风,忽感一阵轻松……全身飘飞之际,脚下的模糊路面已离我下沉。

谢天谢地,我的挎包算是失而复得。

到达广联时，我选择一个上坡地段跳车，在路边候车的人群里一眼看见了莫眼镜，正在与一中年人说话。他看见我，显得有些奇怪，不知我为何出现在这里。他身旁那中年人大概就是什么校长，此时也不知发生了什么，大概只是把我当作莫老师偶遇的熟人，冲我点了点头。

"我要告诉你一件事，你听了不要慌。"我把莫眼镜拉到一边，"我不能确定现在有没有人注意我们……"

对方已经紧张了，面目开始僵硬。

"看着我，看着我，保持微笑，保持全身放松，就像没事一样。"

远处有汽车鸣笛，班车已驶近。这就是说，对方马上要上车了。不过串谋无需太多时间，哪怕一分钟，哪怕半分钟，就已经足够。

魂飞魄散的一天就这么过去了。事后得知的情况是，共有七人在这一天来县公安局接受询问。从警察话里话外的迹象判断，马涛似乎不算太糟，牵扯的事似乎并不多，很多可能性还未列于调查范围。幸好这边的受询者也多是有备而来，没放出多少料。

这些人事后都来过电影公司，享受我的一包花生米，一盆豆腐干，两瓶白酒——算是我给他们压惊，庆贺意味也在不言之中。

马楠不知她哥眼下到底怎么样，在我的房间里急得直哭。蔡海伦在一旁尽力安慰她，说你哥就是读读书，怕什么怕？我们商议的结果是，不怕一万，就怕万一，为了应对事情进一步可能的恶化，有些人最好避避风，到外地躲一段，比如马楠，为她哥抄写和保存文稿最多，是最可能深挖的目标。

"我不走！"她连连摇头。

"就算你相信你哥，但还有哪些同案人？他们是否都扛得住？"我尽量说服她，让她相信，她的安全对大家都有好处。

"他们来抓我吧,我不怕。"

"马楠同志,现在不是逞英雄的时候,不是做最坏的打算嘛。你没看出来?这次来的警察非同一般,至少是省厅的,你以为是吃干饭的?"

"他们能把我怎么样?把我判刑吗,把我枪毙吗?我们什么坏事也没做。如果连这样的人也只能死,那我就死好了。我陪我哥去死,像秋瑾、赵一曼、江竹筠那样去死,砍头也只当风吹帽!"

横到这一步,气壮山河到这一步,电影台词都冒出来了,我就显得很小人了。结果,胆小惜命的角色只好由我来勇敢担当。送走他们以后,我在床前扔了三次硬币,以正面为吉,以背面为凶,竟发现凶凶凶三卦无一例外,吓出了自己一头冷汗。我不能再犹豫,不能再犹豫了,哪怕十个小人也得一口气当下,于是留下一张请假条,买一张火车票,急匆匆去外地暂时投靠朋友。我希望案情的证据链上,能少一环就少一环。

附记:

到底是谁告密?没有人知道,但大家在事后一直都在暗中打听。马涛下乡插队的那个县,离我所在的县两百多公里。那一次我从报纸上得知,那里遭遇了一场特大暴雨。河流上游的水库观察员疏于职守,喝醉了,睡着了,没发现洪水来得太快和太猛,形成了深夜里的漫顶的溃坝。上万吨固体般的泥浆翻腾跳荡轰然直下,惊得方圆数里之内的老牛、小狗、老鼠、鸡鸭、鸟雀一齐鸣咽或号啕。

事情来得太突然。一个吊脚楼里入睡的五位女知青,不解动物们的警告,连人带房被洪流席卷而去。直到七八天后,人们才在下游的漫长水岸,陆续找到一具具泥糊糊的遗体——其中便有阎小梅。

我去探访马涛时见过她，发现她身上可能有蒙古人血脉，身体高高大大，说话快人快语，有时还像男人抽上一支烟。

据说县里举行了隆重集会，追思英灵，表彰勋业。据说阎小梅的父亲出现在会上。那位风度翩翩的前驻外大使，反而为渎职的年轻观察员求情，希望有关方面不要重判。他说，他和妻子已失去了孩子，不希望另一对父母也失去孩子。他只是带走了一面镜子，女儿唯一的遗物。

很多年后，我在一个知青网站上发现有人还在回忆这事。一位网友写到阎小梅，说她当年外号"老佛爷"，是北京某中学的学生头，在乡下时特别爱孩子，一旦发现村子里有孩子失学，就叫上女知青们去孩子家，责问当事父母为何不重视教育，简直是开批斗会。另一位网友还说，阎小梅当年是了不起的才女，有一次在火车上迷倒一位男教授，对方到站了也舍不得下车，硬是听她说完了几部法国电影，反正到前面的车站时还可另外买票往回赶。

但这个网站上没人提及当年隔河两岸知青们的交往，更没人提到马涛被密报一事——那封要命的举报信，到底是出自阎小梅，还是出自她的男友，还是出自其他什么人，大概都说不清了。是否真有密报这回事，看来也成了一个永远扑朔迷离的疑点，甚至因马涛后来的最终平反，变得不太重要。

人们肯定都希望往事干净一些，温暖一些，明亮一些，最好是皆大欢喜。

清明时节，知青网上有祭奠活动，挂上了一些亡友的照片、简介、悼文以及追怀者们献上的电子花篮。我在这些照片中发现了没入洪水的那五位花季少女。她们不失满脸朴拙，如一棵棵白菜天使，水淋淋的动人，与时下的卡通女、野蛮女、职场女、小仙女、豪华女形成了鲜明对比。她们生活在一个没有化妆品以及敌视化妆品的时代，一个生活尚未精装化的时代，一个更靠近泥土的时代。

稍感意外的是，阎小梅的名下连照片都没有，仅留一个黑边空框。祭奠发起者这样解释：当年照相机很稀罕，留下的照片本就不多，何况她父母觉得女儿的照片太伤心，早就把那些照片全部毁了。

少女就这样成了一个永远的空框。

十七

对不起，我们两个并不合适，还是结束这件事吧。

随这张字条送来的，有一只我送给她的口琴，还有我存在她那里的饭票——意思已十分明显。这件事发生在她哥入狱后，她回城打理一些家事，刚刚回到白马湖。

我心里很难受，怒冲冲赶到食堂，问她什么意思，什么叫不合适？我不合适谁合适？

她正在大木盆前切菜，看了我一眼，低下头继续切出南瓜片，"我就是觉得不合适。就是觉得不好，你走吧，不要在这里。"

"你……是不是怕连累我？"

"不是，是我有别人了。"

"骗人！"

"我一直在骗你，"她送上冷冷一瞥，"你还不知道？你走吧。你要是再来纠缠不休，我就要报告领导！"

我气昏了头，觉得眼前这个人完全陌生——她好狠呵，好硬呵，好冷呵，翻脸就不认人，把我当猴耍是不是？

是安妹子提醒了我，暗示我不能太傻，得受得住考验。我的几个兄弟也觉得我不该放弃。是的，我不能放过她，不能就此罢休。我得扛住，得拼一把，得困兽犹斗死里求生。说起来，她以为自己能骗人，其实她才是最好骗的，一骗一个准。她拒绝与我再见面，我就留一封假遗书，无非是从书上抄来一些要死要活的话，无非是失恋者夸张的上天入地来世前生，写得泪巴巴血淋淋的，被我蓄意留在枕下（好像还没写完），蓄意让同室的二毛翻到（他喜欢翻找我的香烟），蓄意让他立刻去传给马楠（他们之间的关系还不错）。接下来的情况果不出所料。

一封假得不能再假的遗书，谁都能看出破绽的，谁都可能忍不住笑岔的，只能骗骗二毛这种农村娃，居然也成功骗过了她。她冲上来摇了我两拳，在我手臂上反复拍打，什么话也没说，转过背去发出一声猫叫，其实是放声大哭起来。

我一时手足无措，看着她抽搐的肩背，也莫名的心酸，泪水忍不住。我是否也得为自己悲凉透顶的一生哭上一场？

这天夜里，她坐在草坡上，捂住一张脸，深深埋下头，一口气说出了真实隐情——其实是我不愿听到的，是我后来一次次后悔自己去打听的。其实她应该有她的秘密，就像地表下的地核，隐在万重黑暗的深处，永远不见天日。

流星在头上飞掠，我现在该往下写吗？星空在缓缓旋转，我现在该往下写吗？月光下的山脉似乎就是世界边缘，是滑出这个星球的最后一道坡线，我犹豫的笔尖该往哪里写？马楠，我的大眼睛，我的小辫子，原谅我，我不该套出你的故事。

这个故事其实并不复杂，甚至有些乏味。这样说吧，她哥在一个农场服刑，好几次写信回家，希望家人帮他申诉，更需要家里送钱。那里是湖区，冬天太冷又太潮，他需要皮褥子和棉鞋。那里的饭菜也太差，他需要奶粉、肉肠以及自费购买"加餐券"。作为一个"反革命犯"，他在批斗台上遭受过拳脚，至今还常感腰痛，身上有内伤。到后来，他虽当上了狱中的文化教员，负责给狱警子弟辅导功课，负责管区的黑板报，可少干一些重活，但身体恢复还是大难题。没办法，为了事业，为了全局，为了尽快让脑细胞再次活跃和燃烧，他列出了清单，需要西洋参、蜂王浆、鱼肝油丸——据说一种产地澳洲的鲨鱼肝油特别好,是一位狱医告诉他的。

母亲倾囊而出,卖了压箱底的玉镯子和金戒指,把仅有几样家具也送入了典当行。马楠还一次次去卖血,为了规避不可卖血太多的医院规定,每次都是跑三四家医院,报上一些假姓名,大喝白开水,然后要求医生多抽一点,再抽一点,直到自己头昏眼花,出门时重重撞到一扇门。

即便如此,钱还是不够。她第一次探视的那次,带上了奶粉什么的,但马涛发现没有鱼肝油丸,不免颇为沮丧,语重心长地抱怨:"你得明白,从某种意义上说,我已不属于自己,是一个属于全社会的人。"

"哥,对不起……"

"我不需要乞讨怜悯,明白吗?"马涛旋了旋脖子,看看天,叹息了一声。"怎么说呢,我再说一遍,你们怎样做,都对得起我。我提出要求,对你们也许不公平。但我不在乎你们怎么看我,不在乎任何人怎么看。我毕竟不是一个普通知青,更不是罪犯。没关系,我可以吃馊饭,可以吃糠咽菜,饿死也算不了什么。我只是可惜有些事,将来没人做,偌大一个思想界的随之倒退,也许是十年,也许是二十年。"

"哥,我们尽力了,我们都快急死了。"

"你不必急,也不必解释。"

"哥,我们会再去想办法……"

"你走吧。"

提前结束会见,看来他其实已气得不行。

"哥,请你原谅我,没把事情办好。我只是听说,有一种国产的鱼肝油,质量和效果也不错,我不知道……"

"不用说了,你回去吧,问他们一个个好。其实你们以后都不必来看我,你们完全可以忘了我,过好你们的日子就行。"

"哥，真的，家里情况你可能也知道。能找的人我都找遍了，能想的办法我们都想遍了……"

她本来想说说母亲的手镯和戒指，还有两件老家具，但说不出口。

"你不要说，我知道你找了哪些人。"对方突然严肃起来，恢复了义正词严，透出一种恨铁不成钢的口吻。"楠楠，你努力了吗？当然努力了。你辛苦了吗？肯定辛苦了。但我向你说过几乎千万遍，那些人不重要，不重要。书生们其实都无足轻重。你要记住，孤芳自赏者注定一事无成。人民才是真正的力量所在，是真正的智慧所在，是一切办法中最大的办法，是任何人也不可阻挡的滚滚洪流。如果你觉得孤立无助，不是人民的问题，是你自己的问题。明白不？"

她没听明白，有点目瞪口呆，不知该如何接话。她对面的这张脸虽瘦了一圈，但依然目光炯炯，依然有腔有板，一句句无不浑厚、沉稳以及坚定。她相信这张脸说的肯定是对的，永远都是对的，每一句都应该是可供记录、学习、传播的，甚至是值得录音、印刷、铭刻、进入档案的。她只是恨自己脑子不够用也跟不上。

对方意味不明地哼了一声，径直转身而去，走出脚镣的哗哗声响，把窗口外的妹妹抛在茫然里。

"一四五号，你还有时间。"一位警察提醒他。

他没回头，脚镣再次咣当一响。

"一四五号，你的东西带走。"警察把查验过的一个大包扔了过去，然后对候见室大喊："下一个！"

事情就这样结束了。

但直到结束，直到犯人提前离开，可怜的他就没打算问一问母亲？也没打算问一下姐妹？就没打算问一问朋友们的情况？他也不打算知道大家是如何曾为他急成一团和四处奔忙？连他不大看得上的郭又军,也替他写信请托关系。连郭的弟弟贺亦民,八竿子也打不着的,他根本不认识的,也参与操劳过他父亲的丧事——只因郭又军来不了,便把他弟支来代替。也许吧,也许这些事在他看来都不值一提。毕竟外面的人比他受罪少,更不要说比他担当要轻,此时不比他更值得救助。事情就是这样。一道高墙划下来,在囚禁与未囚禁的两方,在受难与未受难的两方,地位立见高下,没有平等可言。无辜受难者一开始就已自证卓越、自证高贵、自证情感和道德的最大债权,于是他们发出的任何指责都无可辩驳,提出的任何要求都不可拒绝,任何坏脾气也都必须得到你们容忍——这有什么不合理?

在后人眼里,难道不会觉得一切受难不够者,就应该对他们给予超倍补偿?难道不觉得未受难者,更应该对他们给予超倍加超倍的补偿?

事情就是这样。

马楠抱住哆嗦的双臂,走出农场大门,搭上一辆摇摇晃晃的农村班车,看河堤外大片秋风瑟瑟的芦苇地。她哥指示她走向人民。但举目茫茫,人民在哪里呢?是路边伸手的乞丐,是那位拉车的大婶,还是拎一只铝壶送开水的车站服务员,能给她帮上忙?……她赶到了火车站,在候车室里看来看去,目光最终落向一位汉子。那人牙齿白,脸皮黑,后脑板削,嘴唇厚厚的,身上穿得很破旧,显然是那种忠厚的好把式。但马楠刚搭上话,对方就眨眨眼,问她要不要黑市上的布票和糖票,让她吃了一惊。

她去打一杯开水,回来时发现汉子不见了,自己的提袋也不翼而飞——她一颗心提到了嗓子眼,手忙脚乱找遍候车室,才确证没人同她开玩笑。天啦,一个好端端的忠厚哥怎么会这样?怎么能这样?

她一心要找回提袋,在车站外扩大寻找范围,大概是一路上探头探脑,最后没找到忠厚哥,自己倒是被一个小光头盯住,甩也甩不掉,直到退入一个桥洞,发现洞那头是无路的断壁。她吓出了手指的痉挛和牙齿的哆嗦,但在要命的那一刻,在那个路绝的死角,对方狞笑了一下,目光中倒是透出一丝慌乱,吐下一口唾沫,走了,居然什么没做。

她这才发现自己两只脚已软得迈不开步子。

最后,她只能再次求助徐叔叔,那位以前的老邻居,某机关的副主任。对方确有不少官场关系,据说能借出钱,还能把她哥调入条件相对较好的劳改农场。申诉一事也能进入他的考虑吧?他说过,对青年应该重在关心和帮助,不就是读读马克思嘛,能错到哪里去?即便错了什么,年轻人嘛,教育教育就行了嘛。这些话每次都说得马楠特别感动。但副主任的目光停留在她的胸脯和大腿,抓住她的手照例久久不放,有一次还说:"小楠呀,你哥犯的是大案重案。我这样做,有很大风险的哦。"

"徐叔叔,我明白,你是我们家的大贵人。"

"你是个聪明孩子,该知道如何谢我吧?"对方挤了挤眼睛,把她的手暗暗捏了一把。

"徐叔叔,你每次握手都这样吗?"

"怎么啦?"

"握得我有点怕,手心都出汗了。"

她担心自己又说错了话。

"小楠,小楠,你真是太单纯了,太可爱了。二八妹丽,豆蔻年华,其实也不小了,怎么还像个孩子?"副主任哈哈大笑,在她脸颊上轻轻拍一下,给了她一片钥匙——她后来知道,那是对方的一间闲置房,离他家不太远。

她不明白钥匙的意思。"有时候也可放松一下嘛,快活一下嘛……"对方再次挤了挤眼皮,走了。她事后发呆好一阵,才总算猜出了什么——这就是她后来一想到钥匙就浑身发紧的原因。

但她眼下能怎么办?她不能再逼母亲,不能再逼大姐和二姐,更没勇气在朋友面前张嘴。一分钱难倒英雄汉,事情已到山穷水尽的地步。街上有几辆卡车驶来,每辆车上都有示众的罪犯,一律挂上了纸牌:盗窃犯、流氓犯、投机倒把犯、坏分子……车上高音喇叭里的口号声震天动地,吸引街上行人围观。那也许都是一些刑事案犯吧,同她哥没有关系。但她觉得就是有关系,肯定有关系,就是一回事,肯定是一回事。相比之下,她自己眼下没被挂牌,没被枪口顶着,没被戴红袖章的揪住头发,没被路边行人扔来果皮和泥块,简直是太幸福了,太自由了,也太堕落了。可耻呀可耻,她怎么还好意思继续去给曹麻子买豆豉?怎么还好意在这大街上自由地瞎游荡?

她突然觉得自己放下了,轻松了,无所顾忌了,甚至顾不上对着橱窗玻璃理一理头发,一口气赶到副主任所在的办公楼,敲响了三楼的一张门。

一个秘书模样的人过来告诉她,徐副主任今天不在。

"他怎么不在?"

"好像出差了吧?我不太清楚。"

"不行,我一定要找到他!"这口气听上去有点急不可耐,有点深夜里全力以赴唯恐错过末班车的味道。

对方打量了她一下,把她带到电话机旁,一连试了几组号码,总算逮住了目标,然后把话筒递过来。

"徐叔叔,我是楠楠……"

"呵,呵。"

"我,我是来拿钥匙的。"

"呵,呵。"

她听到了话筒里静了片刻,然后是轻轻的笑声。

十八

　　我出现了幻觉，一眼识破了他们的狼子野心。他们当然是串通了要算计我。他们吃饭时说笑如常，故作轻松，明明是在掩盖什么。我的脸盆不见了，似乎与屋檐下的两只麻袋有关系。麻袋准备用来装什么？装了以后是否要往河里扔？第二天，我发现麻袋居然不见了，但多了一些草绳，那么情况当然更为可疑。草绳准备用来捆什么？什么东西才需要捆绑或者紧勒？

　　终于，我一举揭穿了孝矮子的真面目。我没唱歌，他为什么要诬我唱歌？我没睡觉，他为什么要诬我睡觉？还说我假装睡觉？还说我假装睡觉时挠了鼻子？

　　就在他气急败坏即将出手的刹那，我一扁担打掉了他行凶的钯头，扑得他屁滚尿流往坡上蹿。小杂种，哪里跑？我挥舞扁担追上去，只是不知何时两眼一黑，失去了知觉。

　　醒来时，发现自己躺在床上。

　　从人们嘴里得知，我当时如有神助，再尖的碎石也能踩，再宽的水沟也能跳，结果从两人来高的断崖飞下来，把自己当成了一只鸟。我的腿上因此拉开了一条大口子，一个大脚指翻了甲盖，血肉模糊。

　　不过，人们说幸好这重重一摔，把我身上的勾魂鬼摔掉了。梁队长找来鲜牛粪，擦揉我的胸口，又把陈醋烧开，加上几口唾沫，灼烫我的后颈。他还派一个婆娘提一件我的衬衣，到湖边去敲锣，到处喊我的名字，加喊"东风"什么的、"南风"什么的、

"西风"什么的、"北风"什么的。吴天保也来过了,看一看我颈后的烫痕,说这家伙挑担子是不行了,踩水车也不行了,去守夜吧。

我知道这是他的照顾。守夜就是守秋,看守地上正在充浆结实的红薯、花生、早稻,防止野物侵掠,算是比较轻松的差事,一般只交给老年人干。

这样,我就来到了水家坡,一个经常落雷的地方。这里的人最怕雷,觉得雷劈者最可怜,小命不保,还名声可疑,好像做过什么歹事遭受天惩。自多年前一场雷祸死了三人,太吓人了,这里的农户便陆续外迁,最终留下杂草丛生和断壁残垣,还有一片空空山谷。这样,上百亩田土不能浪费,就划拨给茶场,成了茶场一块远远的飞地,距最近的工区也有七八里,算是暂时接受托管。

这里已是山区。

野鸡、野兔、野猪、野猴子是这里的常客,总是沿着秋收的美好气息前来觅食。其中野猪鼻子最灵,能嗅出地下的竹笋、土豆、红薯以及丝茅根,所有人眼莫及的好东西。它们铁嘴如犁,相当于快速翻地的装备,可把田埂和坡墙一举铲平,闹一个天翻地覆。大概是觉得筵席丰盛,它们越吃越刁,学会了去粗取精和挑肥拣瘦,吐出的谷渣和薯皮一堆又一堆,实在气人。

我的重要工作之一就是四处投放屎尿,最好还能挥洒汗水和唾液,留下各种人的气味。人的气味就是防线,就是警告,新鲜气味更是地雷阵,能使野物们嗅到人类的凶险和强大,不敢贸然越界。

我的另一项工作就是夜里敲敲锣,或放两三个鞭炮,或时而男声时而女声,时而京腔时而方言,胡乱喊上一阵,制造人多势众的假相,阻吓各路来敌。一般来说,野猪擅长防卫,猪窝大多是乱枝结成的木笼，坚硬结实如堡垒，不能不令人惊叹。它们也擅长攻击，特别是游击战阅历丰富，常有声东击西的诡计。不过，这些猪八戒毕竟肚大脑小，有时明明只嗅到一个人的气味，还是被自己的耳朵所骗，以为这里屯兵众多。一听到耳生的普通话和外国歌更是不敢造次。即便饿急了，眼红了，忍无可忍了，也只是缩在草丛里愤愤地嘀咕——"你呢你呢你呢"，听上去有点像第二人称问候。

给原有的一个哨棚加些草，再支一张床，往坑灶里架上锅，守夜者的日子就算开始了。我守望这一片盛满鸟鸣和蝴蝶的山谷，目光撒开来撒开来向前奔腾，顺着坡线呼啦啦地拉抬，一飞冲天全面扫荡，揽蓝天白云下一片连绵秋色入怀，完全可以把自己想象成九五至尊的帝王，大地上唯一的主人。

　　　　大海航行靠舵手，
　　　　万物生长靠太阳。
　　　　……

或者是：

　　　　我们走在大路上，
　　　　手里拿着一支冰棒（原句：意气风发斗志昂扬）。
　　　　……

一些歪歌也可在这里大唱特唱，激起山对面的回声，不会被什么人举报。

困难是后来出现的。首先是山蚂蟥，总是悄悄地倒立于草叶，一见目标便屈身如弓，一个大跨度弹跃，扑上来偷偷吸血。这些混蛋小如火柴杆，吸饱血以后就粗若筷子，留下的伤口还不易愈合。尽管我用柴刀把哨棚周围十几步内的野草统统砍除，身上还是免不了常有血痕。

接下来是蛇，是本地人说的"长虫"。大概是秋夜生寒，长虫们都在寻找热气。我晚上入睡前必翻一翻垫褥，早上起床后必倒一倒鞋子，防止长虫在这些地方盘踞取暖。有一次，听到身后不远处有嗞嗞嗞的声音，我用手电一照，发现一条眼镜蛇冒出草丛，正向我窥视，吓得我毛发倒竖。幸好那张瘪脸也吃了一惊，后来不知去了哪里，我只是在它的藏身处找到一窝蛋，但也不敢吃。

更可怕的是风雨。在工区时是天天盼雨，有个理由好睡觉。眼下却是一见云聚就紧张，一听到雷声就叫苦，因为草棚太简陋，一阵狂风就能把草盖掀翻，把蚊帐刮走，让被褥、枕头、衣服等全泡在水里，给你十只手也不够用。特别是夜里，天地俱黑，雷电交加，豪雨瓢泼，草盖垮没垮那都差不多，身上披没披塑料布那也差不多。我在黑暗里什么也看不见，只觉得自己在一种分不清上下左右的黑暗中无限坠落，被千万重黑暗掩埋得透不过气来。一道闪电劈下，四周的山影和树影突然曝光，突然白炽化，如魍魉魑魅全线杀将过来——谁都免不了魂飞魄散。

我只能凭借扣住木柱的手感，凭借摸到泥土或草叶的手感，知道自己还在，还活着，还活在地狱的某一角落。我怎样做都是白费力，只能横下一条心，看这个天怎么塌，看它能塌到哪里去，看它塌一千次又能怎么样。嘿！老子今天干脆什么也不做了，就同你拼一把，睡它一个淋浴觉就不行吗？

好容易等到了天明，等到了鲜润和温暖的阳光。雨后的难事却也开始了。不仅需要重建草棚，还要晾晒衣物和我那几本小说，还有地雷阵的失灵让人头痛。人的粪味、尿味、汗味等被大雨一洗而尽，重要路口全面失守。一个人的排泄在这时肯定不够。此刻我望眼欲穿的，祈求现身的，一是客人，二是客人，第三还是客人！一个采药佬，大概姓金，以前常来这里。两三个牛贩子，也偶尔赶上各自的牛群路过。我最大的愿望就是这些伟大救星出现在山口，在这里方便一下，留下更多气味。不好意思，我还曾眼巴巴地盯住牛屁股，直到它善解人意地支起尾巴，拉下一大堆，而且一头牛开始拉，其他的牛受到启发，也纷纷加以响应——这就是水家坡的节日终于到来了！因为野猪们深知人与牛马的亲密关系，对牛粪马粪的气味也疑虑重重，多少有些退避。

"我这里有猪油，有辣椒和丝瓜，你吃了饭再走嘛。"我曾一个劲地挽留采药佬，害怕他起身离去。

"今天还要去看外孙。"

"吃饭也不耽误你什么。"

"嗯，天不早了。"

我无可奈何地看着他远去，痛恨他刚才吃了我的花生和红薯，抽了我的烟，竟无半点气味的回报。老家伙，你至少也得吐几口痰吧？

这里太偏僻了，咳嗽和脚步声几乎都是形影相吊，一声声独霸四方。我就算把金元宝丢在路口，也不会有人取走。我就算在这里死了，也不一定有人发现。我这才相信，寂寞，漫长的寂寞，无边无际的寂寞，是能把人逼出病来的。我发现自己在草棚周围转悠，一圈又一圈，却不知要干什么。我发现自己已把一只瓢虫看了十几遍，于是它不再是瓢虫，俨然是一妖妇，五彩罗裙勾人魂魄。我发现自己还把一只花脚蚊子看得入迷，于是它不再是蚊子，活生生就是一个战袍骑士，既能跆拳道，又能耍花剑，还有强大的飞行和隐身动力，一阵"之"字形绕飞之后，最后立于我的手臂，芭蕾谢幕动作风度翩翩——我是不是再次疯了？

雨后的空气特别透明。呼啦啦的流星雨掠过，如曳光弹纷纷来袭一片无人阵地。无边的星空压下来，压下来，再压下来，深埋我的全身。一层银色的星光湿漉漉和沉甸甸地打手，在地上到处流淌。最早闪烁的一颗星，比往常体积大许多，几乎成了挂在草盖一角的大钻石，甚至挂在我的蚊帐里，只要伸手就能摘下似的。

在这样一个遭到群星重压的地方，压得我透不过气来的时候，我做了一个梦。梦中的我，有点飘，有点闪，有点稀薄，行走在陌生都市的广场，手臂被别人轻轻一挠。回头看，没发现什么，只见一个男人的背影，有点像采药佬老金的驼背。细心地再看看，才发现那男人腰间有一只大挎包，没扣好的包盖下，竟冒出一个小脑袋，毛茸茸的，粗拉拉的，又像松鼠又像考拉又像兔子。

天啦，我没看错吧，那双眼睛却分明有几分熟悉，有熟悉的清澈和湿润，原来是马楠她扑闪的眼睛！

刚才是她用小爪子挠了我一下，让我知道她也在这里，让我知道她认出了我，一声招呼到了嘴边。是吗？

刚才是她说不出话来，说了我也听不懂，是吗？

我的心突然一阵发紧。马楠，马楠，你怎么在这里？你为何成了一只松鼠，有了满脸和满身的须毛？怎么装入一只帆布袋任人摆布？怎么挎在一个老男人的腰间离我远去？你偷偷挠一挠我，是因为你认出了我，但你已经失去了人的语言？我们只能避人耳目地偷偷联络一下，是忘不了往事，但又不得不认命，无法改变你被随意卖掉的日子？我们之间横隔了几十年、几百年、几千年，已遥不可及。那么在擦身而过之际，在无望再会之时，在人头攒动车水马龙繁花似锦的这个街面，你实在忍不住了，只能以一次几无形迹的抓挠，暴露你曾经为人，曾经有爱，曾经有委屈，黑幽幽的眸子里隐藏了往世前生⋯⋯是吗？

我醒过来了，发现自己泪流满面。

我本来以为这一篇已经翻过去了,很久没再见到她。在路上遇到,双方只是点头而已。在食堂里隔着窗口打饭菜,双方的目光更是不再交会。但梦中的苦咸和冰凉扑面而来,告诉我事情还远未结束。

马楠——

马楠马楠马楠——

我一跃而起,顶得满天星星纷纷摇晃和坠落,冲着对面的山影大喊。

这一喊我就明白了。马楠,原谅我,我的小辫子,我的黑眼睛,我怎么能让你走?怎么能让你成为一只松鼠?你就是我的,我绝不放过你,我要让你做我的老婆,老婆,老婆!你明白吗?我要睡你!我要你生孩子!我要你做孩子妈!我要你嫁鸡随鸡嫁狗随狗!你明白吗?马楠,我要你以后天天等着我回家,天天给我做饭,天天给我刷碗,天天给我叠衣服,天天给我洗袜子,天天受我的折磨但也天天折磨我!你明白吗?

我不知自己胡喊了什么。我狂乱敲锣,肯定把山谷里的野物吓得四散惊逃。

十九

　　隆重庆典正在这个山谷里举行。她没再阻挡我的手,任其猖狂推进,抚过光滑的肩头,拨开乳罩的扣子,伸向她不算太大的乳房,还有结实丰满的腿(像男孩子的),两腿间的须毛(好像不该有)……在一片花生和红薯的成熟气息里,月亮是我们的,群山是我们的,满天挤眉弄眼的星斗也统统是我们的,一下倾倒在我们下面,一下又翻升在我们上面,天花乱坠,叮叮当当,咣当咣当。

　　紧要时刻却出了状况,我有说不出的沮丧。

　　"没关系,你可能太紧张……"

　　"怎么会呢?"我急出了一身汗。

　　"你累了……"

　　"不可能!不可能!不可能!我今天特地多吃了两碗。"

　　"那就是我不好。"她把头埋在我臂膀里,声音透出某种绝望。"你说你不在意,实际上你还是……"

　　我的汗水更多了,"胡说!这与你没关系。"

　　"肯定有关系,肯定。"

　　"我肯定行,我不可能不行,我今天还非行不可……"但事情往往是这样,越急越乱,越乱越糟,我把吃奶的劲都使出来,向自己下达一道道命令,逼迫自己全身动员雄风大振投入决战,但最后还是无功而返。这真是让人颜面扫地。我长叹了一声,懊丧地坐起来,抽燃一支烟。

"不要紧。就这样吧。这样就很好……"她抓住我的一只手,舌头在我肩上轻舔,大概想舔掉我的焦躁和愧疚。

初夜就这样平静地过去了。我们只能用抚摸相互安慰,于是我知道她身上有不少瘀痕,据说一碰就青一块,不容易消退,干起活来便不免防不胜防。她整个身体几乎是一件易碎的青花瓷。

其中还有一道伤疤,据说是她五岁时留下的。当时三个男孩欺侮她大姐,她冲上去挡在前面,被一个男孩推倒,扎在一个破酒瓶上。这就牵出了大姐的故事。大姐是她一直崇拜的女王。不过令人稍觉纳闷的是,自大学毕业分配到外地,大姐几乎没有给她写过信,甚至没回过信,就像忘记了这一个妹妹。

也有没忘的时候。有一次春节探亲,大姐与大姐夫说起他们的新婚准备,说到他们置办的脚踏车、缝纫机、手表,算是有个大概了,唯一的遗憾是尚缺一台收音机。大姐搂住她笑了笑:"楠楠,你那个收音机给我吧。你在乡下当农民,反正也不需要知道什么国家大事。"

"没问题。"马楠想也没想就答应了。

她为大姐的婚事高兴,一心想让大姐的婚事更圆满,一台收音机算什么呢?不过,大姐两口子拿到收音机时的相视一笑,让她觉得不无奇怪。他们在交换什么眼神?他们似乎预谋过什么,会意了什么,不然为什么要偷偷交流一下成功的喜悦?直到很久以后,马楠才惊讶地得知——总是晚一拍地得知,他们双双享受的大学毕业生工资,每月五十二,比自己阔太多了。马楠还听说他们已阔绰得玩起了照相机和草原旅游,这才稍感一点刺痛。没错,妹妹是个农民,一个低贱的农民,不配照相机也不配草原旅游,甚至不配听一听收音机里的国家大事,但妹妹就愚蠢得需要你们机警地交换眼神?需要你们躲躲闪闪地努嘴唇或支眉毛?就不能坐在你们身边,听你们大大方方爽爽朗朗地说一下婚事?

夜很长，二姐的故事也进入话题。她二姐这一段火气大，对马涛气愤不已，几乎闹到公开声明脱离关系的程度——其实以前家里也常这样。父亲一直鼓励子女们大义灭亲，站稳革命立场，不可把有些人当作同情、礼貌、尊重的对象。他禁止孩子们去看望一位姑姑，不就是这样吗？他禁止孩子们谈论那位当过举人的爷爷，不也是这样吗？到最后，听说马涛在学校里痛斥自己的父亲，积极靠拢组织，父亲反而高兴了好几天。身为一位旧税务官，如果儿女们都能警惕他，反对他，背叛他，远远离开他，反而会让他更高兴呢。儿女们践踏自己因而走上光荣的革命大道，父亲有什么舍不得？

不幸是的，儿子成绩再好，思想上再进步，最终还是就读一个民办中学。要不是全国的大学这些年都关闭，大家都彼此彼此了，否则儿子看着别人读大学，可能会更难受吧。

父亲就是马涛出事后病重去世的。因此，二姐更有理由埋怨马涛，认定他们如果懂事一点，不那么瞎闹，父亲也肯定要多活几年。眼下好，全砸了，天塌了，她马榕在学校教师群里也抬不起头，获奖和晋级统统泡汤。

说到气愤处，她又抱怨这个家不像个家，阴风习习的，一进门就是进了冰窖。她前不久过生日，家人居然没有一句生日祝贺（马楠事后怯怯地想起，自己过生日也从未收到过二姐的问候）。再说啦，母亲是她一个人的吗？其他人都在哪里？什么时候回家来帮过母亲一把（马楠事后想来想去，觉得自己确实出力不多，但母亲的棉衣、棉鞋、棉被不都是自己在乡下置办的）？

这一天，二姐得知马楠的一位同学，有个父亲是火车站票房的，让她去买一张卧铺票。当时火车票特别紧张，卧车票更是。马楠好容易把事办成，兴冲冲赶回家，不料二姐一见票便沉下脸，"上铺？"

"上铺已经很不容易了。"

"不行,我这是给校长买的,怎么拿得出手?"

马楠愣住了。

"你赶快去换。"

"姐,人家说这张还是想尽办法,才抠出来的。"

"人家当然要那样说,你信呢。"

"人家还说了,下铺只有六天以后的了。"

"六天?人家是出差开会,又不是去看猴戏。"

"那怎么办?"

"你说怎么办?我问你。"

问题是,已经没时间了,明天是马楠必须返乡的日子,何况眼下夜已深,公共汽车都收了班,同学的父亲也肯定回家了,她怎么去找人?找到人后又怎么拿票?即便拿到票又怎么……但二姐似乎被一个上铺激怒,没工夫想到这些,更没想到刚进门的妹妹尚未吃饭,连气都没吐匀。

"不能换就退,反正你得去,反正我丢不起这个人。"她去打水洗脚时甚至嚷嚷:"你办不成就早说呵,我就去找别人办。你这不是误我的事吗?"

马楠已被锁定,已被套牢,毫无逃脱的可能,只得重新穿上棉袄,扎紧围巾,换上雨鞋,毫不犹豫出门而去。她一个人走过空无人迹的公交车站,走过几无人影的跨江大桥,走过只剩下一地路灯余晖的街道,在灯下一次次拉长又一次次缩短自己的影子。最后,她几乎穿越大半个城市,在铁路局宿舍的一张门前,鼓足勇气敲响了门——她明白,此时的打搅实在太过分。但她能怎么办?

也许是她全身发抖的可怜样,是她丢人的两眼泪流,让开门人动了恻隐。接近天明的时分,她怀揣一张下铺票,从火车站走回家，发现母亲还立在路口，在一盏路灯下孤零零地等她。她成功避开路灯，没让母亲看见自己的泪水，也没一头扑进母亲怀里——她太想那样哇哇哇地大哭一场。

天亮了，马楠收好行李动身。从无送别习惯的母亲，这一天不知何时换上了雨鞋，取来了雨伞，一个要出门的样子。

"妈，你不用送。"

"我反正要去买豆酱。"

"我的行李很简单。"

"我这是顺便。"

母亲还是执意出门，陪她走向火车站。公交车并不太挤，但两人都说车上挤，于是越过一个又一个车站，一路步行向前，也不大言语。

"妈，回去吧。"

"嗯。"

"太远了，你回家还是坐车，不要走路了。"

"会的。"

"你快走吧，天快下雨了。"

"没事，我到前面找一找豆酱。"

马楠看见母亲的一脸平静，看见母亲杂乱的头发和磨破的袖套，忍不住心里一酸。她知道母亲心里在想什么，但母亲不会说的。她知道母亲心里的话多得没法说，也说不清，因此只能一路长送。长宁街、中山路、小武门、桂花园、迎宾路……这一串地名，后来都成了她忍不住一次次回味的节日巡礼。他记得母亲给她整理发夹时，襟怀里涌来某种气息。她记得母亲抓住她时，清凉的指尖更让她惊心。早知如此，她一夜劳累又算得了什么？如果每次都有母亲送行，她为二姐跑上十趟百趟也心甘情愿吧？

她不敢回头。她知道，在检票口的那一边，母亲抬过手了，微笑过了，返身离开了，其实还隐在熙熙攘攘的人群里，偷偷朝这边打望，目光落在她步步登梯的背影。她得忍住，得忍住，不能回头，她必须扛住满背的目光，死死地强拗脖子和偏扭脸面，装出不知道也不关心身后一切的模样，否则她就会崩溃，就会泪如潮涌一泻千里，哭塌整个摇摇晃晃的车站大楼。

　　终于登上最后一级阶梯了，拐过墙角了，背上轻松一些了。她突然抱住一个圆柱，为背上的轻松失声痛哭。

二十

"小布,你怎么不说话?"
"没什么。"
"小布,我有点后悔。"
"为什么?"
"我不该说这些。"
"为什么?"
"我怎么……就忘不了这些事?"
"忘不了,就忘不了吧。"
"我是不是很小气?是不是很计较?是不是很没出息?"
"换上我,我也会。"
"我很怕。"
"不要怕。"
"我会变坏吧?"
"什么叫变坏?"
"我怕。"
"你不会变坏。"
"我的意思是,我也不愿像他们……那样。"
"我们可以不像,没关系。"
"我怕我做不到。"
"我们能。"
"我怕我会受不了,我会灰心。"

"忍一忍就好。马楠，有人欺骗我们，我们不欺骗。有人侮辱我们，我们不侮辱。有人伤害我们，我们不伤害。这也很简单。"

"问题是，太难了。"

"是有点难。事情可能是这样，战胜什么很难，但最大的战胜是不像什么，与对方不一样。这就更难。"

"小布，我已经给你了，你要帮帮我。"

"我能帮吗？"

"你已经是我的了，你必须，你应该。"

"我试试。"

"你要帮我。"

"我会。"

"其实，我不怨他们，不想说这些，不愿想这些。我还想过的，如果有来世，我还愿意与他们成为一家子。"

"你愿意？"

"我想过了。我还愿意。"

"为什么？"

"我不知道……"

"我知道，你是心疼他们……"

"也许是吧。假如有来世，我还会去找他们，满世界找他们。我说不出什么理由，但我认识他们，熟悉他们，因为他们脸上有爸的影子，有妈的影子，还有我的影子。他们都是我们家的东西，很容易辨别的。"

"马楠……"

"小布，你哭了？"

"我没哭。"

"你哭吧，想哭就哭吧，你不要忍着。"

……

多少年后,我其实并不能确定我与她有过这样的对话,不能确定有过这样一个山谷里的初夜,不确定天边有一瓣毛茸茸的红月亮。

我也不能确定那样的初夜是一种病,还是一种寻常。我后来无端想起了本地人传说过一种叫"缩阳"的故事,据说娃娃们最敏感,而且总是群发性触发,闹得一两个班的男生们大惊失色,突然捂住裆部乱跑,跳踉不已,大呼小叫,要靠成人们后来七揪八攥,才能让裤裆逐渐恢复正常。更重要的,人们还要敲锣鸣炮,叩天拜地,祈求神鬼相助,才能培固元阳,强旺精命,否则人畜俱灭之类更大的灾祸还在前面。问题是,那真是一种邪魔所为吗?或者不过是一种偶然的心理事故?或者凡是偏僻贫穷的地方还真有阳气不阳气的这回事?我说不清,也不好深问。

二十一

"酒鬼"是一只猴。这是我从水家坡带回工区的,算是我守秋的意外收获。起因是采药师傅金爷求我代写一封信,作为答谢,他留了一个竹筒,其实是一筒酒。我不喝酒,倒是这只猴闻到酒气,大概出于好奇和贪嘴,把筒塞拔掉,喝得自己酩酊大醉,昏睡在草棚外不远。说也巧,梁队长也认识它,记得它嘴边的白胡须,说它经常入户偷食,被捉过一次,只是后来咬断绳子逃了。

梁队长说,这家伙与茶场有缘。它双眼皮,深眼窝,翻鼻孔,没脖子也几乎无额头,一张嘴便如巨蚌炸开成为脸的全部。都说人是猴子变的,这家伙果然也不把自己当外人,至少是没多久,就习惯了工区有吃有喝的好日子,欣然接受了男女各方的关照,甚至有点人来疯,喜欢往人多的地方凑。大家吃饭,它也要吃。大家喝茶,它也得喝。大家睡床上,它也搔头挠脑要挤上床来。到最后,见人们上厕所,它居然像模像样地去那里撅屁股,只是分不清男厕女厕,吓得女的大喊。

酒鬼,你流氓呵?

你少年犯呵?你思想意识也太不健康了吧?……

听"酒鬼"多了,它知道这是叫它,因此闻声必应,必竖耳,必回头,必定睛,看阁下有何贵干。二毛已驯出它的新本领,拿火柴,拿肥皂,拿帽子,拿鞋子,甚至有划火柴这种高难动作。不过,有一次划火柴时差点烧了手,火柴又点燃铺草,引发一团火,吓得它一个倒翻跟头弹射出门好远,好半天不回来。自那以后，不论二毛如何发令，它总是东张西望，装聋作哑，再也不来划火柴，而且对火柴特别恨，龇牙咧嘴地呼气，快速猛击一把后马上远退，如是三番，直到把火柴盒拍得稀烂。

它有时还跟着上地。只要给它一些示范，给它一些食物奖励，它也能马马虎虎拾禾穗，捡菜秧，搂草捆，虽干得有点丢三落四，有点主次不分和偷工减料，但也算是尽力了。挖地一类它当然干不了，不过它在一旁跳过来爬过去，白屁股一闪一闪，很着急和很卖力的样子，算是精神上参与。

一再重复的活它更干不了，或者是压根就不愿干。在两只眨巴眨巴的眼睛后面，这位人类前辈肯定不明白出工是怎么回事，肯定觉得后人的辛劳不可思议。游戏不像游戏，哪有在树上跃来跳去那样有趣？谋食不像谋食，哪有掏鸟蛋、摘野果、掰苞谷那样实惠？它的哥们义气毕竟有限，一旦困了，就不辞而别，倒在某一片树荫里睡觉，听到收工人的呼叫也装聋。

我们说吃饭去呵，它不来；说吃肉去呵，它还是不来。但我们只要说到喝酒去啦，它就不知从哪里冒出来，大鼻翼嗖嗖地翕动，四下里寻找，往簸筐和粪桶里探看。

在大家的大笑声中，它自知上当，有些恼怒，便跑了。第二天，我们回家时，发现我的被子到了地上，枕头到了沟里，二毛的衣服则被撕破。还有厨房里的两口腌坛全部翻倒，咸菜泼洒在外。

马楠在地坪里大呼小叫，顺着她的手看去，酒鬼正蹲在屋顶一角，挥一把锅铲敲打屋顶上的瓦片。

"酒鬼，把锅铲给我呵。"她几乎欲哭无泪，"我要做饭，你也要吃饭呵……"

它却把目光高傲地投向远方。

我们捡起泥块射击。没料到它身手敏捷，左一让，右一闪，从容躲过枪林弹雨，全身毫发无损。

"反了你这个王八蛋，看我不剁你的爪子，钳你的毛……"二毛觉得自己很没面子，一个劲地升级恶毒。但对方还是不下来。大概觉得咒骂有趣，它忍不住模仿，跳到屋顶的另一头，冲着下面的两只羊吹胡子瞪眼睛，来一通"嘀嘀嘀"的怒吼，算是把我们的愤怒照单转发，一口恶气撒在别人头上。

这是不是对我们的报复，不得而知。我们只好不再理它。大概它寻找野食的能力退化，很快就饿得不行。这一天，它没下房。第二天，它也没露脸。到第三天，也许实在忍不住，它潜回工区试探，先是在屋角磨蹭一会，然后在水缸边磨蹭一阵，虽不拿正眼看人，但已离我们已越来越近。到最后，它偷偷接近地坪里的玉米棒，乘人不备，抓一个就跑。

又成了一个野种呵？这还了得？家法何在？我们决定加强严管严打，找来一钵稗子酒布下圈套。果然，刚入夜，墙角里那只瓦钵就空了，酒鬼也昏睡在不远处，被我们抓到时还两眼发红，目光发直，东偏西倒，没任何反抗。

我们决心以锅铲报仇，为被子、枕头、衣服出气，用绳索将它五花大绑，一把菜刀也架上它的脖子——让它看看刑场正法的厉害。在这一刻，它似乎醒了，冒汗了，目光里透出恐惧，冷不防挣扎着向我们弯腰，又扑通一声跪下，捣蒜一样满地叩头。

这是从哪里学来的动作？它是偷看过哪里的批斗会？还是偷看过拜神祭祖？还是偷看过什么古装电影？在场人无不失笑，思想教育进行不下去。

大概发现这一招有奇效，在后来的日子里，它一旦想讨好谁，特别是想讨酒喝了，就傻乎乎鞠躬、作揖、叩头，堪称一绝。可惜的是，也有人不喜欢它，马楠就忘不了锅铲之仇，忘不了它对厨房的多次袭扰，还有它的"那个"。马楠都说不出口。我知道，那是指畜生的青春期臊味越来越重，动不动就阳具高挺，翻出红头，不知羞耻，晃来荡去不避人。大概是红头让它不舒服，它总是自己抓挠，甚至埋头狂舔，好半天才让自己安静下来。

女知青们还发现它吃醋，简直莫名其妙。安妹子就不止一次验证过，只要她同哪个男人亲热，哪怕是装的，小色鬼也一定郁闷和焦躁，满脸痛苦不堪，又是拔自己的毛，又是咬自己的手，两眼呼呼的直冒火，撞墙一类轻生之举似乎也极有可能。待风情中止，女方去同它说说话，摸摸它的头，这才能让它停止自虐。

更严重的事故在后面。有一天蔡海伦穿了条红裤子。大概是觉得红色很鲜艳，很撩人，很神秘，它把持不住，突然冲过去一伸手，把裤头扯了下来，露出了对方的花内裤，吓出了一声惨绝人寰的尖叫。

这还了得，人们后来都无不提心吊胆，甚至不敢再穿红色或其他色彩艳丽的衣服。马楠每次见它都进入防暴状态，大喊你走开！你走开！你听见没有？

她还把气发在我头上。"你们快把它赶走，要不就送到什么动物园去，不然哪天我们真会打死它！"

蔡海伦也帮腔，对，打死它，打死它！

没办法，我们只好决定把它送回山里。那里有一农户，养了只母猴，大概可与它配上对。有点麻烦的是，新郎刚去半月，那家主妇就来工区，苦着一张脸，说你们的菩萨大，她家的庙小供不了。原来酒鬼到了那里，面对一个高大得多的猴姐，一点兴趣也没有，成天蜷缩身子无精打采，而且十几天下来不怎么进食，眼下已瘦了一圈。猴姐经常拍打它的脑袋，想怎么欺侮就怎么欺侮，直到对这个窝囊废完全失望。

我们只得接受退婚。说也怪，它一见我们就眼泪汪汪，就跳跃和嚎叫，往这个怀里扑，搂住那个舔，全然不顾自己身上的爆炸性臊臭令人窒息。

那一段，正好贺亦民来。不知他在城里犯了什么事，想必是来乡下避风，来到他哥待过的老地方，来投靠我这位小学同学。刚来时，这小矮子受不了日复一日的南瓜和南瓜，建议我们把酒鬼拿去卖了，好歹给锅里加点油水。肯定是隔墙有耳，酒鬼第二天就在他床上屙了一摊尿，把他的帽子球鞋都扔到了小溪边。

不过，贺亦民找回那些后倒是大为惊喜，饶有兴趣，刮目相看，要进一步培养和训练。据我们后来所知，他训练猴子认香烟，找香烟，偷香烟，散装或整包的都行。他们为此去哪里踩过点，在哪里下过手，在哪里成功或不成功过，不甚清楚。直到有一天供销社的游会计来告状，说亲眼看见过那个刁猴咬住一包烟，上了梁，翻上墙，飞檐走壁，肯定是从柜台上偷去的。难怪柜上这些天有香烟短货的现象，一股臭臊味也不知来自何处。

大家听后这才恍然大悟。难怪呵，我说呢，姓贺的这几天特别大方，好客气，见人就散烟，原来都是赃物呵。

这使马楠的愤怒更有道理，点着我的鼻子，"你看看，物以类聚，人以群分，你收留一些什么人……"

她一不小心把酒鬼也归为人了。

蔡海伦还去场部告了状。分管治安的吴天保背一条枪来办案，虽然"猴子"惜猴子，并没有真正开枪，只是他一通狂骂，三枪朝天放，吓得酒鬼直接从房檐跳下，没命地跑远，很快就不见踪影。贺亦民倒没跑，装傻充愣。"供销社，在哪里？有我什么事？"他一口咬定，烟不烟的，他还以为是猴子捡的呵……

"屁，老子怎么捡不到？"

副场长根本不相信，不过，他已抽上对方递来的烟，还把半包塞进衣袋，最后也只能不了了之。

"要偷就偷大前门，红橘的有什么味？"他临走又补了一句，是嫌烟牌子太差,烟不好抽。

工区清静了几日,酒鬼没回来,让人既担心又惋惜,心里空落落的。直到后来的一天,因一位路人传口信,我们才在北坡找到它,发现它窝在一块大石块下,抱膝蜷缩,目光发直,嘴吐白沫,下体有肮脏的泻物。一大群黄头蚂蚁,本地人叫"狗蚁"的,已上了它的身,密密麻麻挂了它半个身子。事后才知道,这事又与姓贺的有关——他不是痛恨南瓜吗?总是说胃缺肉,胃缺油,不知从哪里找来老鼠药,制作一些毒苞谷,要毒杀一点野味来解馋。他简直是个扫帚星呵。可怜那酒鬼太饿,围着工区转来转去,便不幸吃了地边的毒苞谷。

责怪那个扫帚星已无济于事,当务之急是要救命。怎么说也是一条命吧。不巧的是,那天夜里不知何时开始下雨,很快就成瓢泼之势。一束电光射出去,只能照出两三步,再前面就是白花花的水墙。人间已不知何处,只剩下轰隆隆的四野迷茫和八方咆哮。

马楠给我撑着伞,随着我深一脚浅一脚往黑暗里闯,往天塌地陷的前面闯,往一个几乎毫无出路的绝境里闯。我们钻过一棵半倒的大树,绕过一堆倒塌的坡土,好几次是连滚带爬,挂得树枝哗哗响,走得气喘吁吁。这一路上,酒鬼好像明白一切,迷迷糊糊但紧紧贴住我,像个懂事的娃,一个没脖子无额头的臭娃。如果我一个趔趄,一时顾不上它,两手离开了它,那么它就会紧紧搂住一根脖子,摇摇晃晃地荡秋千,不至于掉下去。

它一定明白我们是在救它,明白可以信赖的面孔在这里。只要我们在,一切都会好起来,幸福的日子还是有希望。

"这雨是不是太大了?"我看看天。

"你不是说你不怕吗?刚才你还说雨不大……"马楠的声音还是七零八落,被风雨刮跑不少。

"有个地方躲躲就好了。"

"走吧,快到了!就快了!加油!"

肯定是她看出了我的吃力,又接着大喊:"我们换换手。"

"它太邋遢,太臭!"

"反正我已经臭了。"

我知道,她刚才执意要来,担心我是最大的理由。既来之,则臭之。还算好的是,眼下她不用臭太久,我们很快就在一片狗吠中进了村。不巧的是,兽医去女儿家了,于是我们又惊醒了另一个村子的狗群,问到他女儿家。兽医掌灯开门,取来药箱,似乎对中毒一类颇有经验,一看就知道是怎么回事,马上给酒鬼灌盐水,灌肥皂水,给它导吐排毒。在这一过程中,酒鬼对打针居然很配合,甚至还有点懂行,一听说要打阿托品,立即主动伸出两条手臂,让兽医在猴毛里寻找针位。

没有人教过它这一套呵,它怎么什么事都能无师自通?同样让我意外的是,全身湿透的马楠一直搂着它,没捂鼻子,没闭眼睛,没对狗蚁大惊小怪魂飞魄散,倒是满脸的焦急和心疼。她握住酒鬼的一只爪子,看到它的配合动作还惊喜莫名,看了看我,又看看它。

"它笑了!"

她其实是看错了,把痛歪了的一张嘴看成笑。

"它真的笑了,真的!"

"可能是吧。"

她看到了笑,看来又多了一个冒雨出门的理由。

从这个晚上开始,她虽然还是嫌酒鬼臊,嫌它脱毛,怀疑它身上有虱子,但对它的口气已大为缓和。她甚至愿意给它洗澡,用抹布给它擦身,用梳子给它理毛,一心培养卫生模范。看得出,那家伙也喜欢洗澡,特别是女人给它洗澡,总是嘴角微翘,长长的下巴朝天高挺，分明是幸福感，分明是掩不住的洋洋得意，然后在草地上撒手撒脚地躺成一个大字，充分亮出肚皮。它不会高兴得哼小调吧？在这种时候，它干净了，高贵了，当然可以拉拉架子。如果有人随随便便叫它，它完全可以闭着眼睛，充分享受温暖阳光，全当耳边风。根本不理睬。

"你看，它就是会笑！"

马楠坚持自己的发现更是不由分说。

第二年，她获得"顶职"的机会，以母亲退休为条件去母亲所在单位上班——这是当时知青们的另一出路。临走前，她还有点舍不得酒鬼了，在食堂站好最后一班岗，没给我做好吃的，倒是给酒鬼开了个小灶，连鸡蛋和油饼都有。

在我和二毛的房间，酒鬼大概感觉到了什么，一反常态没有抢食，反而对美食不无警惕，两眼盯着马楠，就是不动。无论我们发指令还是做手势，它还是一动也不动，显然在等待新的消息，想知道今天这个小灶的真实原因。

"它又知道了。"马楠捂住嘴。

它一定是注意到几天来女主人在收拾行李，注意到一个衣箱挪了位置而且变得沉重，更注意到眼下马楠的泪花，确信了什么。它突然急得一时团团转，设法讨好我们，抓一顶草帽戴在头上，见我们没笑；又哇哇哇大拍自己的嘴巴，见我们仍然没笑；最后一个激灵扑上前，献上一个鞠躬，还是没发现什么反应。

我们一时都笑不出来。

它挠挠腮，可能觉得自己的表演太不成功，便给我们作揖，又扑通一声跪地，给马楠叩头，给每个人都叩头。

"哥们，今天不玩这个。我们喝酒。"我塞给它一个搪瓷杯。

它犹犹豫豫地接下，吮了一口，又吮了一口，大概被谷酒呛了，整个脑袋扩张成大大的两瓣，噢的一声长叫——

以后楠姐不给你捉虱子了,知道不?以后乱撒尿要挨打的,最好还是上厕所,知道不?……我们七嘴八舌交代,愿它翻开新的一页。它却喝猛了,喝醉了,两眼发红,鼻孔张扩,开始喷出呼呼酒气,鼻涕和口涎齐下。最后,它抓一把米饭抹在自己头上,擂鼓一般捶打自己的胸脯,一直捶打到自己豪情万丈。不知什么时候,它突然彻底变态,一阵风扑向马楠,其力度之大和神态之狂前所未有,一下就把她扑倒在地。

"酒鬼——"我们一齐冲上去解救,发现它已经疯了,完全不是游戏,明明就是泪水横飞的袭击。我右臂的两道血痕,就是在这一混乱中留下的。

我们终于把它捆绑起来,任它头顶饭粒和残汤,左一下,右一下,拼命挣扎,一个堕落而蛮横的模样。它狠狠盯住我们,眼里透出泪汪汪的仇恨。

多少年后,我还能清晰回忆这一次离别。马楠当然更忘不了,有一回从梦中醒过来,紧紧抱住我,"酒鬼——"

"你醒醒。"

"你不要离开我,永远都不要……"

"我不会。"

"我真的很怕。你要保证,你要发誓,你永远不会离开我!"

她已一头大汗,好半天才缓过气来,流下了眼泪。我握住她的手,久久地握住,忽感一种心酸。

在很长一段,她一直未能摆脱袭击的记忆,甚至不再去动物园,还不时出现幻觉。看到路灯投在家中墙上的树影,她就说那是酒鬼。看见天边一堆升起的乌云,她也说那很像酒鬼。有一次大叫大喊,拉我出门辨认,看对面一堵破墙上的裂纹,是否正是酒鬼的轮廓……也真巧了,那确实像,是一个眼熟的剪影,是正面蹲立的那种,有圆圆的头,有支出的两只耳朵,有凝固不动的长臂短腿。放在以往,如果我们回家太晚,朦胧星光下的路口,一定有这样一个剪影。如果我们起得太早,乳色曙光里,食堂门外那棵大树上,那个它最喜欢攀援的"快乐树"上,也一定有的这样的剪影。马楠对那一个轮廓再熟悉不过了。

她忍不住给白马湖写信。据说我离开茶场后,二毛参军了,梁队长也卸职回村,便把酒鬼带到他家。他的回音是,很可惜,他未能看好它,有一天它突然失踪了,当然,也可能是碰到了哪只母猴子,双双跑回山里去了。

马楠又大哭了一场。

我们重访白马湖时,自然想起了这一段。我们到了水家坡,进了大门岭,进入岭那边邻县的地界。顺河水乘船而下时,恰好看见悬崖上有一群猴子,拉手连臂,组成一个猴链,大概是悬吊下来找吃找喝。

马楠重重拍打我一下,朝悬崖大喊:"酒鬼——"

那几个小黑点似乎纷纷朝这边张望。

"白屁股,白屁股,真是它!"

酒鬼不可能活这么久吧。

"它应了,你快听,肯定是它……"

我不忍心不相信。

她怎么可能听到呢?这里有船舱里的机器声,有船下的水浪声,有乡下几个孩子的笑闹声,已嘈杂得塞满天地。

"它真的应了,它就在那里咧!"她央求我相信她,急得眼里已涌出泪水,转身再次跺脚,朝远处呼叫,"酒鬼——"

机船噗噗噗走得很快,一转眼就绕过河湾,把刚才那一切甩到山后,把一片钢蓝色的断崖绝壁甩到山那边去了。

我搂住她,知道她已经病了。

二十二

后来才知道,贺亦民那一次来茶场,不是随便来玩玩,果然另有内情。他是个街头大哥,没料到手下有人偷了一个军人的包,据说涉及重要军事机密,全城警察疯了一样拉网严查,逼得这位老大只好远走高飞。

我得知这些,不禁为他捏了把汗。"你以后怎么办?"

"不知道。"

"你这样下去,总不是个办法。"

"放心,老子不会连累你。"

"疤子,你不能自暴自弃吧?"

"你什么意思?你是要我学好?我叫你爷,叫你活爷,给你烧高香,好吧?这个世界谁稀罕我学好?再说,什么是好?你讲得清楚?"

他横了我一眼,发现我有点懵,便进一步解释:"一个老家伙说得不错。到银行里去,有的人存一千块,有的人存一块,你会觉得人和人很不一样。但你要是当个淘粪工呢,去它的,大家都是裤子一脱拉屎喷尿,连皇后娘娘也是臭烘烘,根本不能看。有什么不一样?这世界就这么回事。"

这种振振有词的厕所理论真是闻所未闻。

同事们一开始就不大喜欢他,觉得他懒,邋遢,还挑食,白吃白喝的,而且一口市井腔相当刺耳。比如,把一些女的叫"马子",叫"楼子",意义不大明确,但联想空间可疑,总是让女知青惊愕不已,甚至义愤填膺。因为投放毒饵,他差一点毒死酒鬼,马楠更是同他翻了脸,坚决拒绝给他洗衣。他把汗臭烘烘的衣衫再次套上身时,对马楠也心怀不满:"你这个婆子,好不贤惠,要了做什么!"

他是个流氓犯吧?她们机警地猜测,他是不是抢了银行?是不是走私黄金?看样子不会是杀了人吧?搞了半天,果然是来躲案子的呵?很多人也议论纷纷,加强了对自家物品的看管,晚上睡觉时更不忘记紧闭房门。他们还私下警告我,要我快一点把这个扫帚星送走,别把自己赔进去。

作为他的关系人,事已至此,还能怎么样?我只能尽力各方润滑,当个和事佬,又陪他下下棋,扯几手扑克,带他去出门逛一逛,免得人家烦他。山上有一种"醉草",又叫"睡草",又叫"懒婆草",据说人一嗅到就昏昏欲睡。他肯定没见过吧?见他没多大兴趣,我又推介"笑菌",一种人吃后会大笑不止的东西;推介"麻树",一种人沾上木液后会皮肤溃烂的东西——以前农民械斗或打猎,都常用这种毒液涂抹箭头。他对这种奇物怎么说也要吓一跳吧?他怎么可以无动于衷?

我得减少他的无聊,得让他对老同学的知识刮目相看,因此还带他去打柴,看能不能找到野生的山楂和猕猴桃,能不能找到野鸡蛋。但他还是无精打采。黄昏里,枫林血红,桦树金黄,芦花玉白,一大群蝴蝶在遮天盖日而来。风在树梢间梳出嗖嗖的声响。烧制草木灰的烟雾爬上山坡四处弥漫。站在山顶,远处的群山就像凝固的大海,而脚下山谷里秋色的五彩斑斓,交织成翻腾和流淌——但他对这一切还是看不上眼。

"你们这里的蚊子也太多了,还让人活不活?"他闪下肩上的柴捆,抓挠两臂,拍打双脚,一张蛤蟆脸上满是鄙薄。"做好事,这就是你们的广阔天地?你在这里也待得住?这里是有金子挖,还是有银子捡？乖乖，换上我，早就喝农药了。"

"艰苦环境，对人毕竟是一种锻炼嘛……"我努力辩解。

"屁话。你锻炼了，又怎么样？"

"我至少会砍柴……"

"我不砍柴，也没吃过生米呵。"

"你看看，我们开出了三千亩新茶园，这个工区的全是。明年我们还要开辟新工区，至少再拿下一千亩。"

他哈哈大笑，"告诉你，我也差点有你样宝。当初居委会的来动员，我同他们说，铐了去，可以，捆了去，可以，自己去，不行。"

"你妈也顶得住？"

他不回答。

"她还上得了班，做得了饭，买得了菜？不被居委会的那些磨死？"

话刚出口，我就知道自己失言。我忘了他妈死得早，对于他来说可能只是一张照片，甚至连印象都没有。

"亦民，对不起……"

他苦笑，一屁股坐下，低着头，甩甩头，把一根细长树枝折断，再折断，再折断，折得自己气呼呼的。

我拍拍他的肩，招呼他一起下山。

这天夜里，我终于被他说得有点心动，决定问一问自己心里的真心话。说实话，自郭又军那一拨招工，家庭背景好的差不多都走了。像大甲那样的，能跳、能唱、能画、能打球的，靠各自才艺也，也陆续找到机会。安妹子办病退，尽管还在等批复，据说已有了八九分的希望。这样一来，像我这些样最初把小说和电影真当回事的，把卧薪尝胆一类真看得重的，到头来也同样手足无措。显然，我们能坚守团结一致共同奋斗的热血，却受不了身份等级逐渐拉开的热血，受不了好处面前有人优先、或更优先、或更更优先的事实，受不了身边面容的一个个消失——马涛前不久的咣当脱轨，不过是对这种残局最后一击。

树倒猢狲散。大难临头各自飞。在一个穷山沟里坚持呵坚持，不知还要等到何年何月才有机会。这样看来，病退为什么不能是一个选择？

既然小安子搞得成，我大概也搞得成。就像贺亦民说的，能吃能睡怎么啦？一顿三碗怎么啦？谁还没个头痛脑热，谁没个什么外强中干？江湖经验多的是，根本不用你送钱铺路，估计你也没钱，但你得自己解放自己，明白吗？你根本不用去羡慕人家那些幸福的肺结核、高血压、风湿症、胃溃疡、罗圈腿，那都是一些戏，兄弟！你在胸透时偷偷往肺部贴一锡箔纸片，那么"肿块"就有了。你在体检前大嚼麻黄素，吃避孕药，再不济，量血压时似坐实蹲，暗暗用力，咬牙切齿，"血压高"也就有了，说不定还会把血压计的水银柱挤爆——因此兄弟你最好悠着点，不要玩过头。

他还说，只要你回了城，想读书的，可读更多的书；想赚钱的，可赚多的钱；想钓妹子的，可钓更多的妹子，是不是？人到哪里不能闹革命？谁碍着你了？至少你不必天天吃南瓜。你就不觉得这一天天的南瓜吃得你要吐？

这一夜我在床上翻来滚去。

第二天，我瞒着马楠，继续吞吞吐吐，向贺亦民讨教对付体检问题，看有没有最快、最简便、也最保险的路子。

"好办。"他喷了一口烟，"我来打你一个骨折，不要怕，挑根不重要的骨头打。"

我吓了一跳，"太残忍了吧？"

"没问题，等办成了事，你再接上就是。我认识一个妙手接骨的神医。"

"万一接不上呢？我是说万一。"

"瘸了就瘸了，比你死在这里强吧？"

"你这算什么馊主意！"

"舍不得孩子套不了狼。你懂个屁。"

我不愿自残，但想一想，要是断骨真能接上，长痛不如短痛，为了合法地回到文明社会，回到梦中五光十色的城市呵城市，我还能有什么招？再想一想，不就是一根骨头吗？我在武斗那年中过弹，左腿已非原装，再来一次，不算什么大事。就当自己是再次挂彩，荣归故里总比暴尸沙场要强吧？

终于，再一次带贺亦民去打柴时，我们来到一个旧房遗址，找到几堵土墙，一条石板路，还有一块刻有"酒酣醉卧"几个字的残碑，似乎有点什么来历。这是一个天知地知你知我知的偏静处，便于动手。

他打算用扁担砍，用石头砸，我怕他野蛮操作，搞得我太痛，没同意。最后，我们又商议了一阵，我选择了左手，不如右手那么重要的，选择了中指和食指（据说折断两指是起码的伤残标准），塞在两扇木门之间。这样，他只要上来踹一脚，踹得两门相向一挤，指骨便可望断裂——算是快速解决一举成功的最佳方案。接下去，一张货真价实的X光片，就可以理直气壮拍在干部面前了。

他朝我嘴里塞了一条毛巾，拍拍我的肩，"准备好了？"

"好了……"

"你放松，不要运气。你一运气反而不容易断了。"

"我放松了……"其实我已冒汗。

"你这鸟毛，哆嗦什么？"

"废话少说，你该做做。"

"你这筛糠的草包样,太好笑了。"

"臭疤子,你手脚利索点,踢就踢,不踢就拉倒!"

"话说清楚,是你要我踢的,你自己负完全责任!"

"我还要说多少遍?"

他突然咧嘴大笑,笑得自己倒地,来了个后滚翻。大概觉得自己不该过于幸灾乐祸,他总算收了笑,照顾我的情绪,说好吧,好吧,他这就来。

我再次闭上眼,等候一秒又一秒,感觉到对方在那里估测目标,步测距离,呼吸运气,往手心吐唾液,突然一咬牙,全身发动快步上前而来……鬼使神差的那一瞬,他嘎嘣一声踹了,却只是踹了个空门。大概是我突然抽手的动作太猛,抽得自己失去重心,滚倒在一边。他也被瞬间变化晃了眼,分了神,动作失控,被重重一脚的反作用力弹回去,自己一个趔趄摔倒在地。

"神经呵!"他眨眨眼,摸着屁股,气得跳了起来。"你狗屎糊不上壁呵?你躲什么躲?这又不是要你的命!"

我取出嘴里的毛巾,擦拭头上的汗,大喘一口气。"对不起,我还得再想想,再想想……"

"尿胀卵,你就是个尿胀卵!"

"要不,我们再商量一下……"

"你的事,老子再也不管了!"

他拉开门,拂袖而去。

追着他回到工区宿舍,我想给他一支烟,但烟盒已空了,于是我们撅起屁股"打狗",搜寻床下或墙根可能的烟头。照例是划区包干,我把门厅、寝室、饭堂等好地段都让给他,算是弥补一份抱歉。

面对我一再赔上的笑脸,他还是不给面子,后来不仅夺走我的全部烟头,还脸不是脸,鼻子不是鼻子。"算了吧,你同军鳖就是一路货,卵用都没有。"他是指他哥,"做人假得个死,没一句真话,最大的本事也就是骗骗妹佗!"

这一句比较伤人,终于惹毛了我。"不就是反悔了一下吗?你特么悔棋悔牌还少吗?有什么脸说我?"我越想越气,"我就是怕痛,怎么啦?告诉你,老子刚才还真想通了。老子在这里就是不走了,不病退会死呵?老子一不做二不休,这辈子就是革命了,怎么啦?就是相信共产主义远大理想,怎么啦?臭疤子,老子门门成绩都比你好,凭什么听你的?告诉你,以前不听,现在不听,以后也不听,你咬我的卵!"

大概是我的样子吓人,他目瞪口呆,好一阵没回过神来。

这一天还真是痛快!

晚上,我脑子里再次冒出多年前的想象:人生是一部对于当事人来说延时开播的电影。与其说我眼下正在走向未来,不如说一卷长长的电影胶片正抵达我,让我一格一格地就范,出演各种已知的结果。我可以违反剧本吗?当然可以。我可以自选动作和自创台词吗?当然可以。但这种片中人偶然的自行其是,其实也是已知情节的一部分,早被胶片制作者们预测、设计以及掌控——问题是,谁能告诉我下一分、下一秒的情节?那个情节就是我的两个指头再一次塞进门缝?

我把自己的两个指头摸了又摸。

二十三

马涛出来是六年后，动荡岁月终于结束，虽然还有知青下乡，但老知青们大多已返城，进入工厂、商店、学校、码头、煤场什么的，散落到黑压压的人海里不见踪迹。那一天很冷，阴雨霏霏，我和马楠都去迎接她哥，去了湖区那个农场。

他走出电动铁门时，留着长长的胡子，身上还套着囚衣——后来才知这是他坚持的出狱条件。狱方要他剃了胡子再走，他说剃了就不走。狱方要收回他的囚衣，他说不穿囚衣就不走。最后僵持不下，狱方只好妥协。

这一形象很特别，让人嘘唏不已。稍有意外的是，他对无罪改判一事似乎并无喜色，听说有关部门宣布平反后还承诺补偿，也只是微微拉抬一下眉眼。他身正容端，矜持淡定，与老友们重逢既不拥抱，也不落泪，逐一握手，不怎么说话。只是开车前，他让大家等一等，去附近农田转了一圈，去高架哨所那边张望片刻，突然哈哈哈一阵放声大笑——他大概是要用大笑结束这里的六年，见证对自己命运的预言。

大甲给他拍了一些照片，包括长须异人的雨中照——当时飘小雨了，他执意不让别人为他打伞，不愿妹妹给他披上外套。

一辆七座的小面包上，他听大家七嘴八舌说了些新鲜事，不知何时突然插上一句："楠楠，我那笔记本呢？"

"什么笔记本？"

"黑皮的。"

151

"黑皮？你的东西都在这里，就几件衣，一双球鞋。我没看见什么……"妹妹以为是说狱方发还的私人物品。

"不是，我是说我的手稿，那两个黑皮本，你收藏的。"

"哦，那个呀，对不起，哥，当初我给烧了。"

"你说什么？"

"我……"

"你再说一遍！你没烧吧？你没烧吧？你肯定是开玩笑的，是不是？"

问题似乎有些严重了。

那黑皮本是我和马楠一起烧的，当时完全是防止节外生枝，是不怕一万就怕万一。他听说这一点，也一把揪住我，脸色铁青，目光直勾勾的，简直盯得我的脸皮差一点冒火泡。

这事很重要吗？黑皮本里有些什么呀？就不能回家后再说？大甲和尿罐也劝他，你先养养身体，见见朋友，好好吃上几顿再说……大家都想缓和一下气氛。但他双拳重击太阳穴，爆出一声长嚎，突然拉开车门，拉得车身一阵摇晃。"停车！让我回去，让我回监狱！"

马涛！涛哥！涛哥！我们惊慌不已扑上去，三四只手拉住他。

"我宁愿坐牢——"他的声音已经飘出车门外。

车停了。马楠完全懵了，吓哭了。我手足无措地上前向他解释，想说说当初气氛的紧张和可能的连环性招供。但没等我开口，他就更加震怒，成了一座爆发的火山。"你们为什么不早说？为什么不早说？你们出卖我！你们太无耻！"

他不但把我骂了，把大甲、尿罐这些没心没肺的劝说者也骂上了，似乎大家都见死不救、隔岸观火、麻木不仁。我们只好面面相觑，左跟右随，七求八劝，足足跟着这位长须人走出一两里，才让他止步在河边。要不是大甲气力大，死死抱住他，他可能气得一头撞树，真是不想活了。

回到城里，街面上已华灯初上。我们几乎每个都流鼻涕或打喷嚏，被冷冽寒风中停车的一个多钟头闹得够惨。

对不起，他可能真被伤了，被伤大了。就像他后来说的，两本手稿即便可以重写，但往日灵感难以找回。六年前与六年后写的，价值区别也太大，就像宋瓷与清瓷根本不是一回事。即便知情人站出来，证明他写的就是宋瓷，但灰飞烟灭了呵，只有一片空白呵，你凭什么要拍卖起价一百万、一千万、一万万？那岂不是天大笑话？再说，他在受难时守口如瓶，一个人扛下全部指控，保护了好多人的安全，到头来却痛失宋瓷，落一个两手空空，落一个大家的隔岸观火无关痛痒，这件事说得过去？谁想都会为之不平吧？

问题在于，如果警方拿到了那两个黑皮本，据此把他判得更重，甚至送上了刑场，那怎么得了？

问题又在于，他一条命算什么？难道妹妹如此不理解他，对于人民来说，他神圣的学术生命和思想成果岂不是更重要？

事实上，江边停车的时候，他正是这样说的："我真的不在乎坐牢，不在乎死。让这个国家觉醒，是我活下去的唯一意义。我病得一头栽在地上时，也没灰过心；哪怕吃饭时嚼沙子嚼蛆虫，也没灰过心；哪怕被五花大绑拉去陪斩，也没灰心过。我每天做俯卧撑，我坚持洗冷水澡，我打不过他们时就讨好每一个犯人，但我一直在咬紧牙关提醒自己，要忍住，要忍住，要忍住。我就是盼望这一天，相信有这一天……"

他哽咽了，终于蹲下去捧住头呜呜号啕。

我们也都哭了。

好吧，好吧，生活毕竟在重新开始。蔡海伦原是读书小组的一个，来看望过他，还带来一位记者，想采写一个传奇性的英雄，配合报上对改革开放的宣传。不料一开始,对方说错了一个成语,就被他当场指正。对方说到当年判决书的定罪不实,一句话也让他沉下脸。"你说什么呢?恰恰相反,我就是货真价实的'颠覆',就是最大的'危险'和'破坏',他们的定性完全正确好不好?"

他恼怒的口气让对方吃了一惊,思路跟不上,一个劲地挠头,一个劲向蔡姐投去求助的目光。

接下来,对方换了个问题,夸他"自学成才",更让他火冒三丈。"什么屁话?我自学了吗?我还成才了?"

"你自己刚才不是说,你只是一个高中生,但自学了哲学、政治经济学……"记者两眼大睁,不知自己说错了哪里。

"你以为我是读《三字经》?"

"你的意思是……"

"你以为我是考电大,上补习班?"

"我不是这个意思。"

"如果你不懂得'六经注我'和'我注六经'的区别,你就不配当一个记者,还是回去搞搞校对吧。"

他不顾母亲劝阻,气呼呼地逐客。直到这时,蔡姐才发现他不是开玩笑,是真生气了,看来自己刚与老太太一起包的饺子也没法吃了,只得狼狈不堪地告辞。

据说,她后来一路上同记者反复回忆,看到底哪些话说错了。要说,"自学成才"还算是一句好话吧?怎么说还是流行的褒奖用词吧?但也许是太流行,常用于那些无师自通的小厨师,巧手出众的小钳工,捣鼓出技术发明的大头兵,就可能让马涛不爽了。他不是看不起小人物,但他是谁?他是马涛,一个思想家,一个决心献身的战士,一个像阿·托尔斯泰所说,"在清水里泡过三次,在血水里浴过三次,在碱水里煮过三次"的,同这些七七八八的混在一起,什么意思?是准备把他放在"青春剪影""五月花""创业篇"一类栏目里去励志吗？

不久，一位等待复职的老部长，听说他的故事，派车来接他去谈谈。据说老部长又把他介绍给一位老朋友，一位大学校长，让马涛跳过本科直接就读研究生，这才使他心情大好，多少摆脱了前一段的苦闷。那几天，他打羽毛球，给母亲穿针线，与二姐夫碰杯喝酒。关于研究生的课程和前景，成了大家好几天餐桌上唯一的话题。

不料研一还未读完，因一个观点上的分歧，他就与身为校长的名教授翻了脸，闹到了要退学的程度。我对此十分着急，建议他千万要忍住，屋檐下一定要低头，万万不可一时意气冲动。

"忍什么忍？这种书只能把人读蠢。"

"有一张文凭，好歹也是块敲门砖吧。"

"对自己不自信，就不要在社会上混。"

我记得要文凭正是他以前多次强调的，研究生正是他以前憧憬的。但我收住话头，因为直觉告诉我，这话他可以说，我不可说，否则便有指导之嫌。他不习惯被别人支使和推动。

"也是，那也是，杨鲁晋就从来没打算读研，连国外的邀请也不接受，反而要去走黄河，搞什么调查。"我是指另一位熟人。

"他是什么人？官宦子弟，有人给他铺路，搭桥，抬轿子，还用得着文凭？"

看来我又说错了。

"当然，你是靠自己的实力，与他不是一回事。"

"实力？眼下谁承认实力？如果那些家伙看重实力，就不会联手来打压我。如果北京大学和中国社科院讲实力，就不会不同意我转学。这个社会，蝇营狗苟，拉倒吧。"

看来我又说错了。

"谢老好像很肯定你吧？我是说那个……给你回信的。"

"谢老？好笑，我对现代权力的新解释，他几乎没看懂。我对自然辩证法的创见，还有对宗教的再思考……他只字不提。他不可能懂这么多，我可以谅解。但他那些廉价的大帽子，也就是要耍滑头。"

"也许你的思想太超前，曲高和寡。"

"错！我的每一个字都是常识。"

我的天，我怎么老说不上路呢？

"你的经历非同一般，他们应该对你更关注才对。"

"打住，你说什么？说什么呢？"他差一点气歪了嘴，"我最讨厌提坐牢。坐了又怎么样，不坐又怎么样？我还需要这件事来加分吗？我还需要拿这个金字招牌招摇撞骗——你是这个意思？"

"怎么可能呢？当然不是，我只是说……"

"陶小布，你也算是跟了我很多年。可悲呵可悲，今天我总算看清了，你完全不了解我，你们没一个了解我。"

"对不起，但我一直在努力。"

"哼，卖菜的，扛包的，个个都在努力吧。"

完了，太监当不下去了。我面红耳赤，手足无措，发现任何曲意顺从都只能给他火上浇油。事情真是很难办。对他的关心，都涉嫌居高临下。对他的亲热，都涉嫌轻佻不敬。对他的规劝，统统是好为人师。对他的回避，更是小人的冷漠无情。到这一步，圣意难测，连拍个马屁都可能是冒犯，不是明褒暗贬，就是避实就虚，无不混账透顶，这聊天还聊得下去？

自从他在老部长那里三出两进，自从他传奇性的事迹见报，条条大路通罗马，个个话题通愤怒，他的脾气已越来越坏。他已习惯于两眼微眯，用下巴指向来客，目光瘪瘪地俯行，对所有来者都布下一种警觉。在这种俯视之下，小人们的驴肝肺一律暴露无遗。说来也哭笑不得，要不是马楠听我一嘴，试着声东击西，故意表态支持他退学，引起他习惯性的反弹和批驳，他还真可能把学给退了。

郭又军也这样栽过一回。本来，他与涛哥虽不算铁交情，也算是不远不近的兄弟，听说他出来了，一定要请他喝一杯。但军哥粗心了，先给我电话，然后才给他电话，已让他脸色冷却。军哥把饭局定在玉楼东，是他不大喜欢的粤菜馆，更让他眉头暗锁。军哥叫上了另外几个，据说其中也有杨某，正是马涛看不上的，而且首席主宾是谁，没事先说个明白。最要命的，是我一时脑细胞缺氧，出门时竟然说到军哥的盲棋真不错——我真是有病，说这个干吗？

结果不难预料。他一只脚已经迈过门槛，却又缩回来，说不去了。没什么理由，就是不去了，不去了。

最后，他情愿待在家里炒冷饭。

我打回两个包，还有一瓶酒，是军哥特意留给他的。他不听还好，一听就摔脸子，立刻把菜和酒统统扔进垃圾桶。

"军哥对你确实是一番好意，你不要误会。他今天还真以为你累了，差一点要骑自行车来驮你……"

"好意？心虚吧？"他哼了一声。

这是什么意思？

"他没想到我马涛还能回来吧？"

这就更离奇了。

马楠给我打眼色，让我别问了，拉我到楼道咬耳朵。原来事情是这样，刚才她哥骂东骂西，骂到了当年的一段，说他曾一直想弄明白告密者是谁。除了阎小梅一伙是疑点，还有他与军哥共同的一位朋友，叫什么眼镜的。有一条案情，大概只有他们三人知道。但问题是，三人中有两人落网，唯郭长子一直安然无事，根据侦察理论中"受益者原理"的逻辑倒推，郭的可疑度岂是不是低不了？如果以前他马涛还觉得证据不足，那么今天的酒岂不是新添了一条？不是吗，两人并无太大的交情，如此大张旗鼓请客接风，如果不是心中鬼，还能有其他的解释？

　　天呵，竟然还有这种让人发毛倒竖的推断。一个酒局还引出这么大的麻烦。我全身凉了半截，回想刚才酒局上的一切，琢磨军哥的一切表情和动作，琢磨他对我的格外照顾，琢磨他对涛哥的所有回忆和赞美，看其中有无破绽，有无告密者的蛛丝马迹。他执意让我捎来一瓶价格不菲的五粮液，似乎确有几分夸张。

　　这些高中部的老哥们一个个真不省油，也许还真有什么秘密？也许生活就是一张严重磨损的黑胶碟片，其中很多信息已无法读取，也永远不可还原。

二十四

肖婷长得很漂亮，自己对此心知肚明，因此几乎每天换一套衣，甚至换几套，像个衣架子移来移去，大举收缴客人的目光。她在自家客厅有固定座位，总是侧身若干度，捧一本书造型端坐，配上精心布置的背景和近物，配上最迷人的表情，让客人们能从最佳角度看她，看到侧光或逆光之下脖子、胸脯、腰身的动人线条，上一堂古典艺术欣赏课。

作为马涛的又一个崇拜者，她轻易取代了对方的前妻，成为丈夫的联络主管，长袖善舞地出入沙龙和交际各方，特别是那些洋面孔。据说每次都谈得超精彩，但外人总是不得其详，只能隔墙猜花。

"哎呀，都是最前卫的学术思想，都是非常非常……"她摇一摇小手，"用中文没法谈，中文太糙了。"

临末还时常对客人交代一句："这些事你不要说出去。"

问题是，她说出过什么吗？

她说过某作家的婚变，但掐掉了后半截。她说过某哲学家的官司，但掐得只剩一个话头。她说过某位气功大师不久前的来访，又掐掉了对方进门后最要紧的情节。总之，她是一切名人的朋友，对高端社会无情不知，无密不晓，但她既然身负密友们的深深信任，就不能不闪烁其词，欲言又止，相当于一个保密局。

几年后，他们去了国外，留下了肖婷的一个继女，马涛前一次婚姻的结果。这几乎在朋友们的意料之中。

我很久没有他们的消息。直到后来陆续遇见一些国外来人，才知那边情况并非肖婷以前描述的那般顺利。据说两口子抵达那里时，发现机场里没有红地毯，也无媒体记者迎候，更没有议员或部长，这已令他们迷惑与失望。更实际的是，马涛名气这么大，但各方的招待也只是两顿三餐，管不了日常的营养。肖婷的父亲，一位大学校长，在那里有不少故旧，但他们的资助能力也有限。几个月下来，积蓄迅速流失，两口子不得不开始注意超市的特价食品，还有穷人的食品券。

靠一些留学生指点，他们有时也去教堂混上一两顿，再不济就去大学校园里，寻找一些研讨会的茶歇场合，冒充与会者，嚼上一些饼干，运气好的话还能喝到葡萄酒。

他们倒是得到了政府救济的一间住房，但与邻居一比，也让人生气。那个小胖子资历平平，住的房子却大许多，还有个不错的阳台。凭什么？就凭他以前那项日报总编的乌纱帽？中国的势利小人多，老外也势利吗？干部的级别待遇居然在这里也有效？

当过使馆二秘的尼克，以前就认识马涛夫妇的，耸了耸肩，"喽，没有级别，这里没有。"

"为什么他房子那么大？"

"你是说高先生？对不起，你来得晚，只有这一间了。"

"我不信。"

"骂套——"尼克把"马涛"发音成这样，又挤了挤眼皮，"小伙子，这不是在中国，你不能在我面前抽烟。"

马涛一时尴尬，掐灭烟头，赔笑点头道歉，心里却暗暗窝火。这家伙，在中国时好歹也吃过他马涛的饭，还不止一次，怎么一转背就当面打脸？即便你讨厌烟，即便制止抽烟是你的权利，怎么说也得"请"字在先吧？也得面带一丝笑容吧？

马涛当然更不相信这家伙的搪塞。鬼佬们——他现在私下里这样称呼他们——给那个胖主编送来聘书，从未送给他；多次请那个胖主编去开会，却很少请他去，不就是势利吗？不就是狗眼看人低？不就是帝国主义的臭德性？

他差一点冒出中学时代的革命腔调。

他也受邀参加过一些会，关于中国问题的研讨。不过，自己的英语不灵，参加这些会得非常小心，有时听对方巴拉巴拉一大通，却没抓住几个词，只能胡乱点头。遇到一个热情万丈的女记者，金发碧眼，风姿绰约，据说是有名的专栏作家，他好容易折腾一个电子翻译器，把自己的情况说了个开头，但对方突然一脸困惑，"你不是井田先生？天啦，对不起。"然后提上皮包走人。

他这才明白，女作家分不清东方人的面孔，刚才是认错人了。

另一次，也许是主办方粗心，会议的 Schedule 上未注明吃饭地点。他一不留神，在室外抽烟的时间稍长，回来时便傻了眼，不知大家去了哪里。他在会议室周围多方打听也无结果，最后只得找个地方，自己买了个汉堡包。

他离开快餐店时，一个黑大汉追出店门，冲着他大喊大叫——原来是他把提包忘了。他接过提包，忙赔笑感谢，但也许是一时激动，也许是近来心里憋了太多恶骂，一出口竟把 Thank you（谢谢）口误成 Fuck you（操你），一连说了好几遍。他发现对方表情怪异，依稀觉得这种怪异可能与自己有关，但弥补已来不及。对方暴睁双眼，把他当成一个面包上的蛆虫，左瞧右看，斜看正看，最后来一个龇牙咧嘴，手中半瓶啤酒不偏不斜淋在他头上。

还算好，对方的大拳头总算没落下来。

"对不起，我刚才说错了。"他只好直接上普通话，"我不是故意的，只是感谢你还给我包。你是个大好人。你让我非常感动，非常敬佩！"见对方迷迷惑惑，又把说过的话比画了一番。

"先生，我现在可以走了吗？"

他当然可以走了，只是更糟心的事，是接下来的大会发言。辛格教授列举中国杰出的思想家，只把他排在第十一位，仅在"等等"之前，差一点就要"等"掉了。这不是欺侮人吗？如此排序显然是别有用心，想必是要黑掉他最近可能获得的一个奖，也威胁到他的职位申请，太岂有此理。他本想当场反驳，但一听别人嘴里的滔滔英语又有些怯，最终没把手举起来。

他黑着一张脸回到家，一股邪火撒在肖婷身上。"你怎么办的事？沟通来，沟通去，最后就是这样的结果？你还说那个辛格真诚，什么博学，什么睿智，我看就是个大骗子，两头吃，欺世盗名的家伙！"

肖婷从医院下班回家，累得伏在餐桌上补睡，被他吓得跳起来，面如纸白，好一阵搓揉胸口。

"我就给他打电话，我一定同他说清楚……"

"你现在就打！"

老婆连忙走向电话机。

"你告诉他，还不仅仅是一个排名的问题，是历史能否还原真相的问题，是正本清源的大是大非！"

冗长的电话谈判就这样开始。依照丈夫的指示，肖婷与辛格严正交涉，包括再次详述丈夫的业绩，如坐牢十年（她在英语中擅自改回到"一九六七年"），如秘密建党（她在英语中调整为"筹备结社"，意思比较模糊，便于多种理解），如卓越而独特的理论建树，在中国最早提出民主与法制，有著名的"黑皮笔记"为证，只是该笔记尚未发表……总之，她悄悄修剪了丈夫一时气愤之下的粗鲁，掐掉了一些过头话，但基本上表达了原意。

"教授，我们非常尊重你，但遗憾的是，你身边有些人提供了完全错误的信息，歪曲事实，误导舆论，影响我家先生的政治前途。依照贵国法律,我们强烈要求这些人道歉,并保留索赔的权利。"

她把板子打在辛格教授身边的小人身上,是碍于对方一直对他们有资助,每月近千元美金,已持续一年多。

"马太太,你们中国人真是很奇怪……"

"为什么是中国人?教授,你不觉得种族是个敏感话题?"

"对不起,我是说马先生很奇怪。"

"不,该奇怪的是我们。"

"是呵,没错,你们是奇怪。"

"我们一点儿都不奇怪。"

"哎,刚才你不正是这样说的?"

这就有点纠缠不清了。

一个又一个电话,交涉持续到深夜,耽误了做饭,只能叫一个外卖了事。肖婷顾不上吃,在丈夫催促下又紧急写信,力图在有关媒体和有关人士那里消毒。丈夫不大满意的遣词造句,她一读再读,一改再改,废纸团扔出了一大堆,顷刻就填满垃圾桶。

这期间,马涛也打出一些电话,向几个华人朋友控诉辛格的无耻,痛快淋漓地用了一把汉语。伪君子、两面派、犹太奸商、到处握手的作秀大师,美国中情局的白手套,说不定还是个两头吃的双料间谍……马涛骂完那家伙,又顺带骂上邻居,比如那位胖主编。那家伙表面上道貌岸然,但常去逛红灯区,骗女留学生,嘴里的慷慨激昂,都是骗色骗财的生意。什么人呢?

"那是人家的隐私。"一位华人报纸的女记者提醒他,"马哥,这里是自由世界,你这样说不大合适了吧?"

"既无私德,何有公道?"

"你说话……还真有点像纪委的好同志,你为何不说要向雷锋同志学习?"对方咯咯咯笑起来。

马涛气红了脸,愣了一下,咔的一声摔掉电话。

"二鬼子!不就是多喝了几年洋水吗?我看就是个婊——"他把后半句掐了,给自己留了一点风度。

几乎可以肯定,他骂来骂去,最后还会骂到马楠和我。事情明摆着的,如果不是当年一把火烧去了那段历史真相,他不可能像现在这样倒霉。

不过,他相信自己来这里来对了。天生我才必有用,直挂云帆济沧海。他来了,他来了,这个世界不就是一直在等待他的到来吗?这个世界怎么可以错过他的到来?冥冥中的那个结果已为时不远,也许只是需要一点耐心和坚忍。他终有一天会证明一切,会站在历史的高峰笑到最后,让一切小人们统统闭嘴。

二十五

再次推开这一张门时,母亲已经走了。她的枕,她的床,她的房间,已经空了。她的一些破旧衣物残留秽迹,但散发出一种熟悉的余温,已被打成一个包,抛入黄昏中的垃圾站,很快就被苍蝇飞绕,被蚂蚁攀爬。

我不忍回看,但我后来每次走过垃圾站都有几许心悸,有几分酸楚。

从道理上说,我知道这是好事。将心比心,我要是她,也会希望早一点解脱。她病倒已数年,即便那一次在医院里恢复得最好,也是食不甘味,神智混乱,常常拉坏裤子和被褥。这样的日子实在痛苦。她每次醒来后看一看电视,实际上看不清,也看不懂,只是一种漫长的呆坐,一种面对五光十色的时间苦刑。在大姐家住过,她不大习惯,据说每晚都坐在床头不能入眠。在二姐家也住过,她还是不习惯,成天站在阳台上守望,还恢复了咳嗽和喘息。我同马楠商量,还是接回来吧。于是,我把她背上五楼——当时我并不知道,那就是她最后一次回家。她再也不能活着走出这张门。

她从来记不住我背她的事。包括每次送医院,包括上公园或躲地震的背。我背来背去的结果是她的感慨:"涛儿力气大,上楼下楼,多亏了他。"

马楠忍不住说:"哥在国外,他的魂来背你呵?"

母亲指了指我,她的女婿,"不会吧?不会吧?"

她被女儿说服了，但后来再提此事，肯定还是张冠李戴："嗯，涛儿的力气大。"

她已这样认定了。正如她把马楠买的生日蛋糕，说成是马涛买的；把马楠买的棉鞋和电热器，说成是马涛买的；连大姐、二姐买的衣服和床单，都无一不是宝贝儿子的孝敬。三个女儿一提起这事就很不高兴，就说老人太偏心，重男轻女。"你们去打个电话呵，要涛儿回来吃晚饭。"她有时突然这样交代，似乎必须把一个多年未曾回家的儿子，想象成身边的事实，一种看得见、摸得到、嗅得着的亲近。

儿子是她的解药，这个得认，我们都得认。当我说到马涛在那边发展得很好，客座研究员的职位已经拿下，他们都买车了，还要买房子了，说不定还要接老娘过去住一住……这些话必定使她眼里放光，不再拒绝吃药。

当我说到马涛小时候的乒乓球打得好，在学校里没少拿奖牌，这也能让她顺从一些，不再拒绝上厕所。

当我说到马涛小时候胖呵，拉的屎特别臭呵，差一点掉到井里呵……这些都能维稳和助眠，让她按时上床。

她的胃口稍好一些了。稀饭、面条、蜂蜜水、生黄瓜，多少能吃一点。她显得高兴，便多说一些话，甚至能开一开玩笑。她说大姐长得俊，但对大姐夫太粗心，太凶，由此说到自己年轻时对他爹也凶，现在想起来，心里还是欠欠的。接下来，她叹了一口气，宣称自己快要死了，顶多也就两三年了，以后去扫墓都很难了。

我问她，还有什么事放心不下？

她摇摇头，突然眉头紧锁，"他……对我不好呢。"

"你说谁？"

"我没说谁。"

我知道她是说谁,"他不是给你寄来了药?"

她不吭声,似乎知道我在骗她。

"你放心吧,他太忙了,没办法,在异地他乡打拼,好容易呵。也许,他今年秋天就能回来看你。"

她把话头岔开,说起了天气。其实我知道她根本不关心天气,倒是希望我继续往下说,哪怕说一些假话。

"对,他不是对我不好,不是。他来电话,他来信,我都知道的。"她终于点点头,合上眼皮,摸了摸毛衣,陷入一种含混不清的嘀咕。"就是那个姓肖的主意多……"

她总是为儿子找到理由,总是相信儿子如果有个好儿媳,就更会无所不能,包括让她的身体最终好起来。直到这一天,她把目光投向我,眼巴巴的像个孩子,说这次发病,怎么就不回头了呢?放在以前,只要我与马楠在她面前,只要我与马楠说她的身体没事,她就会点头,就会听话地安静入睡,最后发出均匀的鼾声。可这次情况有点不同。能想的办法都想过了,能找的医生都找过了——他们都含糊其辞。于是,她肯定感觉到这一回我们的目光不像以往那样坚定,明白了什么。她叹一口气,强撑轮椅里的身子,看一眼电视屏幕上的浮光掠影。"小布,这只鸡怎么没毛?"

其实屏幕上是一位比基尼女郎,在她的眼里恍惚了。但她终于喊出了我的名字,一直在她记忆之外的事实。

吃药和注射仍在进行,但充其量只能减少她一点咳嗽。这一天,她吃了一个汤圆,一点麦片粥,一点燕窝汤。第二天,她只吃了几勺稀饭,一点麦片粥,两片苹果,但精神似乎还好。马楠劝她多吃时,她还能发发脾气,说不吃就是不吃,老问什么呢?到第三天早晨,她气息变得有些虚弱,说自己的脚痛,让马楠揉了好一阵,但已不大说话了。十点十分,马楠发现她额上开始出汗。十点二十五分，马楠发现她呼吸开始变粗。十点五十分，救护车应招抵达，医生进门来，发现她睁大眼睛，死死地盯住床边的墙，手腕上的脉搏已消失。十一点二十二分，医院急诊室里的抢救开始，呼吸机、起搏器等设备悉数上阵。

我请假提前下班，匆匆赶到医院，发现医生已放弃了抢救，将大白布拉过来盖住她的脸。这时是十一点五十分。二姐和二姐夫已经到了。大姐和大姐夫随后也到了。连军哥、蔡姐他们也到了，把太平间挤得人头攒动。

事情到了这一步，房内抽泣声纷起。马楠与大姐赶快去买鲜花、取寿衣以及准备遗像。二姐则同一个老太婆吵架，说对方的洁身费和整容费要价太高。

根据老人生前的交代，没有任何追悼仪式，不要通知任何故旧亲朋。这一天，在马涛夫妇的悼亡电文到达后，塞进她怀里后，我们便从医院太平间出发了。灵车一路缓行，被很多汽车超越，到大桥时却突然不动了。司机钻到车下去修理，忙得满头大汗，也让我焦灼不已。后来想一想，这也许是母亲还舍不得走，想多看一眼江边的风景？或许她不明白电报是怎么回事，觉得送行者中还少了一个身影，她还得在这里等一等，再等一等，再等一等？

真是邪了门了。司机也觉得奇怪，前两天才换的新电池，怎么就打不上火？好容易，直到日头西下，才有修车店的伙计把新电池送来。

此时的火葬场正在改建，到处堆放石材、水泥、砖瓦，是一个乱糟糟的工地。待一切手续办完，母亲被焚尸工转到轮车上，送入黑洞洞的炉膛。巨大的锈铁炉门发出哐当震响，震得轮轨和轮车都颠簸起来，母亲的一缕黑发也从白布里抖落。马楠要去整理一下，被焚尸工拦住了，于是只能眼睁睁地看着一缕黑发外露，看着母亲不忍白布的封闭，向世界表达最后的告别，也是最后的等待。

鼓风机轰轰响起来了。烟囱里飘出一道薄薄的青烟,越升越稀疏,越摇越透明,最后完全消散在蓝天。

马楠一直看到青烟完全消散,终于捂住脸,一头扑进小汽车,躲到那里放声大哭。她哭得太久,以至大姐两口子、二姐两口子在停车坪久等,等到了不大自在的样子,抽的抽烟,喝的喝水,找的找话题,看的看园林花草。

她一定是被改建工地的乱糟糟刺痛了,哭母亲的消失之地如此不堪,哭锈铁炉门粗暴的巨响,哭炉墙和地面的肮脏,哭其他几具陌生尸体在炉前的混乱拥挤,哭自己未能在焚尸工前坚持一下,最后为母亲理一理头发——以回报母亲这一辈子为女儿千万次的梳头。当然,她也可能是哭这些年来的日日夜夜,一次次在老人走失后的满城寻找,一次次老人拉坏后的全面洗刷,还有一次次老人彻夜咳嗽时的护理……好了,屎尿不再有了,咳嗽不再有了,一切烦恼和折磨都已结束,包括不再有老人误用灶具后惊心的火灾。她应该轻松了,自由了,幸福了,应该高兴才是。她怎么还有那么多泪水夺眶而出?

她是哭母亲这一次不仅带走了爱,也带走了自己全部的委屈?她悲伤的是,她焦急的是,一旦委屈抵偿了爱,抵消了爱,两两归零,她以后岂不是一无所有?

她往后的日子里怎么办?

也许,她是哭母亲最后的一句话:

涛儿,你再给我揉一揉脚。

二十六

父母离婚时，法院依照女方要求，把马笑月判给了父亲。但肖婷似乎一直不能胜任继母的角色，总是嫌马笑月舌头大，说不好普通话；又嫌她刷牙弄脏衣，喝汤声音太响，走路的步态像螳螂，还不知从哪里带虱子回家了。

有一次，抽屉里的十块钱不见了，到底是孩子偷了，还是继母记错了，一直是说不大清。但一场大动干戈的追查后，两个女人之间的关系无法弥补。马笑月的眼睛几成喷火器，填装了弹药，扣紧了扳机，一再瞄准继母的香水瓶、试衣镜、丝织旗袍、各种首饰。肖婷后来强烈要求迁居国外，据说就是不堪自己的物品总是莫名其妙地消失或毁坏，防不住没完没了的阴谋。

马涛出国后音信几无，似乎不知道父亲的声音对一位女儿意味什么。那一段，马笑月总是披头散发，找遍所有亲戚和父亲的朋友，找遍了父亲以前经常出入的一切场所，在父亲以前带她游玩过的公园里，甚至守了整整一夜，一直坐到天明，觉得树林那边的路灯下可能出现奇迹。

我们找到她，说她父亲并没有抛弃她，已给她捎来了礼物。

"你们骗我，肯定又是你们买的！"

我说她父亲不久就会来接她。

"你们骗我！"

我说我们最近也没有她父亲的新消息。

"我知道，他给晶晶她妈妈打过电话，给艳艳她爸爸打过电话，给帅佗他爸爸打过电话，就是不给我打……"

她大哭起来。"姑爹，爸爸不要我了，是吗？爸爸讨厌我了，是吗？你去同他说，求你去同他说说，我再也不砸家里的东西了，不行吗？我再也不吃手指了，不行吗？我再也不要冰激凌了，我再也不会撕课本了……"

我只能把她紧紧抱在怀里。

"我每天写生字一百遍，每天都做最难最难最难的算术题，四位数加四位数的，再减四位数的，再乘以四位数的，不行吗？……"

"笑月，你是好孩子。这里有你这么多姑姑和姑爹呢。"

"不，我要爸爸——"

她哭得呕吐起来。就在这天，她再次脱离我们的视线，跑到街上去，在路边捡了一块玻璃片，在腿上划破一道口子——这是划给她父亲的；再划一道口子——是划给她生母的；再划一道口子——是划给自己的。照她后来的说法，她要用血来报复那两个人，当然还要惩罚他们的孽种，就是她自己。跑得了和尚跑不了庙。冤有头，债有主，血债要用血来还。她必须让世界上本不该有的这一家人统统痛苦！她怀着一种兴高采烈欢天喜地大获全胜的心情，看自己皮开肉绽，鲜血横流，想象那个叫马涛的人完全束手无策——她幸灾乐祸地笑了起来。

这样，她成了三个姑姑的女儿。吃饭穿衣倒不是问题，但没人能帮她找回一个爸。有一次，她在大姑家玩布娃娃还算高兴，看大姑爹与两个表姐躺在床上，不知说到什么高兴事，叽叽喳喳笑成一团，没大没小地滚成一堆，她突然脸色惨白跑到另外一间房，扑倒在自己的床上，用被子紧紧捂住双耳。

待大姑爹发现她时，她在右手上已咬出两处血痕。哪怕大姑家的狮子头是她的最爱，她后来再也不愿住大姑家。

三个家，六个长辈，家规不统一，比着秀亲情，也是带孩子的难题，是孩子目光日益混乱的原因。有人说可以这样，有人说不可以这样。有人说可以那样，有人说不可以那样。一幅画被油画、粉画、水墨画好几种颜色涂抹，难免不是奇形怪状。光是一个给不给零花钱的问题，我就与马楠争过好几次。我用古代少年的可爱小故事，好容易说服了孩子，让她收回了要钱的手，但一转眼马楠就把钞票塞入她的衣袋，差一点让我吐血。

她的歪理是：人家都给了，我们怎么可以不给？我们不疼她，还有谁疼她？

几乎在我的预料中，她逃学了，成绩下滑了，考试舞弊了，还学会了躲闪和逃避，比如，一遇考试就宣布腹痛或头痛，不知是真是假。她小小年纪就偷偷地描眉、抹口红、做卷发，涂指甲，出入网吧或酒店，吹嘘自己将去国外继承遗产。

我觉得应该找她好好谈一谈了，但马楠再一次冲着我瞪眼睛。"你知道什么呀？你根本不了解她。"

"你了解，那你说一说看。"

"你以为她不爱学习？你以为她不刻苦？你以为她对别人缺乏同情心？告诉你，根本不是那样的。"

"三岁看大，七岁看老。她的来势可不大妙⋯⋯"

"不准你这样说她！"

"马楠同志，你没看见吗？她怎样对待奶奶的？怎样对待同学和邻居的？她是不是已经被你们惯得找不到北了？"

"胡说！"

马楠委屈得脸歪了，眼眶红了，冲到孩子的房间，清理那里的积木和图书，摔东打西的声音震天响，激动程度让我大吃一惊。她凭什么把自己当作孩子的知己？她们俩真有什么说不出来的共同秘密？莫非是生育这一块心病，使她就把孩子当作自己的伤口，舔来舔去，最终舔昏了头？

不得不承认，她已经让我有些陌生了。我知道她有过屈辱，但那已经过去了。我知道她受刺激太多，但失去的并非不可挽回。新的生活毕竟已经开始。只要人们多一点耐心，多一点努力，多一点通情达理，人们就不一定非得互相折磨和煎熬不可。但我们可能高估了自己，高估了自己结束过去和开始未来的能力。我已经发现，无论我如何小心，马楠似乎都铁了心要把日子往糟里过。一位女邻居，叫陶洁的那位，是一位不错的幼教，有时不过是同我说说教育孩子的事，马楠就气不打一处来。又是陶洁，又是陶洁，她是你什么人？放个屁也是香的？好好好，你们都姓陶，本就是一家的。你同她去过吧！

这就没法谈了。

我反复对她说过，我不在乎过去，但她就是不信，就是认定我口是心非。她对婚姻越来越没有信心，但越是这样，又越怕失去婚姻，越怕婚姻的假象，甚至到了神经兮兮的程度。接到任何女人找我的电话，她总是粗声粗气，总是横眉竖眼。她对杂志封面上任何女明星几乎也都警觉万分，总是在我面前数落她们如何逃税，如何假捐，如何靠假睫毛或假鼻梁骗人，似乎我一转眼就会去杂志里偷情。

即便心情好一些的时候，她也疑神疑鬼，不厌其烦地求证，逼问我还爱不爱她，出差时想不想她，到底是如何想的，什么时候想的，都想了一些什么。那劲头，好像恨不得能剖开我的脑袋，扒拉那里的零部件，对蛛丝马迹细加比对和研究。

"你可以出轨，可以休了我，没关系，我应该给你这种公平。但你得实话实说。"她一心撬开我的铁齿钢牙。

"你烦不烦？"

"不，你要说！你要说！你要说！"

"你爱情犯呵，天天打砸抢呵？"

"就是，就是要打砸抢。"

她掐我，揪我，打我，摇晃我，说你等着，总有一天，我非用针线把我们缝在一起不可，再也分不开。

缝出一个人肉褡裢，亏她想得出来！

她的联想力本就丰富，就像我说过的，她当年不要任何根据，就认定自己的左臂比右臂长，认定山上的野草分公母，认定人的梦有黑白、彩色、橙黄色的三种，认定同一只木桶装满冷水时比装满热水时要重得多……她的世界观里无奇不有，数理化知识与众不同。现在，她的超感能力更加了得，见到我的一个同事，就一口咬定："他同老婆的关系不正常了。"

见到我的另一个同事，立刻扭紧眉头："可耻！"她后来还解释，那家伙肯定手淫过度，恶心死了。

"你怎么知道？"

"你没看他的眼睛？"

"他眼睛怎么啦？"

"不同你说，你这个瞎子。"

我承认，与她的明察秋毫相比，我就是个瞎子。我没法用鼻子嗅出那么多色魔、失恋人、闷骚汉、小三、早恋者、性冷者、单相思者、性变态者、老牛啃嫩草的家伙。在她眼里，世界似乎不是由公民组成，不是由人组成，只是由荷尔蒙组成的。伊拉克战争不存在，只有风流美国总统与谁好上了这件事存在。俄国导弹不存在，只有英俊总统是否吸引了女粉丝这个问题存在。飞机的速度、推比度、涡喷气流当然更不存在，只有乘机蜜月旅行这一美好图景存在。总之，万水千山总是情，感情是个纲，纲举目张。

这并不是说她开始风流。恰恰相反，她保守，甚至冷若铁石，拒绝任何夫妻的新花样，即便在被窝里有过花花一时的想象和赞同,但一转眼就变脸,下了床就成了圣女,束好头发就成了中学班主任。

"我决不能让你学坏。"她狠狠瞪我一眼。

"这可是你红口白牙说过的。"

"怎么可能?你一肚子坏水,休想赖到我身上。"

"怎么就成了坏水?"

"你们男人,哼,好得了吗?"

"主动就是坏,不主动就是废,是吧?"

"屁!"

再同她争辩下去,她可能又要扯上女邻居了,就危险了。

她炒股票根本不看业绩和K线,只拣名字好听的就买。她计划旅游也不论风景、古迹、食宿条件,只挑地名好听的就去。她看人更是看相,看到电视里一个警方的通缉要犯,没怎么把事情听明白,就一个劲地惋惜:"要死,她怎么可能是个坏人?要气质有气质,要风度有风度,冰雪聪明咧……"

恰好有同事两口子在我家坐,其中女客忍不住逗她:"看上啦?要是碰上你,保不准你会窝藏她吧?"

"为什么不?"

"楠姐,你真是不怕事大,胆子够肥。"

"她要是被冤枉的呢?"

"嘿嘿,你就不怕引狼入室?那女的可比你漂亮多了,同你老公勾搭怎么办?哈哈哈……"

冲着笑声,她愣了一下,倒也不觉得为难,"勾搭就勾搭呗,反正我也管不住他,成全他们算了。"

"你是协同作案,要两罪并罚,哈哈哈……"

问题是,不是所有的人都把这些当玩笑。第二天,男客就对我私下里忠告,他婆娘就是个欠骂的货,但贵夫人的一张嘴要管管了，隔墙有耳呢，人心叵测呢，老兄你仕途不错，摊上一个政治错误，说不明，道不白，何苦呢？

我说是的是的，回头便把这一忠告迅速传达给马楠。我还告诉她，这位男客叫陆学文，是我单位上的一位副处长，平时最喜欢打小报告，有两只长耳朵，有一条麻烦舌头，可不是好玩的。

但她眨眨眼，完全忘了自己说过什么。这就问题更大了。她不断欠账但从不认账，那还不会越欠越多？

在我记忆中，她曾断言市场经济实在可恶，其根据无非是，她买了一双鞋，差不多是一只纸鞋，只穿两天就掉了底。她也无端指责卫星上天，说国家烧这种钱太浪费了，放个礼花不是更好看？我相信，她的嘴总有一天要闯下大祸。我甚至怀疑她下意识里，有一种胡说的快感，有一种对老公信口胡说的快感，哪壶不开偏提哪壶。

年过四十，也许是更年期逼近，她的神经变得更加敏感。有一次，央视报道一条有关社区卫生工作的新闻，现场记者无非是说了句"五十来岁的老大娘"，竟让她如遭电击，怒不可遏，在家里团团转。"五十岁就是老太太？电视台是党和政府的喉舌，怎么能胡说八道？"她追着我到厕所，隔着门还在声讨："旧社会是旧社会，现在是现在。以前确实有三十岁做奶奶的，但你们总不能开历史的倒车吧？不能恢复封建主义吧？难怪呵，电视台都这么狼心狗肺，那社会上还能好到哪里去？贪官污吏什么的还少得了？……"

她越扯越多，也越扯越远，最后俨然成了个极端人士，狗揽八方屎，为普天下大事操碎了心。

"马楠，你还讲不讲理？不能这样神经质吧？社会不公平并不是新闻，我还可以比你说得更多。但你好歹也是读过书的，上过电大的……"

"陶小布，我说得不对吗？"

"你说话总得过过脑子。人家陆学文一再递话，一再提醒，没恶意嘛。"

"我是没脑子，看来我是老了。"

"这可是你说的。"

"你就是这意思。"

"不过，实话实说，你是得考虑吃药了。"

"你咒我是吧？"

"不是咒。解除心理疾患，药物介入，在医学上再正常不过。人家陶洁的建议是……"

我话未说完，就知道自己踩雷，想改口已来不及。又是陶，又是陶，又是要命的陶，我这狗脑子如何这样不长记性？我只能面对一片寂静，只能眼睁睁地看她空张大嘴，五官线条突然一股脑弯垂，哇的一声冲进另一间房。片刻之后，又是一阵乒乒乓乓，她胡乱收拾几件衣物夺门而去。

这是一个深秋的夜晚，又是一个不眠和揪心的夜晚。我后来知道，她这次跑到万绿广场，游魂一样东游西逛，却舍不得去旅馆开房，直到冻得自己嘴唇乌紫指头冰凉，直到天快亮了，我最后才在广告牌下找到她。

她就是要让自己冻，要让自己饿，要让自己吹风淋雨，最好让自己吐血或骨折，让这个世界看看，让自己的男人看看，让他一次次丢盔卸甲人仰马翻。她要用自虐和自虐和自虐打垮一切强敌！

我也差一点也要疯了，不知自己出门时是不是关了灶上的火，不知自己的一个手提包去了哪里，里面的身份证、驾照、信用卡等该如何重新补办。我差一点在驾驶室里大喊：马楠呵马楠，你不要逼我，不要踹掉悬崖上我最后一个抓手。我求求你了。我是有

177

过誓言的，下决心一辈子照顾你，一辈子为你打蟑螂，一辈子为你开瓶盖，一辈子为你掏臭水沟，一辈子帮你解开绳头线结，一辈子为你挠背、暖脚、扛大箱子、修自行车……这还不够吗？还不够吗？你笨得至今连自行车都不会骑，但折腾我如何一套又一套？你欢天喜地花样百出稳操胜券，真要把我逼疯了，逼出一对疯子的同归于尽，那就是你追求的爱？就是你要还给我的一份公平？

补记：

后来，还是药物发生了疗效。谢天谢地，她脸上终于有了久违的笑，还搂住我的胳膊，偷偷问我："小布袋，我是不是像个狼外婆？是不是成了一个好坏好坏的东西？"

"那倒不至于。"

"你说真话。"

"当然。"

"其实你要是碰上了好女人，我真不会怪你的。"

"你要是碰到了好男人，我也不怪你。"

"你还会帮我吧？"

我一时语塞。

"你说，说，快说。"

"也许吧……"

"什么叫也许？你的意思是会帮我？"

"你一定要把我帮？让我戴个绿帽子，还争先恐后？"

"你爱我，就不能太小气。你不是个小气人嘛。不过，你要是帮我，我肯定会更爱你。小布袋，到那时我可怎么办？我不能把自己劈成两截吧？我不能把一只手缝给你，把另一只手铰给别人吧？"

我紧紧拥抱她,打断她有关缝纫的又一轮惊魂想象。

她后来翻读小安子的日记,不知读到了什么动心事,摇动我的肩。"小布袋,你要去找找她呵。你在国外有那么多朋友,就没有一点办法?"

"丹丹都找不到她,我能到哪里去找?"

"她把日记都交给了你,这意思你明白吗?这说明她信任你,指望你,说不定偷偷喜欢过你。你同她真的没好过?没拉过一下手?你不要装傻。听我说,好好听,不管你们好过没好过,我不管,你总得为她做点什么吧。一个女人在外面飘,心里肯定苦。你还是去想想办法吧,至少,你得帮她整理一下日记,以后给大家看看,让大家不再误解她……她其实不坏,有时只是装坏。小布同学,我同你说话呢,你听见没有?把头转过来,看着我,我非常认真地同你说,要是连你也不理她,把她当一个笑话,当一个疯子,那她恐怕就……"

她又红了眼眶。

我心里一声叹息。我的小辫子,我的黑眼睛,我拿你怎么办呵?

二十七

　　根据心理医生的说法，梦想也是治疗躁郁症的良药。因此，马楠后来的各种人生计划都受到我的鼓励。她有很多要读的书，既有儿时熟悉的《卓娅与舒拉》，也有新的小说和科普，包括中医经络学和暗物质的秘密，都是她感兴趣的，现在就得把有关著作一本本备好。她还想学古筝和茶道，学滑冰和唐诗宋词，当然还得把舞蹈的往日爱好捡回来——未来的生活该多么美好，该多么忙！每想到这里，她既兴奋又紧张，怕到时候自己顾此失彼，脑子里装不下。

　　她已成了一个规划师，一个准备过程专家，生活的现在时都成了未来时，对未来各种订单五彩缤纷布满天地，那已经够了。

　　那已经能让眼下冒牌的现在时全都充满滋味。

　　她还有一个重要的谋划，就是退休后，或提早退休后，回白马湖当三年教师义工，弥补自己当年想当老师未能如愿的遗憾。这想必是苏联电影《乡村女教师》在她身上还魂。想想看，穿一袭长裙，戴一条头巾，夹两三本书，走在乡间小路上，采一两朵路边的野花和半篮子蘑菇，被世界遗忘在穷乡僻壤的某个角落，只听到远处一片银铃般的童声飘来……那样的世界是多么洁净和诗意！

　　照理说，这是她千头万绪中最容易做成的一件。不过，我和她重返乡下，打探实施的可能性时，却发现事情不是那么简单。县教育局的人建议她选一城区学校，她不大愿意。乡下的几位老师哼哼哈哈，含糊其辞，从头到尾没一句准话。到最后，宿在梁队长家时，主人才透露了实情。原来，乡下的学生已越来越少，稍有条件的家长都把娃娃往镇上送，往城里送，剩下的摊到一个班才十几人，老师已经像带研究生了，挣课时津贴都不够数了。

等到她来当义工，这学校在不在还难说呢。再说，她来当义工，挤占同行的课时，让人家减少津贴，谁乐意？

直到这次重逢秀鸭婆，一些往事才重新在我脑子里浮现出来，让我唏嘘不已。我记得，当年正是他秀鸭婆为我送行的。他给我两个硕大有朋的鹅蛋，挑上我的被包和木箱，一直送到公路口。

"你们这些城里仔，不是这个八字，其实本不该来的。"他叹了口气，"看看这一坡坡茶树，这些年苦了你们，也苦了你们父母。"

"谢谢你来送我。"

"男子汉嘴大吃四方，但吃死人骨头那事，以后不能再搞了。"

"队长，你还记得那事？"

"不管什么时候，都要靠自己一双手，靠自己做。"

"当然。"

"你们有文化的，是干大事的。不过，万一哪天你们在外面不好混了就回来吧。这里有我们的一口干，就不会让你喝稀。"

"我会记着，只要你还认我。"

"我们眼下也有水泵了，有碳铵了，还杂交了……"他是指正在推广的杂交水稻种。我知道，他的意思是，现在可以多打些谷子，不会再饿着我们了。

这个秀鸭婆眼下就坐在我面前，忘了当年的送别，提到的一段胡闹倒是让我陌生。怎么就不记得了呢？那是他婚后的一天，大家意犹未尽上门起哄。大甲用一个陪嫁的马桶罩住他脑袋，整得他两手困于糖果，腾不出手来摘马桶，只能瓮声瓮气地喊，憋死我了，憋死我了……那样子实在好笑。

大甲乐颠颠地强令他交代洞房勾当，否则要剐他的裤子。他死死抓住裤头，一个劲地央求，我讲，我讲。

"那你就快讲！"

他左看看，右看看，发现自己无处可逃，才吞吞吐吐地说，那天晚上见她眼睛翻白，全身出汗，以为她会死了……

大家一片浪笑。他乘机逃出魔掌，跳到远处，一脸涨红地大骂："你们这些城里崽，好拐呵，好拐呵，好拐呵……"当时新娘子正巧挑水回家，见新郎叫骂不已，又听到众人大笑，猜出了什么，一张脸羞得通红，放下担子就跑，洒了好多水在青石板上。

那以后还有不少故事，是我这次回到白马湖才听说的，但愿自己以后不再忘记。当时是茶场里盖仓库，梁队长钉檐条，一脚踩空了，从梁上栽下来，砸在一堆乱砖上，据说把男人的东西砸坏了。坊间的传说是，从此他很少回家去，有一天走进家门时竟发现家里来了野汉子，脱下的衣服丢得满处都是。要不是狗叫，把床上人惊醒，他当时进退两难羞恼万分，竟把自己一张脸憋出了猪肝色。

他老婆倒是大方，下床整理衣装和头发，把衣服递给野汉子，等对方穿戴好，从容地送野汉子出门。她回来后做好了饭菜，自己却不吃，收捡了几件衣物，抱孩子去了娘家。

村里几个后生劝他去把老婆接回来。他眼睛红红地说过：没用，没用。她身子回来了，心还是在外面。

有人怒气冲冲，鼓动他去把那个狗婆子打一顿。他抹了把脸，却说这事怪不得她，只能怪他自己。

他变得沉默少言，只是一说到儿子就津津乐道，十分陶醉，眼中透出明亮的光辉。据他说，那个小崽子还不满两岁就能抓笔写字，虽然满纸都是天书，但一个格子里画几下，很有章法似的。

他也惦记两个妹妹。大妹三岁那年,小妹出生那年,因为家里穷,又因为阴阳先生算出了该过继的八字命,被父母一起送给别人。父母去世以后,他常常买上几尺布和一包点心,翻过大门岭去看妹妹。可怜那两个妹,一见他就哭,抱住他久久不放手。她们又黑又瘦的脸,结成麻绳一般的乱发,冻得满是血口子的手背,还有补丁叠补丁以至结一大团的棉裤裆,让当哥的心痛如割。每次回家时走到避人处,看到山坡上那两个小黑影看不见了,溶化在天边晚霞里了,他就泪如泉涌。

三十岁那年,他给父母上了坟,然后来到两个妹妹的继父母前,扑通一声双膝跪地,前额砸在地上,"对不起,我要把她们带走。"

妹妹的继父母相互对视了一眼,不好说什么,只是请他起来。"也难得你当哥的有情有义,不过这七八年下来,我们就算是养两只羊,也要吃掉成山的料吧?就算养两只鸡,也要吃掉半船的谷吧?"

"你们放心,我决不让你们吃亏。你们说多少,就是多少。"

"这不是小数,你再想想。"

"不,今天你们不答应,我不会起来。"

双方后来商议的结果,是当哥的拆了两间屋,加上东讨西借,凑足了二十担谷的钱,总算把两个妹接回了家。

就凭这一条,不管他如何戴绿帽子,但村里人说起他还是跷一根拇指。不管他婆娘如何浪,如何野,如何伤风败俗,村里人说起她也没太多恶语。因为夫妇俩硬是把两个妹妹养大,让她们补读了几年书,还给小妹治好了癫子,把她送去省城治好了眼疾。待她们成人,哥嫂俩分别给她们备一份嫁妆,一大柜,一中柜,两挑箱,四床绣花被,把她们打扮成镜子里的两朵花,风风光光嫁了出去。人们说,两个妹出嫁时都是哭得昏天黑地,哭得送行的女人们无不撩起袖口或衣角抹眼泪。

秀鸭婆为此欠下了不少债，包括一位堂叔的钱，利滚利，三年间滚成六百多元。这位堂叔几乎引起乡亲们的公愤，但秀鸭婆一直认账，坚持还完了最后一分钱。更重要的是，堂叔是一位孤老，死后还全靠他这个侄子送终。他又出钱又出米，力排众议，到处张罗，坚持要为堂叔"做七"，圆圆满满地完成了七天奠礼。"不是一家人，不进一个门——不管怎么样，他是我叔。"

这是他事后对乡亲们的解释。

眼下，他已经老了，还瘸了一条腿，已不能上房干活，只是帮儿子看守一个煤气站，卖罐装液化气的那种。遇到生意清冷，他就在屋后的湖边钓鱼。

补记：

"梁队长，你这一辈子可不容易。"

"草木一秋，人生一世。也没什么，大家都一样。"

"有些人不会这么想。"

"做好人，当然是要吃亏的。"

"是这话。"

"有时候，我也会觉得很累，没什么意思。"

"我相信。"

"一天天扛，觉得自己扛不下去了。"

"人都没有铜头铁臂，都不是神仙。"

"你会不会关虾子？"他突然换了个话题。

"梁队长，我刚才想起来了，当初就是你挑一担行李，送我到公路口……"

"白露一过，虾子就肥了，就呆了。"

他好像有点耳背，根本没看到我的惊讶和激动，只是冲着我笑了笑,再次把鱼钓甩出去。我久久地凝望水面,凝望水里的青山倒影,水里的白云和蓝天,还有一只无声飞过的孤单白鹭。

> 捡块石头来烧火呀,
> 筛子渡客好过河。
> 白菜长得藤满坡呀,
> 一只茄子挤破箩。
> 两条蚯蚓比大腿呀,
> 三个虱子比耳朵。
> 四个和尚来打架呀,
> 头发都成野鸡窝。
> 我爹满月我陪客呀,
> 回家我娘生外婆。
> 扯根茅草三围大呀,
> 吊起太阳往回拖。
> 白云割下腌酸菜呀,
> 抓把星宿下油锅。
> 王母娘娘来洗碗呀,
> 玉帝帮我把背搓。
> ……

这是湖面上一些农民"赶鱼"时唱的《扯谎歌》,我以前听过的,梁队长也唱过的。干这种活多在秋天鱼肥之时。农民一撒七八条船布开阵势,在船上用木棒敲击船舷,敲出日夜不息的"蓬蓬蓬"和"咚咚咚",把鱼轰赶到湖库的某一角落——其他伙计正在张网等待的地方。他们敲得兴起,便敲出不同节奏,一重一轻的两拍,一重两轻的三拍,一重三轻的四拍,如此等等。切分音符中似有敲击者的醉态,有湖岸的此起彼伏、跌跌撞撞以及某种浪荡轻浮。慢板和散板中则似有敲击者的愁容,有恍惚和遐想。人们总是把水面上的月光敲得叮叮当当琳琅满目,不知今夕何夕。

梁队长说过,赶鱼就要这样唱,把鱼唱得颠三倒四傻了一大半,它们就会自投罗网,不用打鱼人太费手脚。

二十八

陆学文一直很关心我们家,包括关心马笑月这孩子。他经常说到一位老乡,就是马笑月所在那个中学的一位年级主任。据他说,笑月有一次偷了班主任的手表,本来是要取消学籍的,他给老乡打了个招呼,就大事化小了。马笑月蹬了一个男同学,应该是学生们胡乱"配对子"的那种,但搞得对方差点轻生。那事也是靠他给人打招呼,把马笑月调换到另一个班,抹平抹平就算了,没让男方的家长来吵事。

他说到这些时,脸上有一种暧昧不明的笑,像是贴心贴意的前来邀功,也像是隐私在握的得意。

我假惺惺表示感谢。

我知道马楠已进入他的视野,却不知道马笑月这孩子也是。一种不太好的感觉是,事情看来在按部就班地推进。有一次,他请我吃饭,餐桌边竟冒出了我家大姐,吓了我一跳。这家伙什么时候同我家大姐也混成了熟人?

他笑眯眯把手机递给我,说有人要与我通话。我接电话时更是吓了一跳:肖婷,远在国外的大嫂,我平时都不常联系的,与他更是八竿子打不着,如何也同他通上了热线电话?

"俺大嫂哥什么时候回来呵?"

是他在问吗?他大嫂哥是谁?我突然明白了:他一声"大哥"在前,自居我弟的身份,那么我老婆当然就是他大嫂,我老婆的哥也就成了他的大嫂哥,称呼有些别扭,但逻辑七弯八拐,倒也扯得上。

"你是说马涛?"我恍然大悟。

"他从奥斯陆回来了吧?"

"我都没听说。你怎么知道?"

"俺外甥女今年也该升大学了吧。"

"外甥女?"

"笑月呵,你看你。"

"对不起,我脑子没转过来。"

原来他把马笑月也一并接管为亲人,差不多让我的亲人全面暴露,一个个乖乖地落网。这使我有一种被包围的感觉,被瞄准的感觉,被黑洞洞的枪口指定。

说实话,我太不愿意同他这样近。这家伙升任副厅长,上班却几乎只有一件事,就是打听和传播各种人事消息:谁要提升了,谁与谁铁,谁上面有天线,谁看上了哪一个缺,谁的嫂子与谁的老婆经常一起散步,谁的小舅子与谁的表姐夫是老同学加牌友,谁的老爷子病了并住进了哪一家医院……他对很多人及各位亲属的姓名、履历、爱好、人际关系、家人状况都如数家珍,如同一部活档案,记忆力堪称惊人。

办正事却是一条虫。他签批文件,永远只有两个字"同意",或一个字"阅",批不出任何具体的想法,更谈不上任何具体建议,一辈子吃定了三字诀,铁了心要当一名双向无障碍文件的传递工。哪怕会议上只有一两分钟发言,他也要手下人写稿,如果不能照稿念,他就结结巴巴,颠三倒四,十之八九是离题万里。为了不让这家伙坏事,我绞尽脑汁,废物利用,平时只安排他"陪会",应付一些官样文章,让他带上耳朵就行,没听明白也不要紧。有时也让他去下面参加一些仪式性活动,反正对方要的一张领导脸,并无实质性工作。

日子久了，各方面都觉得他很像个领导，很合适在台上坐，连我也差不多觉得沐猴而冠只要足够长久，猴就不再是猴。

这种感觉的悄悄变化有点怪。

其实这家伙当个科员也只能凑合。据同事们说，他到了下面，一上桌就狂吹自己在上面的关系，还有自己的诗词空前绝后，被各大学中文系争相研究之类，活脱脱就是疯话。随行同事都恨不得就地蒸发，恨不得把耳朵塞上。政策细节也总是被他说错，得靠随行者事后擦屁股，才能减少后患。有一次，办公室安排会场，把他的名牌摆错了位置，也就是右二错成右三，大概有损他的尊严。他在这种事情上口才倒是出奇的好，根本不要稿子，拍桌子足足骂了好一阵，从祖宗骂到长相，骂得一位女科长当下双手捂面一路泪奔。

在场人都觉得太过分。以至后来人们都纷纷拒绝同他一道出差。"老大，你行行好。"有人曾这样求我，"你派别人去吧，谁去我请谁吃饭，出辛苦费。"

或者说："我又没犯错，你不能这样整我吧？"

但就是这么个大宝贝，竟可官运亨通，还出了个不小的风头。他不知从哪里找来几个大学生，给某位大人物编了一本《×××生态文明思想浅论》，不过是一些剪刀加糨糊的功夫，是"编"是"著"还说不清，却成了学术大作。据说还要出一个英文版，让那个退休的老爷子大悦，立即传召编者进京，一赏家宴，二赐合影。电视和报纸也大张旗鼓推介这一本"划时代的好书"。

声势所及，一位姓苏的副省长也好奇，把我叫到一个僻静处。"学文同志编的那本什么，到底怎么样？"

"太扯了吧？照这样编，是不是要给他们每个都编一本？"

"你这样认为？"

"还能怎样？"

189

"嗯,后天上午就是首发式了。"

"我有事,没打算去。"

副省长淡淡一笑:"好多事,大家其实都明白,说不说,是另一回事啦。"

他看来并不糊涂,虽然后来参加了首发式,给足了面子,但早早离场,而且此后不再提及此事。即便有人提及,只要我在场,他大多会看我一眼,有一种私下的会意。

学文兄大概觉得这事热闹得不够,遭遇了某种寒意,不免有几分悲愤。这样,他上班时故意打开办公室的门,高声打电话:"中央军委吗""国务院吗?""财政部王部长吗?"……就怕别人没听见。他有时还操一支手机打到走道上来:"老兄,你搞什么搞?我们省的这三十个亿扶贫款,赶快拨下来呵。这事不能再拖啦,小心我拿你是问呵……"这种巡回广播当然是要狠狠回击大家的不敬。

这一天,我拿着一堆票据,终于下决心挤一下这个脓包。给他多报点电话费和飞机票倒是小事,问题是再这么乱下去,很多正事都没法干了。没料到,苏副省长听完汇报,并无明确态度,只是丢下一句:"你们按规定办吧。规定就是高压线,碰不得的。"

"我明白。"

我等待他说下去,见他给小茶壶续水,见他翻笔记本,见他把秘书叫进门,询问什么环评工作会议,于是我继续等待,继续搓手,继续挠耳根,继续盯住对方的眼睛,继续忍住喝一口茶水的冲动,准备聆听他的下一步指示。但他指了指墙上。"小布同志,你看我这些片子怎么样?"

我吃了一惊。他刚才什么也没听到?根本没有什么下一步?我明明汇报了那家伙在设备采购、规划审批等方面诸多重大嫌疑,有理有据,简明扼要,准备充足,语势强劲,他居然什么都不说?

他下定决心，不怕牺牲，排除万难，坚决不表态——什么意思？他让我看墙上的风景照，看红的夕阳和黄的秋林，看两张潜水拍的海底风光，看片子的像素、构图、色差、哈苏单反的其他功效，就是这一次约见的全部结果？

"为了等最佳光线，我在云霄岭足足等了两个多小时，被虫子咬了一身的包，代价惨重呢。"他是说墙上那一方夕阳。

呵呵，呵呵。

我们的谈话从此再未回到正题。

走出这幢办公楼时，我把刚才的情景在脑子里过了一遍，只能这样揣测：

一，他根本不相信我的谗言，暗示我不该鸡肠小肚，捕风捉影，对同事搞小动作，破坏团结的大局。

二，他已被姓陆的搞定，说不定与那些设备进口商也有瓜葛。

三，更可能的是，他也觉得姓陆的烂，心里嫌得不要不要的，但只要我没拿出贪污、受贿、私生子一类硬邦邦的确证，搞掉一个副厅就那么容易？人事管理不是他的分内事。何况此人关系背景复杂，他脑子再晕也犯不着蹚这一坑浑水。

四，较小的可能性是，他乐见下属之间的矛盾，哪怕这种互掐影响工作，但避免了下面的铁板一块和独立王国，未尝不是好事。一种互相盯防，在很多情况下能形成制衡，可减少腐败，或使腐败容易暴露。

五，会不会还有一种可能呢？比如说，他不是不愿帮我，其实还很愿意帮我，只是觉得我谦卑得不大够。这并不意味他喜欢那些提包、打伞、开车门的媚态，但如果有人从不在车前迎送，从不盛赞领导大笔挥就的书法或摄影，从不毕恭毕敬地掏出本本记录上司的指示，包括记录各种题外废话，那么这种人是否标榜清高太甚？是不是也有些刺眼？从爱护我的角度出发，他也太希望我多懂一点什么。人呵，都是人。事都是人办的。长官们可以不贪私利，但至少得有一点礼貌和感情的回报吧？焦头烂额的诉苦，气急败坏的辩白，一把鼻涕一把泪的请求，千恩万谢的领情和效忠，只是一些嘴皮子功夫，但能使公事透出几分私情的味道，容易把人心焐热。年轻人呐，你也半老不小了，今后的路还长呢，你如何连这个也不懂？那么人家凭什么就要把你的事拿去急办和特办？

……

显然，得不到上面的支持，我无能为力。我该查账吗？外调吗？找知情人谈话吗？……当然可以。问题是，我不可能事事亲为，同时又无法保证手下人不被收买，在红包面前一律刚正不阿。既如此，一次兴师动众的调查，很可能煮成一锅夹生饭，说不定还会烫手。

回家的一路上，不禁悲从中来。我想到当年急切地逃离白马湖，一心扑向炫目的文明都市，进入知识分子群体。好，我眼下已经在这里了，身边几乎全是大学生，不乏硕士和博士，我却越来越身心疲惫，在五个、甚至五十个可能性的旋涡发晕，在冠冕堂皇的打哑谜、绕圈子、打太极中崩溃，真是想放弃，真是想退出！为什么就不能从这群楼的荒凉、市井的孤独、喧嚣的空虚中退出？也许难点只是在于，逃离乡下是可以说的，是很多人能懂的；逃离这里却是不好说的，是很多人不能懂的？

已有好多次梦回白马湖了——回到那个民工们破衫蒙头去砍伐芦苇的湖湾，那个后生们举着火把偷袭野鸭的湖岛，那一大片茶园连绵炊烟飘来的坡岸和山脉。当时人们累翻了，累得可以倒地即睡。那种睡呵，那种蚂蚁咬不醒蚊子叮不醒寒风吹不醒的睡，那种从泥土中睡去从泥土中醒来的一片大空白大寂静大虚无，还有那里吗？

那里的湖面月色如泻，偶有鱼跃哗啦一下，偶有桨摇舟行掠过。更多的时候，你走到山坡上，看脚下万顷光斑鳞片明灭，不，更像一大片冷色的残火燃烧。天地之间，无人在场，也永无人知。只有城里娃娃们那首不无生涩和简陋的小曲，或在芦苇间轻轻飘散：

> 小船摇，桨声响，
> 湖面闪闪是月光。
> 两腿泥，一身汗，
> 天涯游子梦故乡。
> ……

但我得提醒自己，这一切可能不是真的，只是我想象中的什么，是我越远离才越见清晰的白马湖。这就是说，身处其中时，人们浑然不觉，不以为然，差不多都是瞎子。就像月亮本身只是遍地荒漠，只有在远方人们眼里才是月亮；月亮在白日光照里几无踪迹，只有在无边暗夜衬托下才皎洁生辉。白马湖，大概就是那样一种东西，是靠远距离、靠参照物才能成形的梦，是靠我眼下五个、甚至五十个可能性一类恐惧才能催生的梦。我越是想念它，其实越证明我正在享受对它的远离，享受当下生活与它的迥异，享受它的近乎消失。不是吗？

我不应自欺欺人。

几天后，一个上级的考察组抵达机关，要求推荐和考察一名正厅人选。我拿到推荐选票，发现依选票上的文字解释，几把尺子量下来，四位候选人有一名资历不够，有一名年龄超标，有一名学历稍欠，全都合格的只有陆学文。很明显，表面上是差额推荐，其实已在照萝卜挖坑了。

推荐大会上一片寂静。大家显然对这事大为震惊,你看看我,我看看你,一时不知该怎么办。有人开始举手表示疑惑:

答案都有了,还让我们投什么票?

我忘了带老花镜,看不清呵。

这标题和说明都有语法错误,太不严肃了吧?

以前不是画钩吗?怎么这次要画圈?圈就是个零,不吉利呵。

……

他们肯定是看到陆学文本人在场,不便公开得罪,便枝节横生,胡搅蛮缠,阴一句阳一句装疯卖傻。听组长解释过三四遍了,有些人还是把票写错,写错了便要求换票,换了一张还要求再换一张,怎么像文盲就怎么干。有人制止身边的人抽烟。有人抗议身边的人放屁。会场上终于一片欢腾。

我觉得智商深受侮辱,散会时追了上去,叫住了考察组长的背影,"老许,我要同你们谈一谈。"

"当然。我们以后会找时间,来听你意见的。"

"不,我要求马上谈。"

"马上?"

"我要求你们考察组全体在场。"

"全体?"

"我要求全部记录下来,由我核对签字。"

"……"

天色已晚,窗外渐黑。组长看了看手表,与一位女的交换了眼色,似乎有点为难。但他们嘀咕了一阵,看了看我的脸色,又打出一个电话,又嘀咕了一阵,没再说什么。大家在空荡荡的会议厅找一个角落坐下。组长安排人去买盒饭。女的打开了记录本,揿开笔帽,专等我开口。

二十九

因为我所处的职位,我成了提拔陆学文的最大障碍,是他忍不了的钉子户。接下来,一连几十个电话都是为那家伙说情的,可见人事保密规则已形同虚设,我向考察组说的话,记在保密本上,却差不多在大街上广播过。

来电话的人当中,有老同学,有前同事,有首长的秘书,有司机,有报社的记者……还有两三个电话更奇怪,没有人声,只有粗重的呼吸,让人毛骨悚然。不管你说什么,对方总是不回话,明显透出一种恶意。你能去报警吗?查出某个公用电话亭有什么用?对方只是来呼吸呼吸,你又拿什么报警?

小区保安慌慌地来寻找车主,说我的汽车惨遭损毁。我到现场一看,发现挡风玻璃碎成一片粉末,一块大砖头砸进车里,落在驾驶座上。玻璃碴、落叶、雨水、泥土等,灌得车内一片狼藉,水淋淋的。没人知道这是怎么回事。是高楼坠物?是小孩捣蛋?还是歹徒报复?或是更大报复前的警告?这个住宅区尚未安装监控探头。保安没找到目击者,跑到楼里挨门挨户访了几家,还是无功而返。

老范算是我一个老熟人,与我共事多年的老上级,也神神秘秘打来电话:"老弟,你还好吧?最近有一些事呵,我不能给你说。你也不用猜……对呵,我不能违反纪律。不过,你是个聪明人,我是很关心你的,明白吧?……这些事你以后自然会知道。我是看在我们的老交情上,才与你先通个气。明白吧?……你看我,这样说已经不合适了,已经过了。但谁叫我们是朋友呢?……你不必知道是什么事,也千万别去打听。我可是什么也没说呵……一切都很正常,很正常,非常正常,组织上决不会放过一个坏人,也决不会冤枉一个好人的。对不对?……"

他用最机密的方式说了一通最空洞的废话,让我支起双耳终究一无所获,忍不住打断,"喂,不就是有人告我的状吗?"

"哎,这可是你自己说的……"

"第一,告我嫖娼,对不对?第二,告我化公为私,对不对?第三,告我在机关里排挤党员,提拔了两名非党人士……"

"你不要有什么情绪,你要相信组织……"

"没关系。我早说过了,谁查出问题,我给谁发奖金。你们一定要派人来,最好是大队伍开进,全面发动群众,举报材料公示,查它一个天翻地覆,否则我跟你们没完。你们要是乐意,就把举报的送到北京去,上至中南海,下至省里五大家,让他一家一家给我全部告到,少一家也不行!"

我没好气地摔了电话。

蔡海伦也来按响了门铃。她曾是马楠的好友,马楠还曾一心想让她当自己的嫂子,却不明白哥哥为何不感兴趣。在她看来,马克思身边有燕妮,哥身边就应该有蔡姐,应该有这位大手、大脚、大鼻子、大嘴巴的革命女侠,这位读什么就通什么、考什么就过什么的读书机器。至于说到模样,她哪一点不漂亮了?什么才叫漂亮?

眼下,她依旧单身,依旧有一张马涛式的嘴,动不动就"我以为"或"倘如此",如此等等,有怀旧意义的。她的体态当然有所变化,当上教授以后胖了些,有点松垮,但也许是作为弥补,她背一个熊猫双肩包,挂一个海豚饮水瓶,俨然是资深少年儿童,与之搭配的却是深度近视眼镜,偶尔挑一支香烟,又有一种理科男的风度。

也许是因为长期授课,她说起话来几乎每一句都有重复,不是重复关键词,就是重复后半句,似乎照顾学生们做笔记,让大家跟得上,听得清,记得牢,知识点传授无误。但这样说成了习惯,就成了舌头自带回声。比如,她说到自己受人之托来找我,句子就成了这样:我今天是不想来的,不想来的。但我妈有点糊涂,有点糊涂。她非要我来一下不可,说她就求女儿这一次,就求这一次……

我算是听明白了,她是说她并非不孝,对她妈一直在尽心尽力,百般呵护。第一,她给母亲买了五种保险,买了五种保险;第二,她每个星期都来探视两次,探视了两次。第三,她每次探视都带来了价值不少于百元的礼品,不少于百元。那么她还能怎么样?怎么样?她觉得保姆推卸责任,夸大老人的心理变态。有什么变态呢?她好几次带心理医生来看过。几个小时下来,图片看了,游戏做了,连最新款的心理测试仪也上了,搞得老人很高兴也很糊涂。医生们最后都说,老人各项指标正常,数据摆在那里,在那里。

她到底想说什么?

到最后,待她抽完一支烟,我才知道她不过是认为,跑官说情是很不好的,希望我姑妄听之,姑妄听之。她不过是想让我知道,这一次某些人的跑官人情网撒得太宽,老同学可能不得不防哩。

我似乎得说,谢谢她的好心提醒,提醒。

几乎在我预料中,二姐也来找过我,把我约到一个咖啡馆,点了咖啡和奶油草莓,说起马笑月的求职一事——去电视台当记者。据说有关表格已拿到手,也填过了,"你松松口,放他一马,他就让朋友办了这件事。"

197

我吃了一惊,知道她是说谁。"慢点,慢点,姐,你让我理一理。他什么时候找过你?怎么又扯了笑月?"

"这一点不重要。"

"他可是个牛皮王,可以指挥中央军委的。他的话你也信?"

"你放心,我也不是省油的灯,还能被他耍了?"

"他真是想得出。"

"小布,不过这是一个机会。"

"姐,你不了解情况。"我把事情从头到尾略加讲解,包括三两个她根本不可能相信的奇葩故事。

"我不管别人如何,我只问你。"

"对不起,你太让我为难。"

她摘下墨镜,惊讶得把我盯了好一阵,指头敲敲桌子,"你过分了吧?做生意挑货不挑人,机会就是机会嘛。你是笑月的姑爹。你不管谁管?你要是不管,你和楠楠以后同她爸还见不见面?"

"这一码是一码……"

她打断我:"你们这些当官的,要名声,要保官,要勾心斗角争权夺利,我都可以理解。但你万万不能……"

幸好,她的手机响了。幸好,她接完一个电话,手机再次响起。于是一场谈话下来,她穿插了五六个电话,让我多了些喘息机会。她又是说楼盘,又是说税务,又是约发廊,又是交代保姆准备她儿子的晚饭,还不耽误隔三岔五地同我争辩。这个女能人给我的感觉是,她能一心多用,三头六臂,眼下就算再给她一个随身听,一个跑步机,一个头发烘罩,三两台电脑,也不够她忙的。她能在任何情况下把千头万绪都一并拿下。

我被她批斗得心情很坏。与她分手后,我不知何时发现一名警察挡在车前,面色严峻地对我举起手。下车一看,才发现自己鬼使神差驶入了逆向的单行道。

198

警察扣下驾照，开出了罚单。

我担心自己下一步还会闯红灯，甚至撞上校车什么的，便停下来，在路旁公园里抽了一支烟。公园里有一些孩子，还有一些三口之家的高低身影，搭上气球或童车，跃动出周末的轻盈感和幸福感，还有烤玉米的气味。我其实不太爱看这种场景——原因当然不用说。我家眼下只有一个笑月，差不多就是我们的孩子。事已至此，她就是我们夫妇的一脉骨肉了，那么我将如何向她解释自己刚才的拒绝？记者，主持人，电视台……是她经常挂在嘴边的话题，是她的五彩梦。我该如何向她说明白，向她的爸爸说明白，戳破这个梦，不是我的自私，恰恰是为了她真正的好？

或者，我是不是看事物太夸张了？是不是真像二姐说的，变态了，落伍了，有点没事找事，在一件小事上赌得毫无意义？

我又抽了一支烟。

回到家里，我不知如何向马楠开口，才能说明白她二姐的荒唐。我没料到马楠这一次倒是特别清醒，没等我说完，就抱怨二姐多事。"她什么时候能上点道呵？她家那个浩浩被她换了十几个单位，不是被她换废了吗？"

在她看来，电视台的破格"特招"也特别可疑，招一个中学生，可能吗？说不定就是一骗局，把孩子往火坑里推。她觉得笑月还是继续读书为好，大不了就是复读，就是家教，就是租房和陪读嘛。她们三姐妹来一个重金投入，全程紧盯，不信就啃不下高考这块硬骨头。

意外的是，她联系复读学校的电话刚打出去，就跌跌撞撞冲进我的房间，一脸惨白。"笑月——"

"怎么啦？"

"她跳……"

"跳什么？"

"跳楼……"

"你说什么?"

犹如晴天霹雳,我脑子里顿时空白,喳喳喳的毛发炸立。我不知如何扶住了马楠,不知自己是如何拍醒了她,不知自己是如何冲出房门,钻入出租车,一口气狂奔医院,直扑急诊室。一个茶杯一直攥在自己手中,竟不为我所知。

骨科手术室外,二姐眼里泪花花的,冲上来直瞪眼,好像在说瞧瞧,瞧瞧,不就是你干的好事?二姐夫如热锅上的蚂蚁,搓着手走来走去,说这可怎么办?怎么办?我们如何向她爸交代?这孩子倒真是狠呵,真是狠呵。然后他开始接电话,一个火爆的男声从手机里断断续续传来,大概是一个正在抓狂的父亲,在电话线那一头无比震惊。

大姐家两口子也赶来了。

后来才知道,事情是这样的。马笑月听说电视台可能去不成了,甚至被二姑轻描淡写地说成机会还有,还可能有转机,就把自己关在家里,坐在电脑前一言不发。二姐从外面回家,没看见她,以为她逛街去了,没准是去大姑家了——她反正从来都是说走就走,很少预告也很少留言。二姐夫倒是多心了一下,说这孩子神色不大对,不会有什么事吧。他决定出门看一看,结果发现楼下果然围了一圈人,是在楼后的一侧。一只粉色的深口山地鞋,落在路边的草丛里,被他一眼认出,当即一口气上不来,赶快抓摸自己的速效救心丸。

目击者说,孩子是从三楼的楼道窗口往下跳的,幸好三楼以上的窗口都有栏栅,她不可能选择更高的窗口。也幸好她下落时被树梢拦了一把,又被一个临时棚盖托了一下,最后才砸在砖地上。医院检查的结果:虽无性命之虞,但有脑震荡,还有膝盖、脚踝、胸口的五处骨折。

我已来到病床前了，发现笑月这孩子还未醒来。她只剩下半张脸，右脸似乎都转移到左脸去了，其实是瘀肿的左脸过于膨胀和暴发，淹没了一只眼，也挤掉了另半张脸。面对亲人们有关手术的复杂讨论，这位半脸和独眼的女孩保持惊愕的表情定格，一种事不关己的漠然态度。一条血污尚存的腿被护士们简易地固定和悬吊，像一脚踢出豪迈的步伐，整个人要向天空走去。

　　笑月……

　　笑月，你没事了，现在好了……

　　我凑近这张过于陌生的脸，感到自己无比虚弱，全身已掏得空空，靠扶住墙才得以止住自己的摇晃。

三十

　　一场持续数月的暗斗终见分晓。只能算是两败俱伤，充其量是惨胜。陆学文调任另一机构，提拔一事泡汤，与我倒是同时出局——我得到了获准提前卸任的关照。

　　如果我愿意的话，当然也可挪个地方，去当个什么研究员或工程师，满足自己回归专业技术的多年愿望。

　　这当然是我知趣的选择。

　　事实上，我确实是一个行政管理上的莴笋，一个不知天高地厚的书生，没把这个摊子守好。上级纪检部门把一大堆照片摆在面前，有餐馆前拍的，有歌舞厅前拍的，有度假村拍的……一个个公车牌号清晰入目，让我无话可说。两次车祸的调查报告更让我无话可说。我得承认当初的公车制度改革，纯属自作聪明和一时冲动。谁需要你的冲动？谁稀罕你的冲动？

　　原以为提倡大家自驾，可省下一些司机，减少大量无谓的油耗和人耗，避免司机闲起来就干私活，防止有些长官把司机当家奴使唤，好处似乎是不少。但我高估了一些人的自律。按下葫芦浮起瓢，省是省了些钱，也省了些人，但公车私用的现象还是防不胜防。一旦有人告状，有人跟踪拍照，有人在关键时刻蓄意捅给媒体，就成为事了。我更高估了一些同事的能力，比如，那个负责法规研究的副巡视员，手比脚还笨，脑袋比屁股笨，一抓方向盘就是多动症和羊角风。我不下三次严令禁止他摸车，但他偏要摸，手下人谁也拦不住。他不撞入人家杂货店里去还能有别的结果？

他只是断了两根肋骨，没一口气碾死七八个小学生，割下一路娃娃菜，已经很给我面子了。

"车轮上的腐败""改革改出了杀手"……如此等等，已成为媒体大标题，让我一上网就气炸了肺。上司方面的问责也顺理成章。他们没说我比那位陆学文同志更不像话，恐怕已经是很客气的了。

接受正式谈话回来，已到午休时间。办公楼里空空荡荡，只有一个女工勤探头看了一眼，问我要不要帮忙。我谢谢她的好意，然后最后一次翻动台历，最后一次签收文件，最后一次清洗茶杯，最后一次合上抽屉和锁上柜子，最后一次独坐在桌前聆听整个大楼里的寂静。我一键删除了电脑里的所有文本，自己曾投入心血的那些文案，咝咝咝地清空了自己公务生涯的十二年，清空了所有的酸甜苦辣。面对凌乱的房间和几箱即将粉碎的废纸，我发现自己一直想离开这一切，但真到了这一刻，到了房钥匙和车钥匙都摆在桌上时，心里又不免有点乱。我捏摸了一下这两把钥匙，不知这一切旧物，包括自己用熟了的键盘、鼠标、订书机、笔筒、台历、电话什么的，今后将被抛弃在何处的黑暗，将在什么地方蒙垢和破损。我觉得它们几乎是自己的骨肉，从此天各一方。

走出办公室，我发现同事们都上班了。很多人聚集在走道上前来握手，有送别我的意思。他们肯定已看到电子屏幕上新厅长即将上任的通知，都有些神色沉重，投来的目光较为复杂。特别是有几位女士眼圈红红的，揪的揪鼻子，掏的掏纸巾，让我不免心头一热。我不能再说谢谢之类的话，一说就有点像电视剧里的煽情套路了。

我得赶快往坏里想，一举打掉自己的感动。抹什么猫尿呵？哪一天，你们也许会庆幸我滚蛋的，比方说，你们妇女节香港公费游的计划一旦获批，你们会不会跳起来，欢呼抠门的前任终于不再挡道？你们会不会吐出瓜子壳，高兴得相互击掌三声？

或者，哪一天，我的位置被哪个小人补位，你们会不会咬牙切齿，把一肚子气撒在我头上，骂我只顾自己秀清高、卖耿直、耍脾气，拍拍屁股扔下他们不管，到头来害人不商量？

我与大家一一握手，包括握别泪水最多的一位，就是曾被陆某人骂得一路泪奔的那位女科长，在她背上拍了拍。

回家的路上，手机一直在发热，同事们的短信嗡嗡嗡的不断发进来。

事后回想起来，手机中似乎没有小杜的短信。这小子以前三天两头要用短信肉麻我一下，进我的办公室也决不坐下，决不伸直腰杆，哪怕被我命令入座，也屁股下长刺，沾一下椅子就跳起来，继续点头哈腰，脸上永远是打不烂煮不熟咬不动的一堆诡笑。他眼明手快，不是给我倒茶水，就是给我抹桌子，有时还偷偷塞来一包烟，小动作让人防不胜防——我知道他家里穷，没有大动作的可能。但身为宣传科长，他最大的忠诚就是在每篇报道里把领导胡吹海捧，全然不顾报道主题是什么。我怀疑他就是要用这样的文章来惹我生气，让我当面动笔大砍大删大费周章。他笑嘻嘻的根本不相信我是真生气，只能让我更生气。但面对这样的可怜人，我能较什么真？

老潘也没来短信。这位潘夫子负责财务报销，最喜欢认死理，卡过姓陆的那家伙一些票据，为此屡遭报复。为了让他顺利晋升，我没少费心思。奇怪的是，好几次民主测评，除了姓陆的，就是他给我扣分最多——这种投票虽采取不记名方式，但只要注意每一张票的打分全貌，来一点排除法，来一点交叉比对，猜出投票人的真实身份其实不难。问题是，他对我到底有何不满？他给我扣分时心里在想什么？这真是一个谜。他连胃痛和肝痛都分不清，自己胡乱吃药，越吃病越重，被我强行带到医院里就诊，难道就是对他的羞辱？他被老婆打得头破血流，无家可归，在办公室一睡两个月，被我派人一轮又一轮去加以调解，难道就是对他家庭幸福的粗暴破坏？或者，从根本上说，他认为自己当上科长不是什么好事，纯粹是给他添累，是让他顶雷，是我心狠手辣地给他下圈套？甚至是我与那个姓陆的一个红脸一个白脸暗中串通迫害忠良？

十二年过去了，场面和声威看了不少，门道和机关也看了不少，其实都没什么好说。它们绝不比周围几个寻常人影更让我迷惑。

这是我卸职大约一周后，门铃响了。开门一看，是一身皱巴巴的领带和西装。我想了一会，觉得对方应该姓刘，是研究室的一位老兄，因报假账被我狠狠修理过，曾在大会上公开做出检讨。

"你在家呵……"他推推眼镜，嘴皮哆嗦，在桌边放下一个纸袋，二话不说便闪向门口，如同鼓足勇气砸下炸药包后手忙脚乱逃离危险。

他不至于被自己的一个纸袋吓成这样吧？

"嘿，你怎么就走？"

"不麻烦了，不打搅了，对不起。"

"喂——"我赶紧抓了一件东西追出去。事后才知道，他送来的两条香烟已经发霉，不为他所知而已。相反，我追上去的回赠却是一瓶价格不菲的 XO，别说是老婆，就连我自己，对这种乱抓一气也暗暗后悔。

我一直追到院里，追到院门外的公交站，才把礼袋塞到他手里，完成了一次紧急交换。这全赖我日前闪了腰，没法走得更快。

"老刘，你也太过分了，茶都没喝一口。"

"变了，变了。"他看看大路尽头，不知何故长叹了一声。

"你说什么变了?"

"没办法,没办法呵。"他摇摇头,还是语义不明。

"你家里人还好吧?"

"陶厅,恕我直言,你这房子的风水,在下不敢恭维……"

"你还信这个?"

"这么说吧,将来你要是遇到什么坎,只管来找我。鄙人虚长你两岁,虽无降魔镇邪的能力,但预知凶吉,掐算得失,还是略有点小技的……"

公交车迟迟没来。我在站上只能没话找话,其实大多是答非所问,各说各话,尿不到一个壶里。我想说一说他的字,说一说机关里的青年书法比赛。他却不愿意谈字,嘴里呼噜呼噜一锅粥,一开口便有点无厘头。刚才还在说老婆的怪脾气,没等我听明白,便说到李白的名诗不合格律;还是没等我听明白,又说到报上的矿难新闻;还是没等我听明白,又说到机关里闹鬼。据他说,政府大楼前的台阶,从下往上数是三十六级,从上往下数是三十五级,一定是这样的。大厅里八幅名人画像,每天晚上少一幅,到了早上又会恢复原样,好多守夜人都发现过的。他瞪大眼睛说,这一次厅里有两个子弟没考上大学,肯定是大楼前面那两个花坛太像两个零蛋。

我庆幸自己已退下来。放在以前,我岂不会火冒三丈,再次打断他的胡言乱语,骂他一个晕头转向?

我真是服了他。

没料到,后来的一天,我去医院探视马笑月,在院门遇到他的一位老乡,发现对方面色沉重。对方告诉我的噩耗,是刘先生意外坠亡,走得太突然了。对方还说,怪只怪他高度近视,黄昏时散步,未看清一地下车库的出口坑道,从道墙上方一脚踩了下去……

我吃了一惊，没想到一个大活人居然走得这么陡、这么乱、这么草、这么别扭和糟心。人固有一死，但这位老兄就不能死得稍晚一点，死得合情合理一点？仿佛就在昨天，昨天呵，他还衣冠楚楚，甚至油头粉面，敲过我家的门，嘴皮哆嗦唾沫翻飞，前言不搭后语，用两条过期发霉的烟，给我送来感激。或者，他无意感谢什么，不过是要依照老礼数，交往有始有终，要给我补送一份安慰、一份鼓励、一份信任？

"你要内外兼修，好好进步呵。"

我想起他很久前曾像一位大首长，拍过我的肩，惊吓过我一次。

我忽感凄然。看来，我低估了自己对他的在意。我得明白，要不了多久，我就同他是一样的了，我们所有的人都是一样的了。一切差别，我们曾以为很重要的差别，很快就会到期清零。是的，我已在街面上的人潮里穿行。我看到一个可能要死于车祸的人正在碰杯，一个可能要死于癌症的人正在购物，一个可能要死于水污染的人正在给女友献花，一个可能要死于战争或地震的人正在谈论死亡……生活就是由这样的人组成，由我们这些大地上的暂住者组成。

我们不都有那一天吗？而那一天会是何等景象？亲友故旧会不会在身边？如果在，他们的容颜会不会苍老得难以辨认？其面目会不会在悲伤的扭曲下完全失形？如果他们不在，或早已不在，或从来没有，那么你的视野里会有什么？陌生的护士、医生、清洁工、整容师、保险公司代表、一群路边的好奇者或不好奇者……在这些陌生面孔之下，你不会觉得自己走错地方，有一种迷失者的孤立无助？

窗外也许是秋阳或春雨，是一片幽静森林或林立群楼。事情就是这样，我们最后看到的世界，与我们最初看到的世界，其实不会有太多不同。太阳照常从东方升起。月亮照常向西方坠落。天空还是那样。群山还是那样。流水还是那样。暮色降临之际的玻璃窗上总是闪烁一些光斑乱影。几十年间耳闻目睹的一些变化，对于生者也许很重要，对于垂死者却没那么重要，甚至算不上曾经发生。

重要的是，以前很多事实际上都成了最后一次。最后一次在车站握别朋友，最后一次在街头观看窗橱，最后一次在城南大道打哈欠，最后一次走出四号线的地铁站，最后一次接到物流公司的电话，最后一次送客人到公交站……你原以为那些事是可以重复的，还有下一次，但你错了。包括你儿时的万花筒或纸飞机，早就是此生最后一次——只是当时没有行刑官高举白手套，宣布那些日子的死亡。

于是，我们来自黑暗，最终归于黑暗，经历了一次短暂的苏醒。你将回到父亲和母亲那里，回到祖父母和外祖父母那里，回到已故的所有亲人那里，与他们团聚，不再分离。你是不是有一种归家的欢欣？当你想象自己将重返中年，重返青年，重返少年，重返幼年，哗哗哗的记忆镜头一路闪回襁褓岁月，聚焦于你爬向那个纸飞机的背影，聚焦于小小的后脑勺，只有父母才可能暗记在心的后脑勺，你会不会喜极而啼？

既然人们不曾惧怕生前的黑暗，那么为何要惧怕死后的黑暗？不就是再来一次吗？几十年劳累其实并不怎么惬意。摘下呼吸机更像下班，把白布拉下来盖脸更像回窝，是一个工匠哼着小调走向轻松假日。一个人没理由对此愤愤不已。如果你怕死，当然也不妨接受一种有关轮回的想象，如等待舞台上新的开幕，等待进入新的角色和剧情。问题在于，要识别新剧情就必须保留旧剧情，就像要识别二点〇版就必须比对一点〇版。然而一旦新旧交杂，两个版本混在一起，当事人该如何取舍？会不会有顾此失彼的两难？当前生骨肉统统成为陌路人，或变成鸟在窗前叫一叫；或变成马凑过来蹭一蹭——依稀往事会不会使你心如刀割？

好吧，在一个暗夜无边的宇宙里悄然划过，以众多星体为伴，与茫茫尘埃共舞，布下无形的步履和飞翔，漂泊于无始无终的浩瀚——我们还是高高兴兴地接受熄灭吧。退出记忆几乎就是退出清醒，退出失眠症，一种过于漫长的失眠症。

这算不上什么代价。

三十一

马笑月去外地就读一个著名的英语培训学校。马涛回国时未能见到女儿,好容易拨通了手机,但无论如何热情和慈祥,无论如何幽默打趣,总是听不到对方回音。马涛后来再拨,发现那头已关机,几天后甚至成了空号。

"这孩子,怎么能这样?"肖婷撇一撇嘴,"该寄的钱,我们不也都寄了吗?一套套衣服,那都是正品。她以为是地摊货?"

"眼下这种教育体制,除了毁人,还是毁人。"马涛另有一番理解。

我用手机拨打了好几次,也通不了。

与朋友聚会时,若肖婷不在场,也会有人偷偷问到笑月姑娘。大概是喝多了些,大概是撞上了有关世道的话题,马涛的回答更让我意外。"有什么奇怪?我对这一切早就习惯了。别说是我女儿,就是你们,要是同我走近了也得小心呵。不知什么时候,你们的电脑里出现了异动,或者有陌生人深夜敲门,或者某个邻居突然失踪,都在情理之中吧?你们的手机也得注意了,最好不要成为窃听器。"

他这些话吓了大家一跳,好半天没人回话。尿罐后来在卫生间结结巴巴问我,他是什么意思?

"我也不知道。"

"他是不是……〇〇七?"

"不会吧。"

210

其实我知道尿罐的担心。据我所知,马涛早已从那个闹哄哄的江湖脱身,甚至对往日许多故旧大不以为然。他的最新身份定位是学者,与哪一派都不沾的独立思想达人。据说"新人文主义"就是他的首创,至少这个词是他首提,白纸黑字,有案可查。依他的说法,这种主义多面开战,侧着身子迎敌,左手打击宗教神学,右手打击世俗体制,对所有的政党、教派、财团、学阀都形成了真正的釜底抽薪之势,因此他不可能不孤独,不可能不感到压力倍增和危险四伏。

一般情况下,他不会把文稿放在行李里托运,不会在路边小店复印材料,尽量不使用手机和座机。一般情况下,他也总是把手机放在离身很远的地方,用毛巾包住,用面盆盖住,当窃听器防着,保持必要的戒备。他最近已发现有一伙来历不明的人正在网上对他明枪暗箭,挖他的红卫兵历史,挖他的绯闻,看来很不正常。

二姐不爱听这些离奇故事,倒是乐意让哥嫂两口子去看看她的独栋别墅,几乎是以热情为镣铐,以客气为枪口,押解他们观赏了每一个房间,看了大理石地板、北欧式壁炉、黄花梨明式家具、澳洲羊毛地毯、水流按摩浴缸,连一个小小的储藏间也不放过,连拖鞋和挂钩也得认真品味的——欢迎你们海外归来!

欢迎阁下入住的客房早已备好。光是墙头一幅名人真迹,据说就值一辆桑塔纳。家宴当然更不可少。最会做菜的大姐夫被邀来主厨,很快就做出了满满当当一大桌。多盏烛台齐明,照相机举起,老马家的四家人终于有了一次欢乐的团聚。

马涛略有矜持,不时收窄眼缝,意识到自己的主客身份,照例主导着餐桌上的话题,巧妙的引导和把控不露痕迹。二姐多次打听国外的房价、金价、名牌手袋,但三五句之后,必被他不知不觉地引回来,回到他的"新人文"。条条江河归大海。世界经济五百强你们知道吧?云计算和反物质你们知道吧?New Age 你们听说过吧？前不久的奥斯陆高峰论坛你们肯定听说了……他的新主义几乎就是这一切，至少与这一切都有关系。作为一种根本性的全球解决方案，一种避免地球生命第六次大灭绝的治本之策。他还不失时机地找来手机翻出一条短信，是某位朋友发来的。据那位朋友说，"新人文"理念已在南非和东欧开花结果，使那里的吸毒者比例下降六成。想想看，六成是个什么概念？如果各行各业的效益暴升六成，这世界会怎么样？如果各族各地的恶行都减少六成，这世界又会怎么样？……

我半醉半醒地进入美好未来：在那样的世界里，所有的人都会住进独栋别墅吧，都享有烛光大宴吧？

大家再一次为他的学术事业干杯。

他又翻出蜂群自杀和病毒变异的什么消息，证明地球生命第六次大灭绝其实已迫在眉睫，全球气候变暖还仅仅是第一步。

不过二姐对大灭绝无感，听得哈欠连天，好几次伸懒腰，翻白眼，看看手机又看看电视，早早地撤了。二姐夫也是眼皮子重，鸡啄米似的点头，冷不防却发出一道鼾声，虽一个激灵醒过来了，振作精神继续往下听。

这已让马涛大为扫兴，沉下了脸，一时有点说不下去。

二姐夫力图有所弥补，"你的专利费肯定不少。"

"专利费？"

"这么个好东西，得好好评估一下，争取包装上市呵。"二姐夫讨好的意味依旧，掏出名片匣子，说要介绍一家香港的资产评估公司，一个很靠谱的什么秦总。

"你真是好幽默。"马涛摇摇头，嘴角咬出一丝笑。

我见势不妙，忙上前搅和一把，"二姐夫，你的酒还没完呵。哪有你这样喝的？酒风不正，酒德不高呵。来来来，走一个，走一个。"

这时，隔壁房间里一阵高腔厉声，引起大家的惊愕。原来肖婷不知何时也离席了，正在那里清理行装，准备下一步行程。她发现一瓶葡萄酒实在装不进箱子，放在提包里又怕碰碎，便交给二姐，说送给二姐夫。

二姐一听就沉下脸，掂了掂酒瓶，忍不住一声笑。"大妹子，不是我说你。你也是见过世面的呵，怎么这样不会说话？"

她见肖婷冲着她直眨眼，气得一个脸盘子更大。"这几天，你们在这里红的、白的、土的、洋的，都喝够了吧，知道我们根本不缺酒，是吧？但这么多年没见面，你们也算是千里迢迢，海外归来，送我们一瓶酒，不算过分吧。怎么到这时候，装不进去了，才想起这一出？"

肖婷炸出一个大红脸，"对不起，我不是这个意思……"

"是我听错了你的意思？你不是讲中文吗？你讲的是英文还是日文？是月亮文还是太阳文？我两只猪耳朵听不懂。"

"我是真心地想让二姐夫品尝一下……"

"什么琼浆玉液，要走了才拿出来品尝？"

二姐夫这时急忙赶过去，把肖婷一把拉走，又回头给老婆使劲递眼色，"说什么呢？人家在国外多年了，不习惯送礼了嘛。"

"国外？不习惯送礼，就习惯受礼呵？"

"你少说两句行不？"

"人家做都做了，我为什么不能说？告诉你，你少在这里装好人。我就看不惯有些假洋鬼子，喝了点洋水，人五人六的。又不是元妃省亲，把别人都当叫花子吗？有什么了不起的？国外我们也不是没去过。说不定，也就是住两间破房子，开一辆破车子，到超市里淘一淘大路货，几个钢镚还拿皮套子攒着，也不怕麻烦。邀个饭局就像过年，我的妈，几个星期前就翻地图，看菜单，想来又想去……得得得，我今天得了一瓶酒，恩重如山，情深似海。谢谢！谢谢啦！"

咣的一声——谁都知道,那瓶酒被她随手扔进了垃圾箱。

这一扔,这一炸,搅乱了后面的很多事。本来是马涛两口子住在二姐家别墅的,结果突然转来我家来,打我们一个措手不及。本来是约好四家一起去给父母上坟的,结果是二姐不去了,大家都闷闷的,怏怏的。肖婷一直拘束不安,从墓园回来后洗脸时终于忍不住哭在湿毛巾里。她说这次回国,名义上是陪马涛参加一个会,实际上是要访两位名中医——马涛前不久患肺癌,手术还算成功,剥离得很干净,化疗和放疗也顺利,不过癌细胞的复发和转移仍有可能,中医的效果到底怎么样,也是天知道。

说这话的时候,马涛不在家,否则她根本不敢捅破这个秘密。她还央求我们装作不知道,否则马涛非活吞了她不可。

她不会是博同情吧?不是编个故事破解难堪吧?不管如何,她说出的足够惊心,让我很快联想到马涛这一次瘦削的脸,头上的发套,还有大异于从前的灰白脸色,像抹过一层薄粉。整整一个晚上,大家都不再怎么说话,马楠更是红了眼圈。

第二天,他们两口子要走了。临行前,马涛去马笑月的房间再转了一圈,看墙上的球星和影星的图片,看床上的布袋熊和芭比娃娃,看桌上的台灯和橡皮擦,大概呼吸到了女儿的气味,一种完全陌生的气味。接下来,他扫地,擦地,抹桌子,整理零散书报,用酒精棉花团清洗电话机。不知在哪里发现了一根胶皮管,他还用钉子在胶皮管上打眼,要给阳台上的盆花做一个滴灌系统——劳碌得让人颇不习惯,简直惊讶。

大姐两口子来了。二姐夫也来了,只有二姐迟迟未露面。她还是要来送行的吧?她已经在路上了吧?只是在哪里被堵住了吧?会不会是去给远行人买什么旅途食品?……马楠拨打了几次手机,没什么结果。

直到挂钟再一次敲响,马涛对了一下手表,勉强笑了一下,再次看了女儿房间一眼，拉上旅行箱终于出门了。

"谢谢你们，这些年照顾妈妈，还照顾笑月……"

这是他上车前的一句，是我记忆中他这辈子第一句软话。一种久久的迟疑中，他终于憋出了一份谦卑，一份大哥式的温厚，对于我来说不啻于晴天霹雳，好半天也没让我回过神来。

我鼻根发酸。

"我回来得太少……"他再次嗫嚅，声音小得几乎听不见。

也许是太反常，这种低声的晴天霹雳便有了重大意味，宣告了一个重要的仪典，暗示了一个重要的时刻，也许是一个万里之别和百年之痛的关头。尽管没人说破这一点，尽管他的目光躲闪而飘浮，但已让人不忍对接。亲人们一瞬间都有点把持不住，看看天边，掏的掏纸巾。"垃圾袋呢，你们没把垃圾袋带下来吗？我要倒垃圾了……"马楠更是崩溃，突然粗声大气和不由分说地关心垃圾起来。她没等到握手，更没等到挥手，一把捂住嘴跑开去，咚咚咚一口气扑向楼门，一个急着要去倒垃圾的主妇模样，忙得有些不近情理。

她再也没回来参加送行。

我发动了汽车，见马涛盯住了后视镜，盯住了那一个个渐渐滑出镜面的人影。他还有机会再回到这里，回到亲人面前吗？我不知道。我故意起步很慢，让他多看一下后视镜。当汽车一路飞驰，一路上升，升至拱形跨江大桥的顶端，与对面同样上升的城区遥遥相会——他还能再一次驶上大桥吗？金色的万顷波光在桥下闪烁——他还能再一次跨越家乡的江面？低沉的轮船汽笛声在江岸回荡——他还能再一次听到家乡的汽笛？一道道斜拉钢索的影子在窗前哗啦啦闪过——他还能再一次看到这钢索的第九根、第八根、第七根、第六根、第五根、第四根、第三根、第二根、第一根？……

我打开了音碟机。一曲男声独唱轰然而起：

> 茫茫大草原，
> 路途多遥远。
> 有个马车夫，
> 将死在草原。
> ……

我注意到他闭上了眼睛。

我的泪水已夺眶而出，模糊了视线，被俄罗斯草原上一个马车夫的故事打动。我庆幸自己能送上马涛一程，哪怕这一程永无终点和归期，哪怕这一刻延绵成万年。我真想悄悄伸出一只手，放在他手上，再一次握住它。我真想汽车来一个急转弯，于是自己不由自主地身体倾斜，更靠近他，呼吸到他更多的气息——那就是嗅到我的多年以前。

随着汽车驶下大桥，林立的高楼在前窗升起，继续升起，大规模升起，把我们的汽车一口吞下。一座座新楼房太整洁而光鲜，就像眨眼间变出来的幻境。特别是一幢玻璃墙面的摩天大楼，反射太阳的光芒，给这个城市随意插下一支巨大的利剑，几乎没有真实感，简直就是贴上去的。奇怪的是，熙熙攘攘的行人对这种天幕上的随意剪贴毫不在乎。

"太像暴发户了，你看这些房子新得，啧啧。"肖婷寻找话题，"不能都这么新呵。那些老房子其实蛮有味道的，怎么扒得一间不剩了？"

马涛没有应答。

"My God！这些汽车怎么满街乱跑？吓死我了。我要在这里开车，不在心脏里搭三五个支架，恐怕还不行吧？"

马涛仍无应答。

三十二

我陪他们到了好几个市县。肖婷说要拍一些寻访旧地的照片，应出版方的要求，为马涛的一本传记准备些影像资料。

在马涛当年插队的那地方，木板房和麻石街都没有了，河边老码头也面目全非，一个龙王庙改建成小百货批发市场，小贩们那里的安徽和浙江的口音不少。我们又把老县城转了个遍，也没找到太多可入镜头的素材。看来历史被清洗得太快，就像肖婷说的，千篇一律的写字楼太可恶了，面目雷同的大厂房太可恶了，俗艳的拥挤超市简直应该一炸了之！这还是中国吗？还算什么中国呢？生活在这里的人，看上去都是塑料人，居然可以容忍故乡的消失，居然容忍大路口那一座恶劣万分的雕塑——肖婷说那根本不是什么嫦娥，分明就是一个大胸的三陪女，舞动的一把彩虹哪是什么彩虹，分明就是大师傅散拉面——她在这里倒是咔嚓了一张，要传给朋友逗个乐。

入住旅店时，我们倒是没有摄影镜头的恋旧癖了，看中一家最摩登的大宾馆，据说是四星级，在这个县城里价位最高。果然，水晶条坠吊灯琳琅满目，菊纹石板墙面富丽堂皇，红衣侍者几乎跑步前来殷勤地鞠躬并接下行李，立刻让客人自我高贵起来。肖婷在接待台要下了一间套房——九百八，这个价格吓了我一跳。想到现钱可能不够，我急忙找人打听提款机在哪里。

我不想说他们挥金如土，花别人的钱大手大脚。预感告诉我，即便我说自己从未住过这么贵的房间，他们也不会相信。肖婷除了暗挑一下眉梢,对我的装蒜不以为然,还会有别样的表情?

我要了一个标间。在房间里洗刷一把,走下大堂时,发现他们已躺在美容厅里,贴上了面膜,大概是想弥补一下这几天的日晒。我照例去结账,照例再受一次惊吓。乖乖,光是活氧面膜就是每件三百多,还有什么乳液、爽肤水一类,都是一把把快刀。

"你也来做一个?"一张大白面膜向我发出肖婷的声音。

"不用。"

"风尘仆仆这些天,都成鳄鱼皮了。"

"我是土包子,受不了这一补。"

"放心吧,我又不是纪委,没人查你的腐败。"

"这同纪委有什么关系?"

"嘿嘿。"白面膜挤了一下眼睛,"不说了。不过,这可是你们自己的媒体说的,不是我造谣哦。"

她是指那些关于腐败的报道吧?是指官员们五花八门的公款消费吧?我这才恍然大悟,明白了他们为什么又挑套间又贴面膜,为什么一路上心安理得地等着我埋单,坐着一动不动视而不见。看来我这一路没买来他们的感激,只是买来了他们全程的轻蔑,还有反腐除恶的坚定决心和昂扬斗志。

我能说什么?我怎么证明自己的钱干净?我即便长出一万张嘴把事情说清了,就能使这一趟旅行变得更愉快?好吧,爱说说吧,我找来一份报纸,从新闻版看到娱乐版,从天气预报看到分类广告,一直说不出话。我去门外的停车场走了好几圈,把一池金鱼研究来研究去,还是说不出话。

晚饭时分,肖婷看了我两眼,可能觉得事情有点过了,第一次慷慨破费买来一袋鲜桃。这时,马涛换上浴后的晚装,一套T恤配立领上衣,也容光焕发地来到餐厅,对肖婷说,他找衣服时,发现一件球衫不见了。

我这才想起来,是一条美国某球星的纪念衫,很好看也很少见的。在吴天保小儿子家的那一晚,我把它洗过后晾在阳台,事后竟忘记收捡。

这事可怎么办?

肖婷看看我,又看看马涛。"可惜了。不过没关系,你还有好几件。"

马涛沉下脸,"你以为那是一块抹布?"

我说:"这事只怪我,是我忘记收了。这样吧,送走你们后,我马上去取回来,给你们寄过去。"

"万一寄丢了呢?"马涛盯我一眼。

"不至于吧?"

"中国的邮政,能让人放心?"

我立刻敏感到事情有点复杂。他说过这是黑人球星的私人赠品,比那顶巴勒斯坦的军帽更珍贵,比那张瑞典的部长签名照更荣耀,是对他事业的大力支持,因此这事不可能有别的解决办法。我今晚必须让这一份尊荣物归原主。别说来回四百公里,就是千里万里,就是上刀山下火海,这事也得速办和妥办。

肖婷居然没这种敏感,"哎呀,取是来不及了。要不这样,到时候我再求柯大叔补一件?我们明天得赶火车哩……"

马涛打断她:"火车?"

"我们不是……"肖婷十分惊讶。

"什么我们?你凭什么代表我?我同意过?我答应过?我签过字?你什么时候问过我的意见?"

肖婷顿时面如纸白,"我们不是说好了的吗?走完了这两个地方,就去成都和西安,再去北京……"

"没说坐火车吧?"

"是呵,是没说坐火车。这不是飞机票没订上吗?"

"什么叫'当然'？为什么不能坐汽车？为什么不能坐船？或者推迟几天走？告诉你，肖婷，我最讨厌你这种擅自做主和自以为是。对不起，你不是我的 Boss，我不是你的听差。你不要把全世界都当成你的服装店。"

"你说什么呢？"

"我同意过坐火车了吗？我同意过住这家宾馆了吗？我同意今天晚上在这里吃饭吗？告诉你，肖店长，这一路上我一直忍住，不想同你置气。但你不要太过分。人生而平等，哪怕你是总统，哪怕你是石油巨亨，你也没有吆三喝四的权利。你必须学会一个文明人最基本的规则：尊重他人！"

劈头盖脸一通骂，骂得肖婷泪水闪动，嘴一歪，朝门外跑去，连太阳镜也忘在餐桌上。

现在只能由我来劝解："算了，吃饭吧，有话好好说。"

"我没好好说吗？我怎样才算好好说？我哪一句说错了？"马涛拍下筷子，闪闪利目横戳过来，戳我一个猝不及防，差一点在我身上戳出洞洞。"陶小布，不是我说你，你这一次也让我非常吃惊。我知道，你春风得意，当过弼马温，在体制内讨一口嗟来之食。我不会苛求你。我不会要求所有的人都敢于担当，都深明大义，都特立独行，但既得的一点蝇头小利算什么？不可怜吗？入鲍鱼之肆，真的就久而不闻其臭？你得明白，日子过舒坦了，离人民远了，良知慢慢就会丧失，追求真理的勇气就会慢慢磨灭。"

他缓了口气又说："当然，我们之间已经有了鸿沟，逆耳忠言你是不大听得进去了。但作为一个过去的朋友，我还是要送你一句话：好自为之。"

我不知道他火气从何而来。应该说，他的每一句话都没错，每一个标点都无可厚非，甚至在智慧和情怀中浸泡过千百遍，都是为天地立心为生民立命的卓见精识。但我与他之间到底有什么鸿——沟——？

我们的鸿沟,是他住套间而我住标间？是他享受养容护肤而我习惯于十块钱的理发？是他拍拍屁股出国而我一直在代他奉养母亲、照看女儿、然后对他盛情接待？没错,弼马温一文不值。但这里的人们没自杀,没疯癫,没蹲大狱,就是滔天大罪,就是无耻的苟活和叛卖？如果这些凡夫俗子没有追随你和膜拜你,没有哭着喊着向你欢呼,就是恶俗不堪拒不悔改负隅顽抗？大人,马大人,是这样吗？

我把这一腔愤怒大喊出来,劈头盖脸拍在他脸上。

当然是在想象中。

事实上,我只说了一句:"我会把你的球衫取回来。"

不就是来回四百来公里吗？不就是一个觉不睡吗？我摸出车钥匙,立即走向停车场,发动了汽车。我知道,这是最后的一夜。想想吧,捂住嘴想想吧,明天他们就要离去,就是我们之间的分离甚至是——永别。那么,在这个满天星斗的夏夜,在这个完全陌生的偏僻小城,让我成为他最后的沙袋,最后的枪靶,最后一番教训和羞辱的对象,多大的事呢。只要他高兴,就算我守住最后一次的侍候与报答,多大的事呢。母亲早就对我说过,做人宁亏己勿欠人,得一辈子在事上磨。不被自己的亲人磨一磨,大概不会死得踏实的。

母亲——我的泪水一涌而出。

有人拉开车门,上了副驾驶座。我回头一看,发现是肖婷的一个草稿脸,还未结束匆匆的补妆。

"对不起,他就是一个这样的人。"

"没什么。"

"你不知道,他把我的朋友差不多都得罪完了,我也不知受过他多少气。有一次,我只是说了一句,说可能没人窃听我们,他就把我的电脑扔到游泳池去……"大概想起了什么伤心事,她开始抽泣,粉色指甲捏住一团纸巾轻蘸眼角。

"没多远,我一个人去就够。你去休息吧。"

"我被他气成这样,反正也睡不着。"

"你没有国内驾照。"

"我陪你说说话,你就不会那么困。"

"他会更生气的。"

"不,他的气大多是骂出来的。找不到人骂,可能还好点。"

"还是你懂他。"

车灯射光楔开前面的黑暗。一个个路牌在黑暗里不断绽放又不断熄灭。成群飞蛾在车灯中嗖嗖嗖扑面而来,打得挡风玻璃叭叭响。一阵沉默之后,我给她讲了一个小故事。当年在乡下时,大家曾吃到一个奇苦无比的葫芦瓜,觉得实在费解。为何一根藤上结出的瓜,别的都甜,唯独这一只充满毒液?当地农民也解释不了这件事。也许,这只瓜在授粉和打苞时遭遇了事故,出现细胞或基因方面的错误,才积下了满肚子悲愤。你也不妨这样想象:月光遍地之时,别的瓜都睡了,只有它不睡。早上鸡叫时,当别的瓜兴致勃勃地欢呼阳光和雨露,只有它在沉默和蛰伏。它一心一意要做的,就是暗中收集蚁毒、蚊毒、蝎毒、蜂毒、蛇毒、蜘蛛毒……把自己熬制成一颗定时炸弹,然后在主人的餐桌上轰然爆炸。它就不想希望自己也能甘甜一生吗?当然不是,肯定不是,绝对不是。但它的悲情无人可知……

我不知自己为何要说这些,让肖婷听得神色慌乱。"你要抽一支烟吗?你抽吧,我不在乎。"

她可能觉得我有些异常。

"肖婷,他坐牢时留下了腰伤,不能久坐和久站的,睡的床要硬一些。"

"我知道。"
"据说灵芝对提高免疫力有良效,很多癌症患者都吃。"
"我明白。"
"多说点逗笑的段子,可能是最好的养肺。"
"我懂……"
"你自己也要多保重。"
一只冰凉的小手悄悄伸过来,抓住了我的手。

  茫茫大草原,
  路途多遥远。
  ……

车里再一次响起音碟上俄罗斯歌手的男高音。一种全世界海平面都在呼呼呼上涨的感觉,从声浪中淹没过来。

三十三

见到吴家的老三吴粮库，完全是一种偶然。当时我的车陷入一条水沟，大概是村民们引水时挖断的路面。马涛两口子也被后轮溅出一怀泥点，累出了大汗，还是没法把汽车推出泥沟。待我扬手求援，附近田里有三五个农民走过来，围着车子看了看，倒是愿意帮忙，只是狮子大开口，每人要辛苦费五十。

正在讨价还价，忽然人影中有一个惊呼："这不是陶叔吗？"

一张圆乎乎的胖脸冒出来，见我还疑惑，又瞪大眼拍拍胸，"我是吴粮库呵，我爸就是茶场里的吴天保呵！"

我还是未能在记忆中对焦。但这已不重要，人情关系就是生产力，几位乡亲立刻齐心合力推车，再也不提辛苦费。见天色已晚，我们身上又一片泥水，粮库又把我们带到镇上，去他家换洗和吃饭。

从他嘴里得知，自茶场承包给一家私营公司，他爸便回村里务农了，连个退休干部的待遇也没捞上，实在是很亏。这位老场长已干不了重活，但还是闲不住。邻居失了鸡，他就去烧纸符。邻居要办席，他就去杀猪。邻居有小孩病了，他就到处去敲锣喊魂。一旦干得腰酸腿痛，他把椅子放倒，屁股坐在椅背，背脊靠住椅面，说这种别别扭扭的姿势最舒服。一个猴子的尖屁股需要特别的安放。

"怎么就不开会了呢？让我开一下天会塌吗？怕我的铜牙铁齿啃烂你乡政府的饭碗呵？"他对乡领导的不满也越来越多，"再不开会，再不学习，再不搞思想，我就把一担谷把这个党员卖了它。"

他的日子看来过得过于寂寞。

算来算去，他这些年来最有面子的一件事，是教训过一位局长。那次是他去乡上找会开，觉得美国那旮旯炸塌了两栋楼，发生了这么大的事，不可能不开会的。但他最终没开上会，只见乡长在设宴款待县里一位局长。局长酒量大，气焰嚣张，不一刻就把乡长放倒，把两个副乡长也灌得眼睛发直，嘴里还不干不净，说你们如何这么不经喝呢？几个尿壶，上不得台面呵。几块肉皮，摆不成宴席呵。我是想在税收上照顾你们，但我这酒杯不答应，你们说怎么办？这白马湖也真是太没人了，连酒鬼也没一个……

吴天保从窗外路过，觉得这人骂得好，但一听到那人说到白马湖，忍不住一踢门进了餐厅。"说得好！白马湖一没酒仙，二没酒鬼，只剩一点酒精了。四妹子——"他一招手，"来，撤酒杯，换大碗！"

这意思是他要替白马湖来做一回人。局长打量他身上的泥点，还有乱糟糟的胡须和手里一根扁担，觉得自己没必要说话。

"我姓吴，吴不倒，又叫无底洞，随你怎么叫。"

一位副乡长介绍，说他就是茶场以前的老场长。

客人对陌生人不感兴趣，看一下手表。"各位，时间不早了，下午三点半局里还有个会……"

"不能走，不能走，没喝好如何能走？"吴天保一掌按住对方，"我们这鬼地方的规矩，竖着进来，横着出去。四妹子——"他又喊开了，"去把张医生喊来，把吊瓶准备好，今天不喝出个急症，恐怕是对不住人。"

局长这才明白自己遇到难事了，不过大话刚出口，一时不好改，加上敬酒者是一个老人，是两手端碗，是鞠躬在先，也不便过于无礼，只好硬着头皮接招。第一碗下去，他还能笑。第二碗下去，他已有点像哭。待第三大碗咕咚咕咚灌下肚，他一脸僵硬，成了个斗斗眼，对吴天保喊"乡长"，对乡长喊"亲家"，起身去厕所却走向了厨房，走了一阵十字步，最后扑通一声倒在门外，连眼镜也飞出老远——果真是横着出门了。"我没醉，我没醉，我不怕你们挂吊瓶……"他躺在地上还嘟囔不休。

"开会去，开会去，好好地开。"吴天保搭上一手，帮忙把对方抬上汽车，朝汽车挥了挥手。

人们事后说，那一天县财税局长颜面扫地，威风不再，从此在白马湖抬不起头来，开口要茶叶不再那么海，还同意给这个乡减税。对一些老知青去年募来的救灾款，也同意不再雁过拔毛，强征什么荒唐的"营业税"。

这就是我听来的一个故事。因为吴粮库联系上我了，后来又好几次来找我寻找业务机会，或联系孩子进城读书，便说了不少家事。比如，乡干部感激他爹，曾送过一箱酒，还接他去县城看大戏，"保爹""保爹"地喊得很热闹，只是仍不享受什么开会待遇。他爹后来一提起这事就上火。呸，请我看戏，那也能叫戏？一无锣鼓，二无行头，三无腔调，连皮影和猴戏都不如。台上只有一群小妖精，绿头发、红头发、黄头发，一张嘴就是"爱"呵"情"的，猪油拌白糖，不怕腻死人。个个都像澡堂子里跑出来的一样，脱得身上只留几寸布，找这个握手，找那个握手，血盆大口吓得死老鼠。嘿——她们的父母都半身不遂吗？如何不操一把菜刀来剁脚？

他发现一个香喷喷的女子已扭到眼前，鞠了一个躬，手里抖动一个装有零散钞票的草帽，分明是索要赏钱。

他闭上了眼睛。

"爱哥哥，别紧张呵，看看我嘛。"

他几乎要发出鼾声。

"好花不常开，好景不常在，你别装睡呵……"

他实在赖不过去了，忍不住脚一跺，睁开眼大喊一句："毛主席万岁——"

小女子以为自己遇到了疯子，吓得赶快溜走。周围的人也大惊失色，纷纷探头，指指点点。

他对这种效果很满意，朝空中某个地方看了一眼，目光降落下来后，冲这个点一点头，冲那个点一点头，谢幕的意味明显，负手扬长而去。吴粮库追出剧场大笑。"爹，爹，你也真是土，又没人送你上刑场，你喊什么口号？人家同样热爱毛主席，不过是票子上的那个老人家。"

"太不像话！要省布，也不能这样省吧？以前还好点，顶多是扒开裤子看屁股，现在成什么了？扒开屁股看裤子？"

"不就是娱乐吗？时代不同了，你不能翻老皇历。"

"给你天天看又能怎么样？给你们发放大镜，能看出一朵花来？没见过你们这些憨货，看一下，就拍钱。"

这样说来，他似乎又只是对亏本生意恼火。

粮库开了个农机公司，在县城置有公寓一套，在镇上也有房子，家里顿顿有酒肉，不过还是没喂出父亲的心平气和。吴天保也不擅打麻将，在妇女们那里输过几回钱，便恨上了麻将机，老是说中国应该同日本打一仗，最好同美国也打一仗，把这个国家打烂了，大家就好夹紧屁眼搞建设，省得打麻将。

老人过日子省惯了，攒下的旧衣、旧鞋、旧瓶子、旧盒子都舍不得丢，要丢就是丢他的命。客人喝剩的可口可乐，他也拿来喝。客人丢下的纸巾团，他也捡来擦嘴。一不留神他就盯住路边的垃圾桶细看，似乎那是一个个聚宝盆，让儿子全家都好没面子。媳妇说他这根本不是节约，是存心找病，是拿药费单子坑人。儿

227

子的道理更时尚，说他这是对抗政府扩大内需的政策，阻碍市场经济，无非是想饿死一家家企业。最后，这家的一只猫也暗下阴招，大概是恨他打劫鱼骨头，对他从无好脸色，不是尖叫，就是利爪袭扰，有一次还把猫屎拉在他的皮鞋里。

　　面对人兽联手的全面围剿，他招架不住，只能闭上双眼再来一次绝地反击："毛主席万岁——"

　　至少把那只猫吓得无影无踪。

　　他不习惯抽水马桶，还是愿意外出拉野屎。有一天在酒厂墙后的草丛里，他发现几个娃娃蛇行鼠窜，开始以为是小蟊贼，后来才知道他们是不敢走大路，是被学校里"择优班"的欺侮了。那个什么班，都是家长里出得起择校费的，有手机，穿名牌，零食不断，还有学校里最好的教师精心执教。其中几个男生，被高脂肪和高蛋白喂成了小巨人，肉势逼人，趾高气扬，滑旱冰时连成一队"开火车"呼啸而过，令这些"郊农班"的只能躲闪。在最近的一次打斗后，郊农班一方不仅鼻青脸肿，还被对方责令永远不得走大路，更不得向择优班的女生吹口哨和抛媚眼。

　　"你们老师呢？搓卵去了？"吴天保大为吃惊。

　　"不能告官，否则休想在江湖上混。"

　　"还江湖？你老娘打地洞吧？生了一窝老鼠，连路都不敢走。"

　　孩子们疑惑地看看他，低下了头，嘟嘟囔囔。一个挂了鼻涕的娃觉得冤："我们打不过……"

　　"打不过？你们是没爪子，还是没蹄子？每餐三碗都吃到屁眼里去了？胯里那两颗蛋蛋被鹞子叼走了？"

　　"我们不会打。"

　　"不会打？我教呵，师傅在这里呵。"

　　吴天保的一套拳法已经荒疏，但老底子还在，教孩子们几招不是很难。他着重教了站桩，还有侧身护胸和勾拳连击。照他的说法，打架更靠一股气，到时候顾不上了，就上牙齿，扯裤子，吐唾沫，撒泥灰，什么烂招都是好招。几个娃娃学得兴起，相互试拳，精神大振，一个个绽开笑脸。只有一个家伙不好好学，老是喜欢打岔："老师傅，你的牙齿好黑呵。"

吴天保只当没听见。"今天是什么日子？七月半，鬼门开。从今天起，你们不要做人，要做鬼。明白吗？"

"明白了！"

"世界上只有人怕鬼，从来没有鬼怕人。哪个要打你们，你们就要打得他们晚上做噩梦。明白吗？"

"明白了！"

小屁仔还是打岔："老师傅，你的牙齿太黑了吧？"

排除有关牙齿的干扰，一支抗暴维权的起义队伍终于建立。吴天保把这些小武士带去理发店，全部剃成光头。又买来一堆大馒头，让他们每人吞下一个。"记住了：哪个不敢打，老子以后就要打他！"这是他最后的战斗动员。

下午，孙女放学回家，带回了爆炸性消息，说学校里一场恶斗，把警察都惊动了。郊农班的好酷呵，把篮球抢回来了，把旱冰场占领了。他们个个都是光头，都有金钟罩，还有九华派传人掌门哩……但此时吴天保已回乡下去了。

这年冬天，他的左腿越来越跛，动脉炎更加严重，但他决不同意截肢，说他以后到阴曹地府还要见娘的，少了一条腿不好交代。拖到年关，他只能架拐杖出门了，有一次去村头丧家听夜歌，大概是喝多了，兴之所至也想唱上一嗓子，但一句上板没翻过去，便空张着嘴，目光呆呆地看天，终于仰面倒了。人们后来说，他是不小心起调太高，把自己的脑血管给唱炸了。

要命的是，儿子们送他归西后不久，几位债主找上门来，说老人家欠下了钱。照理说，他三个儿子都混得还不错，他为何还四处借钱?这个老财迷把钱藏在哪里?全家人撬墙砖,翻楼板,拆鸡窝,上房揭瓦,门前屋后到处挖,几乎掘地三尺,除了在棉衣里找到一些卷成小棒棒的小票,在猪栏房一个瓦罐里找到若干硬币,最后才在柴灶上方的吊篓里有了重大发现。可惜,确实是钱,确实是几大扎票子,只是经过灶火的长期熏烤后,已成了干透失重的纸灰,几乎一弹即破,一吹便散。三个儿子小心翼翼连篓子带钱一起进了县城,但银行说这事如何处理得请求上级。他们又到了省城,找到蔡海伦那几个知青,托他们走门子,找关系,看银行领导能不能网开一面。一位副行长后来看了篓子一眼,说这已是一堆灰呵,哪是什么钱?

老太婆在他的遗像前怒火满腔,脱下一只鞋子猛击门槛,每击一次就骂一句。你无聊呵,你缺德呵。这年月一不逃荒,二不打仗,三不吃公共食堂,你藏你娘的肠子肚子肺呵?你害了我一辈子,当死鬼还要害我呵?你不要在我面前装死。我追到阴间也要揪死你,掐死你,一屁股坐死你。老娘要踩住你的两头打中间,你这个死猴子呵……

几个小孩好奇地听她骂。

日子久了,孩子不见了,只有三五只鸡远远地听她骂。

三十四

　　那时我很少去郭又军的家，主要是不大习惯他家的麻将。有时摆一两桌，有时甚至摆三四桌，于是小屋里闹哄哄的，烟雾腾腾，喧哗四起。这时候的他，可能耳朵上夹了五六个晒衣夹，忍受输牌后的惩罚，没工夫礼遇我，他只是扬一扬手，告知烟在桌子上，茶叶在盒子里，瓜子在盘子里，意思是你好好招待自己吧。

　　我来这里一颗颗剥瓜子显得很傻，只能听牌客们争议某一位女歌星的嘴巴是大了还是小了，争议彩票中奖号码可能是双数还是单数，争议当年学校里谁偷看了试卷，争议当年班上谁的肺活量最大并且把水漂打得最多……是不是很无聊？当然，他们如果不找出这些磨牙口的话头，制造各种恼怒或开心的争议，又如何把一天天日子填满？

　　那一次，他家里只有郭丹丹在啃面包和看电视。她用电话联系她爸，说他马上就回家，说好了同我不见不散。但我一直等到郭丹丹看完两个卡通片，眼看就要误我的航班了，只好离开他家。有意思的是，他满头大汗在楼道撞上我，看到我手上的机票，发现实在没理由留我，便回头再次跨上自行车。

　　"你不是下班了吗？"

　　"刚才手气太臭，根本没吃牌的机会。"他挠挠头，"今天非要报仇雪恨不可，把老子的米米赢回来。"

　　他连家门也没入，甚至来不及打听我上门的事由，一头扎入夜色绝尘而去，弓着一条背脊，再度杀向某张牌桌。

他后来打来过一次电话:"我又军,郭又军呵,听不出来了?你这个鳖太没意思了。"

我连开玩笑的心都没有了。

"不好意思,没打搅你吧?你好久没来玩了。"

"玩什么?给你们傻傻地站岗?"

"你来了,我不玩就是。再说,我可以教你玩呵,玩简单一点的。我们也不玩大的,不会挖你的金矿……"

"对不起,有什么事吗?"

他吞吞吐吐,说他想通了,终于就要戒牌了,要干点正事了,但好像迟迟还未入正题。"是这样的,这样的……"他迟疑了片刻,嘿嘿两声"你家马涛,是不是对我有些成见……"

我怔了一下,不知最近又有什么闲话传到他那里。但我不愿多事,一咬咬定他想多了,完全不必在意,千万提防小人挑唆。我还大声警告:我可以接受一个清白人,但受不了一个疑神疑鬼神经分分的清白人!军老兄,你明白?

最后一次见到他,是一次老知青的年度聚会上。说也奇怪,军哥下乡的时间并不长,但他多年来似乎是知青们的事务总管,又是一个联络中心,哪个病了,哪个搬家了,哪个要结婚或要离婚,哪个的父母或子女有事,更不要说年度聚会今年搞不搞和怎么搞,这些好像都在他的业务范围。特别是几个老姐妹,最喜欢去他那里,据说连妇科病的事也愿向大老兄讨个主意。

不用说,军哥最终与小安子分手,老姐妹们也俨然是他的亲友团,劝和要劝和,斗的要斗狠,各有高招,七嘴八舌,为他操碎了心。

在她们看来,小安子真是太皮厚了,太邪乎了,还没正式办手续,就带回了一个俄国帅哥,总是戴一顶绒线圆帽的那个,套一件格子粗麻衬衫的那个,没事时就哗哗哗拧一个魔方。她们更不理解的是,军哥居然不追究妇德,居然不在乎第三者插足,完全放弃男权和夫权,任由他们俩出双入对。更说不得的,他还同那个第三者打手势,蹦几个俄语单词,撕扯一点散装中文,一起改装了家里的便池和热水器,几乎把对方当成家里的一口子。郭丹丹呢,也心大,根本不管父母的终身大事,把那个伊万叫成"万哥""万宝""万宝路",只是找他打听俄国。

俄国帅哥翻开一本书,指着托尔斯泰的照片,"骗子!"

又翻出屠格涅夫的照片,"骗子!"

再翻出布罗茨基的照片,"骗子!"

"为什么呀?"丹丹问母亲。

母亲倒是替男朋友翻译了:"他说,俄国就是被这些骗子给坑的。"

"你才是一个大骗子呢。你好大的狗胆,敢辱骂我的偶像……"丹丹忍不住抡起书本往万哥砸去,两人汉语夹俄语吵了一通,打闹成一团。直到老姐妹们目瞪口呆:看看这一家子,像什么话,一个比一个神经!

小安子这次回来,已不再适应家乡的潮热,觉得自己成天活在蒸笼里。她更受不了街头巷尾的脏乱,觉得自己成天活在一个垃圾场。她的刀子嘴一如既往,对我也大加攻击。大概是对我见面时的握手之礼颇不习惯,便嘿嘿冷笑:陶干部呵,怎么不问一下我"近来工作和学习怎么样"?也不给我说说国内外大好形势?

我窘得一时没法说话。

她却得意地哈哈大笑。

正好碰上一次聚会的日子,很多人七嘴八舌,提议老知青结伴去白马湖看一看。但不管姐妹们如何邀她同往,她就是不喜欢聚会,更讨厌白马湖,抽燃一支烟,对着瓶口喝啤酒,冷冷地直摇头。

233

姐妹们觉得她不近情理，不免泄了气，不免撇撇嘴。牛什么牛呢？还是大小姐脾气呵？她在外面也是打黑工吧？不就是当保姆吗？不就是餐馆刷盘子吗？不就是驯过狗、理过发、插过花吗？据说还参加过什么邪教，又差一点混进了反政府游击队，也就跟走丢了差不多，跟不明飞行物差不多，一个居无定所的"洋飘"而已，居然没把她的狗脾气磨掉一点。老姐妹们都这样议论，最终形成军哥离了也好的共识。

我想起小安子多年前的那一句："知道我最想做的事情是什么吗？就是抱一支吉他，穿一条黑色长裙，在全世界到处流浪，去寻找高高大山那边我的爱人。"很可惜，她已飞过了一座座大山，她的翅膀已不再困于囚笼，已属于无限天空，但她飞了一大圈以后又怎么样？不过是带回了一个俄国倒爷，回头盯上了这里的丝绸、茶叶、工艺品，盯上了庸俗透顶的货源和差价。

如果下一次再见时，她带回一个大妹子，两人都吃上斋饭，拨捻佛珠，穿灰色长袍，我恐怕也不会奇怪。

我不知自己为何会有这种恨恨的念头。

其实我很不愿意这样。

她不参加知青聚会，应该说不是毫无道理。这种聚会年复一年，不会有太多新话题，无非是一些皱纹渐多的人抱团取暖，为人生失意找一点安慰。说起从前，无非是字字血声声泪，控诉不堪回首的过去。吃不饱呵，睡不够呵，蚊子多得能抬人呵，吴猴子一根棍量得大家要吐血呵，因为挖了那么多野坟所以大家日后都混不好呵……白马湖是他们抱怨的对象，痛恨的对象，咬牙切齿的对象。但奇怪的是，在不经意时，特别是对晚辈说话时，他们又可能脱口而出，说我们那时候哪有你们这样浪费？我们那时候，一担谷一百八还上坡。你哭都哭不动吧？你们这些蜜罐子里泡大的，哪知道什么是苦？像你这么大的时候，我一天打蛇七八条呢。我们那年月，连一罐猪油也是大家分，没人敢独吃呢。在这时，他们是夸耀吗？是洋洋得意吗？他们的自相矛盾，也许小安子都听出来了，难道他们自己就毫无察觉？

当他们兴高采烈重返白马湖，结伴寻访老房东，深情看望旧时农友，接受当地官员的欢迎和赞美，甚至遥望山河心潮澎湃，一遍遍唱起老歌，叫叫嚷嚷今后要编影集、要排节目、要办展览，要建纪念碑，他们是把自己当成卫国英雄？当成革命英烈？一门心思准备接受鲜花和勋章？借助一种深情怀旧的标准形式，慷慨悲歌，大吹大擂，惊天地泣鬼神，那他们刚才的控诉和悔恨又往哪里放？只是说着逗一逗自己？还是亮出一枚假伤疤？

我不想向他们说出这些。

我不说，是因为自己上过大学，当过官差，比他们大多数幸运。更重要的是，我说不出口是因为曾在街头突然见到一个女同学的肮脏、憔悴以及过早苍老，惊愕得退了一步，不相信自己的眼睛。我说不出口是因为一位我熟悉的哥们没钱给儿子所在的学校"赞助"，被儿子指着鼻子大骂，只能暗地里自抽耳光。我说不出口是因为一位曾与我同队的姐们，失业后干上了传销，逢人便推销净水器，发展敛财的下线，以至喋喋不休翻来覆去百般纠缠廉耻尽失。我不忍剥夺他们的自豪。

自豪就自豪吧，青春无悔就青春无悔吧——如果这样能让他们宽慰一点，轻松一点，有更多心气活下去，那么怎么说都没什么过分。

好吧，我们还是来说一些有趣的事，比如说说六队的那位爷，曾强烈要求把自己的姓名改成"誓将无产阶级革命进行到底"。领导不同意，因为觉得"誓"这个姓太怪，名字也太长，再说占了那么多好词，万一这家伙将来犯错误，大家要骂要咒要批判，不大方便。

我们也可以说说三队的那位，叫什么来着？好多年都不见了，就是那个拿一把剪刀救鸡的家伙。他点火给剪刀消消毒，剪开鸡的食袋，以肥皂水冲洗，再用针线将伤口缝合，就使两只误食毒饵的鸡活了过来的那位。听人说，他回城后混得不太好，下岗后又去乡下养鸡了，这辈子真是同鸡有缘了。

我们还可以说说一队的高眼镜，只是这一次恐怕还是不能说得太清楚。有人说他偷过东西，有人说他没偷过。有人说他谈过恋爱，有人说他没谈过。有人说他在乡下干了三年，有人说他干了五年。有人说他毕业于五中，有人说他是十八中的，只是随姐姐混进了五中这一群。总之，有关他的事大多歧义丛生，本身就是一大特点。说起来，与其大家说对他感兴趣，不如说对他老爸感兴趣。那位老人每次写信，都是写在报纸中缝，于是寄报就是寄信。好处是报纸属于印刷品，邮资三分钱，比信函省了五分，而且让儿子多看报，好歹也能温习几个字。想必是老人这一手见了成效，儿子后来一举考上了大学呢。

在这种场合，大家免不了还会说起马楠她哥。特别是郭又军，总是记得那些出身知青的明星、学者、教授、企业家什么的。他历历如数家珍，报道他们的动态，转述他们的最新言论，体会一字一句里的微言大义，是热心的义务宣传家。大概觉得自己与有荣焉，他不允许任何人对他的偶像有任何怀疑和诋毁。因此，尿罐说到马涛的前妻，当年如何受不了丈夫的自私。军哥就随即正色，说孤证不立，一面之词并不可靠，人家的家务事你哪说得清楚？尿罐又说到媒体上有评论，称马涛的什么观点不对，到底还是半路出家的，功底不足。军哥也一连几个不，立即上前辩护，说马涛怎么啦？他读的那个中学，确实不怎么样，但他不是读过研究生吗？不是国外名校的研究员吗？听说开讲座绝对是一票难求。说他的功底不足，谁信？

"严老师根本不同意你的看法!"他提到一位电力公司的高工,他新结识的一位朋友,为他的反驳提供了重磅根据。

"反正是报纸上这样说的,不是我说的。我也看不懂。"

"报纸上的能信?那么多假广告!"

"不是广告,是文章好不好?"

"记者的文章吧?我告诉你,防火防盗防记者,你们不要听风就是雨。尿罐鳖,脑子要戳在你自己的肩上!"

军哥差不多已黑了脸,仗着自己活动组织者的权威身份,再次表现出团结和维护天下精英的万丈热情,终于逼得尿罐嘟嘟哝哝。

大概是争议搅乱了情绪,这次返乡活动的后半程便有点散乱。在镇上一个饭店就餐时,关于筹建纪念碑的争议也大,特别是几位男士,各有见识和阅历,在建不建和如何建的问题上缠斗不休,差一点伤了和气。对女人称呼,又受到蔡海伦教授的愤怒斥责,好像"堂客"也好,"太太"也好,"女同志"也好,都踩了女权主义的雷,都是没文化,是可忍孰不可忍。结果受责者气不平,蔡海伦更是气得饭也不吃,一个人先冲走了。

涉及碑文内容,又牵扯出农民和知青哪一方吃苦更多的大是大非,更跑题到国企、私企、集体企业、个体户等哪一方更不容易的原则性分歧。怀旧是共同的,怀旧者却是各不相同的。尿罐端着饭碗,挥舞筷子,从一桌吵到另一桌,把饭粒都喷了出来。"……你们还有脸叫苦?你们苦了个毛?人家农民大哥祖祖辈辈在这里,找谁去叫苦?老子当年被你们拒之门外,找谁叫苦去?你们国字牌,威风呵,安乐窝呵,大锅饭呵,好吃得很,到头来养懒了你们的一身肉,废了你们的武功。怪谁?好,现在破落了,八旗子弟了,活该!冤有头,债有主,你们赖不上我们这些个体户!"

他是发泄自己当年招工落榜的怨恨。

他终于找到了反击机会,把军哥顶到死角。随着拍桌声四起,随着喝彩的"好""好""好",其他几个国企身份的也就装没听见。

一顿闹哄哄的饭吃下来,本来说好了是AA制的,大概是吵出了牢骚,吵散了老感情,公务有些松弛,军哥心烦意乱之下也疏忽了收钱事宜。很多人已抹嘴巴剔牙齿走出饭店,走远了,上了包租大巴,饭钱却没有着落。军哥发现这一点后,赶过去收钱,耳朵里却被灌满了奇谈怪论。"我们在这里流血流汗那么多,还要交饭钱吗?"这一条好像说不过去,毕竟饭店与茶场没什么关系。"这个厨师也太不行啦,饭都没怎么蒸熟。"这一条好像也不上道,再糟糕的饭不也是吃了吗?到最后,还有些人瞪大眼,干脆交出一脸的无辜:哎,哎,不是说不收钱吗?对呀,你不要自作多情乱收费呵。

至于这个可以白吃的消息来自何处,军哥打听了一圈,仍是一头雾水。是乡政府说的吗?是县政府说的吗?似乎的似乎,可能的可能,最早是张某说李某说的,李某说是吴某说的,吴某说是邢某说的,邢某说是洪某说的,洪某说不知是谁说的……一个查无来处的谣言被很多人坚信,被很多人热心传播,被人们七嘴八舌再一次强辩为真。倒是军哥被很多人质疑,似乎只有他一个人在假传圣旨,至少是瞎操心。

但饭店老板娘死死揪住了郭长子的一只胳膊,扣了他肩挎的录像机。

没办法,军哥的钱不够,最后只好押下身份证,打一张欠条,换回录像机,答应第二天来补欠款。

其实有几个掏得出钱来的,只是情绪上大不对了,也不愿当冤大头。

汽车开动了。军哥没再窜前窜后给大家录像，只是选了个最前的座位，一声不吭捧住脑袋，好像睡着了。与来时满车笑语不一样，这次有出奇的沉默，大家久久不语。我讲了两个段子，只换来几声嘿嘿，未能把气氛再活跃起来。

几天后，小安子和俄国帅哥就要飞国外了。她临走前找来各种电话号码，一一打电话催账，要他们给军哥交饭钱，怒气一次次从话筒里爆出。"真是岂有此理，你们不要欺侮老实人，给自己留点面子好不好？"

"你是军哥的什么人？"有人不认识她，或装作不认识她。

"室友吧。"

"什么叫室友？"

"室友就是前妻，安燕，小安子。"

"哦，安子哦，这事最好由军哥自己来说。"

对方大概是吃定了那家伙面子薄。

"我就不能代表他？莫说前妻，就是他小三，他姘头，他婊子，扎我眼睛了，我就要揉出来！"

"哎，哎，我没说不该还钱呵。"

"什么时候还？你说。"

"我昨天已经给他了，不信你去问。"

"那你还放什么屁！"

她啪的一声挂断电话，气得自己翻白眼。

三十五

担心马笑月的成绩那阵,听说贺亦民教子有方,教出了一个名校生,我曾去讨教经验。我在他的小公司里转了一圈,顺便求他一事:若笑月这次再考不上,就请他留下这孩子,在公司里描描图纸,做做模型,都可以,算是有口饭吃,还能学些技术。我最怕她去社会上闲混,尤其怕她学会吸毒。

贺亦民一张脸笑得很下流,"你就放心让她来?万一她爱上了我怎么办?我们以后一不小心结成了亲戚怎么办?"

"臭疤子,你就不说说人话?"

"没办法,我这人意志薄弱,最容易怜香惜玉。"

"去死吧你!"

他仍然嘻嘻笑,不愿意沾包,只是从抽屉里抽出两扎钞票,算是他赞助的家教费,要我请几个好老师,给笑月好好补课。

一个小矮子,当年出了名的垃圾生,眼下坐在写字台那边人模狗样,把钞票当卫生纸甩,不能不让我刮目相看。

我得说说他的故事片了。他绰号"疤子",是因为他右耳下方有一块大伤疤,就是他爸打出来的。用他的话来说,他是被打大的——如果小时候哪一天没挨打,原因只会有二:他父亲病了,或他病了。一旦哪天父亲没下手(他在厂里得奖了,入党了,或赌赢了,这种事偶有发生),疤子就条件反射,觉得自己应该发烧,应该咳嗽,应该拉肚子或晕过去,否则这一天肯定不大对头。

父亲不过是恼怒于他的矮,还有他可疑的长相,不相信他是自己的骨肉，反而只是一份耻辱，一个丧门星，一个应该在鞋底碾掉的杂种。因此，他从未穿过新衣，只是接哥哥的旧衣，烂布团一样滚来滚去，以致有一次全班上台唱歌，按规定都得白衣蓝裤。他没有蓝单裤，只有蓝棉裤，虽被老师网开一面，自己到时候却热得满头冒汗，在夏日的阳光下两眼一黑。

他在《美丽的哈瓦拿》歌声中中暑倒地，但他不敢休息，一醒来便飞跑回家，扑向父亲下达的生产任务，给一种叫蝉蜕的药材去头去尾——加工一两，获利三厘。药厂职工们大多这样，把加工业务领回家，多少贴补一点家用。

这样，几年下来，他作业本一页页大多擦了屁股。当同学们每人交三分线去看电影，他却交不出。老师不相信他父亲没给，一口咬定他不爱学习，拿钱买东西吃了。同学们也大多换上了老师的机警目光。有一次，他捡到一毛钱上缴班长，本应受到表扬的他却被怀疑。就一毛钱？骗谁呢？都缴出来吧。班长见他哭了，又拍他的肩，说你不要哭呵，只要承认了错误，我们不处分你，还可以让你戴红领巾。

疤子觉得自己浑身长嘴也说不清，急得一头撞到墙上，撞出的血吓得同学们尖叫——那次还是郭又军把他接回家。

班上当然还有穷学生，但那些人多少还有些自我加分的办法。有一位家里是摆米粉摊的，他可以经常偷来酸菜，就是汤粉的作料，洋洋得意地分给大家吃。有一位家里是拉煤的，每逢全班运送垃圾，他可以拉来一辆胶轮板车，光荣地成为劳动主力。还有一位，尽管他放屁特臭，穿妈妈的红色女式套鞋，但他打架时的个头大引人注目，还是很有面子。只有郭亦民——不，贺亦民，他执意改用母亲的姓——是烂中的最烂，破中的最破，废中的最废，哪怕做坏事也没人相邀，那就更不要说玩铁环、耍弹弓、骑高马那些开心事了。

他没考上初中，倒是让父亲如愿以偿，大概是觉得因此省了钱，居然没打他。儿子为此大感失落——他最想挨打时反而没人打，只能羡慕其他那些落榜生，虽鼻青脸肿眼泪哗哗却有一种挨打的温暖。他觉得自己很没面子。"那个老杂种只差没拿刀来杀了我！"他甚至对另一个落榜生吹嘘，好像自己惨得并不逊色。

郭又军倒是把他揪到河里，把他脑袋按入水中，灌了他几口浑水。"你这样下去，只配做个流子！"

"你管不着……"

"数学只考十八分，你好意思还是我弟？"

"我本就不是你弟。你姓郭，我不姓郭！"

"老子淹死你！"

"你淹，你淹，你不淹死我就不是人！"

郭又军又是一顿拳脚，打得他顾头不顾腚，打着打着还把自己打哭了。两人在河边呆呆地坐了整整一个下午。一只帆船滑过来，又飘走了。另一只帆船滑过来，再次消失在水天尽头。暖洋洋的日光下，一块朽木被波浪推到了岸边，一只水鸟则在木块上左顾右盼，啼叫出渐浓的暮色，终结了一个沉默的告别——他们两人不可能在放学回家的人流中再次相遇了。

后来的一天，父亲下班回来，发现小兔崽子窝在家里，没去挑土，没去拾荒，还人模狗样捧一本书。父亲一把夺过书，在空中摔出一个弧线，直落那边的阴沟。

"钱呢？"父亲是指他每天都应上缴的五角钱。

阴沟里那一本《小学生优秀作文选》，是郭又军给他的，也是他唯一收到过的礼物。这一天无非天快下雨了，他给自己放假，翻出书来看一看。

"不缴钱，就休想吃饭。告诉你，少一分也不行！"

他斜看着阴沟，泪水一涌而出。

"聋了吗？再不走，就是六角！"

他还是一动不动。

"再不走，七角！"

……

接下来的事，连他自己也说不清。他竟那样狠，那样歹毒，突然抄起一条长凳，朝高大背影狠狠砍下去，只听"呵"了一声，那背影左高右低，歪斜了几分，再歪斜了几分，终于倒在地上。

他在邻居大妈的一串尖叫声中跑出大院，跑到街口还跳脚高呼："郭家富你这个老王八不得好死——"

他一路跑到郭又军所在的中学，想解释当天的一切，解释一下那本书不是他撕破的，但他在校门外等了很久，总算看见郭又军拍一个篮球，同几个球友汗流浃背谈笑风生地走出校门，一个个把书包旋舞得十分嚣张。他们遇到一位男老师，便没大没小，攀肩搭臂，七嘴八舌，爆出一阵热烈笑声。这时的贺亦民突然腿软，觉得一个烂布团没脸走上前去，被他们惊讶的目光千刀万剐。

他只是揪一把鼻涕，躲入街头熙熙攘攘的人流，默默地走远。你就是一个王八蛋！你就是一个屎壳郎！你姓贺，你没有哥……他在心里对自己这样大喊，猛踢一个消防栓，踢到胶鞋破绽为止。

"孩子，你家住哪里？你听见我说话吗？……"他隐约听到了声音，睁开了眼，看见了一个中年妇女的脸，在依稀逆光中有耳际的一缕头发飘动，有衣领上裸露的脖子，有女人的气息。他后来才知道，刚才大概是自己昏了头，不知什么时候被一辆小三轮撞飞，甚至未听到尖锐的刹车声。

他太想大声喊出那两个陌生的字，不，哪怕是犹豫的一个字，哪怕是含含糊糊的半个字：

"妈……"

漂泊生涯就从这一天开始。他睡过车站、公园、防空洞，还开始偷东西。比如，去那种大统楼的宿舍，多家合住与厨房合用的那种，等主人们都上班去了，他好几次顺手牵羊，捞一只炖鸡或半条煎鱼，不仅吃饱了肚子，还可把铝锅或搪瓷盆卖出几毛钱。他也结识了不少街头的烟友，其中一位大哥，因家里无长辈，于是成了天然的贼窝和赌场。他就是在那里玩上了扑克、牌九、麻将，学会了赌场作弊。这事其实简单，比如，剪一硬纸片卡在酒杯里，酒杯实际上便成了两层。当骰子在上层摇得哗哗响时，下层的另一颗骰子却被庄家暗暗卡住并未真正摇动，于是出杯时的骰面朝向，一直得到暗中掌控。光是这一招，他和大哥就把一些老家伙赢得晕头转向。一个修钟表的，一个拉煤车的，还有一位被红卫兵强逼还俗的和尚，都在这里输得脱裤子。

他越玩胆越大，终于玩到了大街上，成了一个扒手王。最威风那阵，他戴上小墨镜，迈开八字步，麾下有二十多个小伙计，横行五一路和南校场那一片。他已用不着干部参加劳动，常把办公地点设在街心公园，选一凉爽的树荫处，呼呼睡上一觉，安心等待小喽啰们上税，无非是打一个哈欠，掰开钱包，取走大头，留下一口摔回去，如此而已。有时碰到一个毫无油水的卫生包，他还会很不耐烦地将包摔在来人的脸上，"你那个猪蹄子，怎么还不剁掉？"

这时的对方就会谄笑，就会点头哈腰，会屁滚尿流地一溜烟跑开去，投入更为艰巨的战斗。

王者当然也不白吃白喝。这个城市的扒手分为不同团伙，根据不成文的约定，分别经营不同的街区。一旦有人越界经营，相当于偷别人的饭，相当于国家主权纠纷，战争便难以避免。在这种情况下，会骗不如会打，一个扒手王如果还想混下去，就必须有效庇护臣民，用拳头、砖块、铁棍一类履行神圣职责。"五（一路）帮"与"八（角楼）帮"的群殴就是这样发生的。贺疤子是

"五帮"头，每一次都是最先出手，每一次都叫得最凶，喊出"今天要搞死你"一类，"老子要挖死你"一类，在江湖上名声大震——其实他后来对我说，叫在先和打在先固然重要，气势汹汹和远播威名固然重，但真正打开以后，肯定是混战，谁也顾不上谁，你最好还是脚底下抹猪油——溜！

这一天，五八两派还未交手，就听到四周哨音大作，手电光柱乱射，原来是警察和民兵设伏，把这一带团团包围了。"条子糕呵——"疤子喊出撤退暗号，立马折入一条小巷，扑向路边一张纳凉的竹床，搂住一个睡熟的孩子，闭上眼睛，憋住呼吸。不一会，一串脚步声从旁边经过，感觉中有灯光在他身上照了照，还有人在竹床边停留了片刻。大概抓捕者以为他真睡了，或把这个小矮个看成了小孩，就过去了。

他的部下却大多落网。听到这消息，他觉得自己很没面子，太不像一个好汉，便一路打听来到治安指挥部。

"你就是疤子？"一位民兵头很吃惊，"还晓得来自首？"

"自什么首？我又没犯法。"

"没犯法？一切情况我们都清楚。每次都是你最先动手，每次都是你下手最毒。难怪你父亲三次登报同你脱离关系！"

"那是打坏人，为民除害。"

"你还狡辩？"

"我是替你们维护社会治安。"

"这是什么地方？由得你来三句半？——跪下！"

他坚决不跪，死死揪住一张高靠背椅以为支撑。结果，他被四个民兵拳打脚踢，从椅子这边转过去，又从椅子那边旋过来，与椅子死死纠缠，人椅连体盘根错节，一块滚刀肉不好对付。汉子们气喘吁吁，搓搓自己的手，有点打不下去了。

"打呀，再打呀，莫停手。求求你们，今天非把我打死不可，

245

千万要把我打死!"他吐出一口带血的唾沫,"你们不打死我,那就不好办,我要是活着出去了,回头就要一个一个来搞死你们,先从铁路局八栋的开始。"

其实是刚才一进门,听到有人传呼电话,说是铁路局宿舍八栋打来的,他便暗记在心,相信什么时候可用得上。

看来"八栋"果然管用。四个民兵互相看了一眼,再也不打他了。后半夜有人来点了一支蚊烟,送来馒头和水,大概也与铁路局的暴露有关。

按当时的治安处罚规则,疤子和他的小兄弟们被民兵押送,挂牌游了街,暴读了党报社论,又去挖了二十天防空洞,就给释放了。放他的这一天,一个汉子(大概是家住八栋的),塞给他一包烟,说那天晚上的事嘛,公事公办呵,没办法。

疤子抽燃一支烟,冷笑一声。"大哥,我这个人最不记仇,但以后要是铁路上有事要办,你不能不帮忙呵。"

"好说,好说。"对方居然一个劲地点头。

"我哥那里,你得往好里说,多表扬我几句。"

"没问题,这个我懂咪,肯定懂咪。"

三十六

人只能活在自己的身体里——这听上去像一句废话。我的意思是，人的心再大也得接受身体之囚。帕瓦罗蒂没法同时拥有乔丹的长腿。一个人也不能把自己的眼睛留在唐朝，把耳朵留在民国，把手足或肠胃留给未来。

人的身体不仅具有唯一性，还有普遍性——这意思是说，稳定的基因遗传决定了全人类的形体大体相同，除了肤色有异，至今无人能长出牛角或羊尾。

这一事实其实相当神奇。

但基因的大稳定下隐伏了丰富的差异和变化。有的个高，有的个矮；有的音盲，有的色盲；有的恐高，有的恐蚁；有的乳大，有的乳小；有的嗜肉，有的喜素；有的花粉过敏，有的干果过敏……这一切似乎与生俱来，原因不大明了。更容易忽略的是，圣女特蕾莎和魔头希特勒是否基因图谱相同？如果不同，这种差异是先天还是后天决定？该由他们的祖辈负责，还是该由他们自己负责？

二〇一二年三月十一日英国《星期日泰晤士报》文章称：很多科学家认为："西方的个人主义与亚洲的集体主义……从根本上要归因于基因差异。""文化价值观与携带五-羟色胺的基因密切相关。"这是一个惊人的说法。翻一翻美国《心理学家》之类杂志，可知不少专家还把偏激、懒惰、恶毒、共和党立场等都看成基因的产物。如果这些说法属实，那么迄今为止的各种政治、道德、文化的革新运动，看上去都像是无事生非，是闹哄哄的外行越位，只配基因专家们摇头冷笑了。

不过，对基因专家们的质疑是：世界上哪有一成不变的基因？如果基因是动态的，是可以改写的，那么它还算不算"基因"？还仅仅是一个实验室的问题？这种被生存环境和历史过程不断改写的基因，比如，被特蕾莎们或希特勒们严重改写五-羟色胺，换一个角度看，是否也该称为"基果"？

事情可能是这样。"基因"也是"基果"（应有这样的中文词）。每一个人都亦因亦果，是基因的承传者，同时也是基因的改写者，即下一段基因演变过程的模糊源头。生存环境和历史过程作为一种更为强大的实验室，正在悄悄实施各种转基因工程，正在编织一份个人亦即群类的、稳定的亦即多变的生理未定稿——这听起来又像一些病句。在这个意义上，"回到身体"一类口号，显然不宜止于文学界或红灯区，而应转向每一个人身体更为微妙的变化，转向一个个人体器官的昨与今。

贺亦民的基因就让我迷惑，不时搅乱我的叙述。不妨这样吧，我现在变换一下故事排序，以便分别举例说来。

关于腿与腰

中国南方人普遍偏矮，其中一些高个头也多是腿短而腰长，长在一条腰上，比较合适几千年来的农耕事务：便于弯腰，便于上肢接近土地和庄稼。贺亦民的不幸在于，他属于矮中更矮，不知前辈们何时何地的一次精卵结合，在隔代遗传或邻代遗传之后，使他的身高大约在一米六左右。

一种猜测是，北方以及更北方的那些游牧人，在辽阔的欧亚大陆打望牛羊需要高，远眺风云和敌人需要高，登上骏马更需要高，屈就地面的活动较少。于是，一种拔高的心理期待成就了遗传选择，给后代们留下了修长双腿。通过移民或战争，通过情愿或不情愿的交配，这种长腿也逐渐出现在某些农耕地带，成就了贺疤子眼下左侧的那个人——廖哥，一个山东小伙，正在用砂轮磨刀具。

廖哥是高中生，拥有这个街办小厂的最高学历，最喜欢说数理化，最喜欢别人叫他"廖工"。贺亦民向他打听收音机是怎么回事，还用小学生的算术解出一个方程题，得数似乎没错，但廖哥只是抹了他脑袋一把，一句赞扬也没有，没把他的古怪算法当回事。

一天，他发现廖哥不吃饭，头发耷拉在额前，不时唉声叹气。一打听，才知对方失恋了——那个电工班的厂花，能拉手风琴的团支部书记，把廖哥偷偷递去的情书揉成一团扔回机修班。

"秋瞎子呵，"贺亦民给廖哥出气，"要她做什么？送给我也不能要。"

"疤鳖你少吹牛。"一位工友说，"不要再刺激我们的廖哥了。"

"我吹牛？只要我愿意，手指头一勾，花姑娘一堆堆地来，踢都踢不回去。"

"你勾几个母蚊子还差不多。"

"小看人？要不，我今天同你打赌。"

工友们一齐起哄：你要是钓不上鱼，以后天天请我们吃包子。要是钓上了，我们放你的假，三个月里替你顶班。

贺疤子事后觉得自己把话说大了，只能硬着头皮上。他骑上车去一位邻居家借来《红楼梦》，放在柴油机旁，布下高雅的诱饵。接下来的安排，是他在电闸那里做点手脚，构成电工必须来检修的理由——报修时间当然必须在晚上，在厂花当班之时，以暧昧的月光朦胧为背景。

挎着电工袋的厂花就这样入套了，检修电闸时发现了《红楼梦》，发现了知识和艺术的亮点。贺亦民与她搭讪也很顺利，于是对方的工具柜里，从此有了一本接一本的名著，包括中国的、俄国的、法国的、英国的种种。疤子其实根本不懂那些天书，不过是掏钱买烟，每次都是火线补课，求一个中学教师告诉他各书的要点，由他满头大汗地强记下来。主题，人物，风格等，这些奇怪词汇被他硬吞强咽。

"你看书这么快？是不是一目十行？"厂花吃了一惊，对这位才高八斗的文艺青年大为崇拜。

"这些书哪够我读的？都差不多读过两三遍啦。"

"我以为你不识繁体字。"

"不好意思，我本来打算研究一下甲骨文。"

"我以为你只会打架。"

"没书读的时候，不打架干什么？"

"像你这样聪明的人，应该去上大学，应该去深造。你去北大呵、清华呵，或早稻田，我姨外婆那里。"

贺亦民以为"早稻田"是乡下什么地方，称自己最讨厌下田，决不当知青。幸亏他这几句说得含混，没怎么引起对方注意——他后来才得知"早稻田"是日本一所著名大学。

他们开始出现在电影院阴暗的观众席。贺亦民提前通知工友，让他们到时候去电影院见证奇迹，把以后的肉包子备好。不经意之间，他目光离开银幕，瞥一眼身边的厂花，觉得这份战利品还真不是什么狐狸精。水汪汪的眼睛，翘翘的小鼻子，脸上两颗不大明显的雀斑，说错话时的捂嘴巴或伸舌头都令他心动。坏了，这差不多就是恋爱吧？就是重色轻友的开始吧？可怜的廖哥眼下不知在哪里抓狂，会不会捶胸顿足喷一口鲜血？

他想拉住对方的手，但刚碰到一个指头，对方立刻触电一样把手缩了回去。两人好像什么也没发生，继续聚精会神于电影。

工厂附近两个高音喇叭不见了。警察没费太大的周折，就在贺亦民的狗窝里发现了赃物，把他抓进派出所一关半个月。他再见厂花时，还没来得及控诉那个喇叭，没来得及说明自己其实是想给对方买手风琴，对方已扇了他一个耳光。

"你听我说，对不起……"

"我不听！"

"我是为了你……"

"你骗谁呢？我都知道了，你是为了吃包子。"

对方把带来的一摞书狠狠砸在他身上，然后哭哭啼啼地歪斜着身子跑远了。他只能捡起几本书回家，还发现书中一张字条：

臭矮子，你是个无可救药的混蛋！

他后来再也没见过那个厂花。据说廖哥也辞职了，与她相约去了另一个工厂。伙伴们见他愁闷，都笑他癞蛤蟆想吃天鹅肉，真把自己当一回事。照他们的分析，看两场电影不算什么，真要谈婚论嫁，光是他这乌龟腿就过不了丈母娘那一关。人家是干什么的？团支书，工程师家的千金，谁愿意挎一个马桶上街？谁愿意以后生下一窝小马桶？

贺亦民再次看了看那张字条，觉得"臭矮子"一句特别伤他，觉得他的身高是远非《红楼梦》一类所能弥补得了的。

关于手

出入拘留所时，疤子就发现电工最舒服，最神气，哪怕蹲牢房，也常被警察叫出去修电扇或修路灯，从来不必真坐牢，更不必干重活。这样的高等囚犯有时还以购买零配件为由,骑自行车上街去。不知道的还以为来了便装警察,在执行什么秘密任务。

他拜一个瘸子为师,说什么也要当上电工,最好能装出一台师傅家里那样的电子管电视机。但不论他给对方做了多少煤饼,挑了多少井水,买了多少白菜和萝卜,对方还是不让他碰一下万用表,只是丢给他几本中学物理课本。

他不服气,带上一个小兄弟,决心去偷一个万用表。目标已确定,就是附近的一家电器厂。他去那里踩过点,发现侧门是一个可以利用的缺口。他偷偷将锁门的铁丝剪断,再虚虚地搭上,制造出门禁正常的假象,以便自己晚上下手。没料到人算不如天算,他拎一只麻布袋再去时,门上的铁丝不见了,竟然已换成一把新锁。但箭已离弦不可回头,他只得踩着同伙的肩,翻墙上房,踩椽木前行,再揭瓦而下,溜入材料库房,用鸭嘴钳和钢锯打开铁皮柜,展开一次疯狂的打劫。

事前估计不足的是,他划完所有火柴后,找到了万用表和电焊枪,图谋中的变压器、三极管、可变电容等却不知在哪里。

"有人来了,来了……"

小伙计再次发出警告,吓得他慌慌逃离现场。哗啦一声,一脚踩偏了,几片瓦掉下去。两捆漆包线就是这时掉下去的,让他事后心痛不已。

他的豪华型、浪费型、破坏型的学习过程由此开始。大半个麻袋的元器件,他拿来就拆,拆不动就撬,撬不开就割,与其说是当电工,不如说更像杀鸡破鱼,各种试验不计成本。当然,对于一个小学生来说,最要命难点的还是读书,是搞清楚这些鸡呀鱼呀的来龙去脉。他的决心是,人家一天读十页,他十天读一页总可以吧?人家读中文或英文,他凑上一点"贺文"也无妨吧?——"贺文"就是他的错别字,只有自己能够懂的那些王八蛋。以致很久以后他还把"绝缘"读成"绝绿",把"高频"读成"高页",把A和J读成扑克牌里的"尖"和"钩"。

他惨遭电击无数,麻木和晕倒是家常便饭。奇怪的是,他的两手似乎开始变化,对电越来越没感觉,二百二十伏的家用电到了他手里,有时只有一点毛毛热。工友们都奇怪,这家伙没有铜头铁臂,也未见嚼铁吞钢,凭什么干活不用绝缘手套和电工钳?凭什么可以经常带电作业野蛮操作,根本不需要拉闸?有一次,连他自己也好奇,一手抓零线,一手抓火线,把两线头越捏越紧,眼睁睁看见自己嘴咬的一支测电笔亮了,更亮了,更亮了,但什么事也没有,引来伙伴们一片惊呼。

伙伴们扒了他的衣服,发现他身上也没什么机关。用万用表测过他的全身,发现他带电时的鼻头电压超过一一〇,肚脐电压超过九〇,阳具更不得了,电压超一三〇,简直是根电棒,可以点亮电灯泡了。

一位教授前来仔细观察他的实验,说奥秘可能在他的手上。这双伤疤暗布和老茧相叠的手,相当于戴了胶皮手套,形成了电阻,虽能显现电压,但大大化解了电流强度,对身体形成了保护。

真是这样吗?

关于脑

贺电工受厂部推荐去工人技术大学。不过他没怎么珍惜这脱产的三年,没上过多少课,多是在江湖上走穴混钱,东一榔头西一棒子,什么业务都敢接,哪怕你要订购一颗原子弹。至于那张文凭,用他的话来说,红布壳子算是他的,证书是同志们的——二十多门考试中,至少大多数靠弟兄们帮忙才得以蒙混过关,他差不多据此可以写一本《舞弊大全》。

也许正是这种广泛流窜的经历，这种电工、装配工、钳工、车工、铣工、模具工、电镀工、铸造工、永磁磨工、木工、泥工、缝纫工等什么都混过的野路子，使他的技术见识极为古怪和狂野，脑结构异乎寻常。是不是改变了五-羟色胺，也不大好说。这个脑袋戳在肩上，可能短路点不胜枚举，但也有反常的并联或串联，一塌糊涂的同时却灵感迭出，歪主意斜门道拦也拦不住。比如，他脱口而出就是"四七二十六"或"六八四十二"，见别人大笑才急忙更正，且经常一错再错，说出来又变成了"四七三十八"或"六八四十六"。但不可思议的是，他记不住九九表，但随便取来一个工件，不用看标牌，几乎只是看两眼，摸一摸，甚至嗅一嗅，就能判断出是不是德国货，是不是他眼中"狗纳粹"那种最高的工艺水准。凭借一种翻译软件，加上一种无法言传的猜读法，他连中学的英文都没碰过，却能在网上猜英文，猜德文，跟踪世界最新技术。

有一次，听说我去美国，便委托我去硅谷买芯片，是他在网上查到的一款。我取道硅谷，走街串巷七弯八拐，好容易找到那家设在地下室的 SMR。洋经理看到订单时大为吃惊——他们的小公司在美国也默默无闻，刚刚开发的一款新产品，连美国同行们都不大知道，如何这么快就被一个中国人盯上了？

这位中国知音是何方神圣？

经理一再查看护照，觉得我至少也应该是来自台湾。我解释了好一阵，才让他明白"民国"和"人民共和国"之间的英译差异。

其实哪是什么神圣呢？哪值得大惊小怪？用亦民的话说，拜托啦，物理这东西简单得不能再简单，无非是声、光、电、磁、核这几种解决手段。人不能被尿憋死。人家用声，你为什么不能用光？人家用光，你为什么不能用磁？人家用磁，你为什么不能用核?……他首获专利的 K 型水表,就是发现专家们一直着眼于降低叶轮的摩擦,着眼于叶轮重量,而他不过是斜出一招,打一打磁悬浮的主意,就使叶轮的摩擦锐降为零。他改装过的电表,不过是稍动一点手脚,就戳中了电表原理一个隐藏很深的死穴,变出了一个魔表,从此只按照他的命令走字。于是他的电炉免费,向所有工友开放,要熬药的,要烘衣的,要炖肉的,都可来蹭电,气得供电所的抄表员大叫:偷电就是盗窃国家财产,就是严重的违法犯罪,要戴铁手表的,你晓得不?

"你说偷电就是偷电?"贺亦民不拿正眼看他,"总得拿一点证据吧?我文化不高,法律还是懂一点的。"

"电炉就在那里,还要什么证据?电炉在炖肉,电表不走字。怎么回事?"

"玩戏法嘛。"

工友们哈哈大笑,气得抄表员脸上红一块白一块。好吧,你玩,好好地玩,公安局会找你玩的。

供电所长和警察来了,查来查去没什么下文。市局的总工程师也来了,带来工人和各种设备,在这个厂区宿舍查了个天翻地覆,先是尝试整区停电,然后分楼停电,再分层停电,一道道排除法上阵,仍未查出任何机关和暗线。电线槽板和总配电间被戳得稀烂,到处都有破壁残垣和满地渣粉,像刚刚经历过一场巷战。各种电表也换了十来个,各种检测工具也轮番上,还是给不出一个说法。

总工程师提上两瓶酒和一大盒点心,只能在电工前满脸微笑。"小同志,局领导研究过了,只要你告诉我们偷电的办法,我们既往不咎,从轻处理,把你以前的欠费全免了。你看怎么样?"

"哎,哎,什么叫偷?没有物证,没有数据,一个总工说话也可以跑火车?"

"好,好,不说偷,就说是用,这总可以吧?"

"你们的电价也太高了吧。我一个月工资三十多块,要养老婆,要养仔,不玩点戏法怎么办?你们供电局是管饭,还是管尿片?"

"我深表同情,深表同情呵。这样吧,我再同领导说说,只要你配合,你以后不管用多少电,我们一律免费。好不好?"

"要是你们换领导了,到时候我找谁去?"

"算了吧。"高工再一次谄笑,"你看我,比你大了二十来岁。"

"西门庆比我还大了几百岁呢。"

"亦民同志,这样说吧,这样说吧。国家现在这么困难,百废待兴,电力先行,每一个公民都应该承担一点责任。大家各退一步,都过得去,好不好?我知道你是一个有责任感的好青年,又是厂里的技术革新能手,值得我好好学习。我们的共同目标,就是要为国家用好电,管好电,对不对?"

贺亦民是个顺毛驴子,听不得软话,接下了酒和点心,同意以后每个月缴两块钱电费。直到多年后他家境改善,直到他日夜享受中央空调,才主动改缴电费每月一百。历届供电局领导不但接受这种霸王价,还经常登门送礼,对他千恩万谢。毕竟,他信守承诺守口如瓶,未让偷电技术扩散,没把供电局活活整垮。他们还听说过,境内外有商家曾出价七位数乃至八位数,希望购买他的秘密,然后垄断全球新的电表市场,但都被他拒绝。"放心吧,"他拍拍局长的肩,"就算你是我老丈人,把三个女儿都嫁给我,我也不能告诉你呵。"

局长感动得眼泪都要出来了,"亦民同志,你是整个国家的大英雄,大恩人!"

好几位大学博士都听说过他的事,都好奇他的脑回路和神经元,曾前来上门取经。他结结巴巴说不清,在厕所里躲了好半天,走出厕所时也只憋出一句:"你们呀,就是书读得太好了。"

这话很难让人理解。

想了想,又憋出一句:"要解决问题,有时候就得长一根斜筋,一根横筋,一根反筋。"

博士们还是一脸困惑。他是不是说现代专业分科太细,倒让博士们读成了"窄士",就不容易跨学科打通了?他是不是说,一个人只有神经到连九九表都记不住了,才能成神成圣,才能真正聪明起来?

关于舌

传说以前某些土匪绑得肉票,想辨出倒霉蛋们哭穷的真假,便做一桌饭菜看他们如何吃。一般来说,口味重的是穷人,口味淡的是富人,其中的道理,是穷人出汗多,需补充大量盐分;吃菜也少,菜里的盐分相对集中,浓度必然提升。

贺电工的一条舌头差不多也是下贱标志,与妻子俞艳萍格格不入。妻子对照书本科学配餐,看齐高端食谱,在丈夫眼里那简直是草料拌白水,无异于逼他出轨。他装上一盆饭,总是端到邻家去吃,到这个姐姐那个妹妹那里快活去了。男女笑闹声隔窗飘来,总是气得妻子脸色发青。

贺亦民与一个香港人合股在深圳办公司那年,小俞曾去探亲,也闹了好多不快。据她说,他哪像个副董事长兼发明家?动不动就说粗话,动不动就把裤脚搂到膝盖,把领带扯得像根吊颈绳,下一步不会当众抠脚趾吧?更戳心的是,到了高档餐厅,他土得丢人现眼,不懂蛋乳冻、冷冻慕斯、水果沙司、橙汁三文鱼也就算了,连鲍鱼汁拌饭也不会吃。一举筷子就只知道红烧肉和咸鱼煲,甚至还要腐乳,搞得服务生好为难。喂,你醒醒吧。你是小

257

镇包工头？你是越狱的逃犯？你好歹也算是个贺董呵。

"在五星米其林要腐乳，骨子里都是穷酸气，亏你想得出！"她后来一回到住所就忍不住开叫。

"怎么啦？"

"你不吃腐乳会死？"

"我出钱，顾客是上帝，他们凭什么不给？"

"你最好要他们给你一团盐。"

"他们的菜是太淡，不下饭。"

"你这人，真是没文化。没看见报上说吗？英国科学家研究的，每个人一天顶多只能吃六克盐，这才是科学，对心脏、对大脑、对肝肾，都有好处。你连这个都不懂，亏你还是什么副董。是不是在街上捡来几张名片就到处发？妈呀，我这一张脸算是丢尽了，我这日子没法过了……"

"俞神经，嫌丢脸你就不要来呵。这不丢脸的满街都是，圆的扁的、长的短的，老的少的，型号应有尽有，你快去挎一个呵。"

两人恶吵了，老婆当下泪水狂涌，收拾衣物就走。可惜几件旗袍、抹胸裙、吊带裙，刚刚挂出来万紫千红，还没穿过一回，又一股脑收进了拉杆箱。

一年后，公司破产，贺亦民灰溜溜回老家，一进门就发现家里的香水瓶、护肤品、化妆品多了不少，不是什么好兆头。妻子的姐姐约他见面，在一个餐馆叫了几样菜和一瓶红酒。给他的两个纸袋里都是男式新款衬衣。"我看你们过下去活受罪，不如好说好散。这件事我也不能不负责到底。"作为当年的媒人，大姐拿出几页文件摆上桌面。

"你们不要太势利。我这次确实栽了，但你们要相信……"

"我同你提过这事吗？说到了一个钱字吗？"

"你们也不要轻信谣言，以为我在外面如何。"

"你觉得我会信?"

"我切一根指头给你,发个毒誓,以后再不打她了。"

"你早干嘛去了?"

"嘿,她还真要散呵?脑子没被驴踢坏吧?你去告诉她,现在的中年单身汉都是宝,全国抓一把,至少一亿在我的选择范围。她呢?"

"那就祝你好运!她的事,谢谢,你不用太关心。"

将近一个小时的交涉下来,贺亦民费尽口舌,未能软化对方,一生气,便拿起笔在协议上刷刷刷戳几下,差点把纸页戳破,然后拿起账单头也不回去了收银台。

"有财产分割事宜呢,你怎么不多看一下?"

"我被老婆休了,脸皮就是屁股皮,还要什么财产?你们要踹就踹彻底,把东西统统拿走,扫地出门,斩草除根!"

关于耳

贺亦民离婚,耳朵也是原因之一。他自小学毕业,就再未唱过歌,对唱歌也毫无兴趣。不料儿子偏偏随他,功课都还不错,可惜是一个音盲,一开唱就是踩在西瓜皮上,溜到哪里算哪里,专往不该去的地方去,每一句澎湃激情都给人吊颈或割喉的危机感。

父亲连声说唱得好,唱得好。

老婆气不过,"这还叫好?你猪耳朵呵?人家的孩子不是钢琴五级、就是小提琴八级,有了你这样的爹,我家的能把普通话说对,就是祖宗烧高香了。"

老婆买来钢琴,请来音乐家教,希望对儿子的后天有所弥补。但丈夫没觉得那位上门的副教授怎么样,"马"来"马"去的,

"鱼"来"鱼"去的,说是唱音阶,怎么听也就是一河马的水平。什么"美声",什么"磁性"和"穿透",无非就是嘴里含了个热萝卜,把每一句嚎得圆滚滚胖乎乎,糊糊涂涂的听不明白。他更不明白老婆为何对那位小卷发眉开眼笑,身上每个细胞都浪得很,又是切瓜,又是煲汤,又是开易拉罐,还一次次出门远送。好家伙,一只快乐的母老鼠吃错了什么药?

他在电话机里稍动手脚,让电源线变成载波的导线,那么家里打出的任何电话,他在方圆百步之内凡有电源插座的地方,接一个话机,便可随意监听。果然,像他猜测的那样,他监听到的通话,早已超出"磁性"和"穿透",早已甜蜜无比。什么"明月松间照",什么"春来江水绿如蓝",哪来这样一些顺口溜?什么地中海,什么北海道,那家伙到底是教音乐还是搞旅游的?怎么一说就十万八千里?

"喂喂,这些话我都能背了,烦不烦人呵?你们就不能说点新鲜话?"他这一天恶向胆边生,忍不住插了进去。

"怎么回事?串线了?"男声不无惊慌。

"要上床就上床。上床只有阴道,扯什么北海道?"

"你是谁?你你你?"

"上床只有活塞运动,扯什么绿色运动!"

老婆的尖声冒出来:"贺亦民,你这个臭流氓——"

关于生殖器

贺亦民喜欢谈性,还创造了"泄点"与"醉点"的概念。照他的说法,这两种性高潮大不相同,前者只相当于饮食中的吃饱,是个动物都能懂的;但后者相当于饮食中的吃好,却需要美食家的功夫,而且可遇难求。

揣测他的意思：那种如醉如痴、欲仙欲死、心身俱空、天塌地陷的高潮奇迹，常需要特定条件，特定的某种心理条件和文化密码，是好不容易才能中的一个大彩。比方说吧，他后来又娶了一个老婆，给他印象深刻的例外激情只有两次：其中一次，是老婆执意把他前妻的警服照放在床头，执意不叫他"老公"而叫"妹夫"。说也奇怪，在另一个女人的虚拟到场之后，在丈夫被虚拟成他人之夫以后，她格外亢奋，不再是照抄作业，有一种对陌生身份的大喊大叫和放荡不休。

另一次，是在老婆的办公室，听她接上司电话，回答某个联合国贷款项目的问题。说也奇怪，他搂住一个正在办公的女人，一个正在与上司交谈的女人，一个正在言说钢材、航运、监理、图纸这些乏味公事的女人，却有突如其来的奇妙感，似乎无意间闯入一片神秘荒原，迸发出探险的激情。这时候的她似乎焕然一新，成了一个庄严、高贵、神圣、禁忌、陌生的世界。但越是这样，他就越情不自禁地热血沸腾和猛烈攻击，直到对方脸上痛苦地扭曲了一下，一边斜靠写字台抢救电话筒，一边用手胡乱推挡，推他的脸，捂他的嘴。这种越捂越想叫直到最后叫开来的一片混乱，大概也就是"醉点"了。

他还说过，他后来发现自己就是特别喜欢在车间、会议室、办公室等工作环境中撒野，在敲电脑、描图纸、签文件、打电话、开汽车等工作状态下胡闹。这算不算一种变态，他吃不准，曾心思重重地来找我商榷。

马楠一直不待见他，看在我的面上，总算没下逐客令，在厨房里叮叮当当备菜做饭。不知什么时候，她停刀之际听到了客厅里的一两句，忍不住勃然大怒，拎着菜刀冲过来，指着贺亦民的鼻子开吼："臭流氓，你好坏呵，好坏好坏呵，你太坏了，坏得没边了，你怎么这样坏？"

"嫂子，莫误会……"贺亦民吓了一跳，"我没说什么呵，人性嘛，就这么回事，没什么不能说的。"

"难怪说你们有钱就变坏，难怪说政府要严厉打击犯罪，难怪老话说的矮子矮一肚子拐。我就知道，你今天来没什么好事。"

"嫂子，其实这也是为了你们好。"

"闭上你的臭嘴，出去，滚出去！"

"布老兄，你看这……"

马楠一倔起来总是会倔到底。她操刀就要砍，把我也吓坏了，好容易上前架了一把，没让她砍着，给贺亦民留下一个紧急脱身的时间差。但主妇还是急了眼，狠了心，一跺脚，绕开我继续追杀，一直追到楼道，追到楼外，追得臭流氓蛇行鼠窜不见人影。她拎着刀气喘吁吁在那里驻守，直到确认对方真的不再回来了，不可能再回来了，才头发蓬乱地回家。邻居们都注意到她的乱发和刀，吓得纷纷闪避不及。

这一天她对贺亦民坐过的沙发还大感恶心，说上面肯定有毒，有病。一般洗刷肯定是不够的，消毒水肯定也是不够的，她一边数落我的姑息养奸，数落我思想危险，一边用酒精强力消毒。不料酒精太厉害，把皮面渍得起了皱，开了裂，再也无法复原。一张刚买不久的双人沙发，最后只好当废品扔去垃圾站了。

她还用空气清新剂和杀虫雾剂把客厅反复消杀了几回，才姑且相信瘟疫已被清除。

关于心（或 X）

直到很晚近的年代，借助解剖学，人们才知道"心"不等于心脏。"良心""善心""好心""热心肠""恻隐之心"……这些词语不过是一种指代，落在一个"心"字上并不完全合适。前人想必是从怦怦怦的心跳发现了描述良知的最初依据,却不知良知远比那个泵血器官复杂得多。

测谎仪对前人的说法提供了部分支持。这种机器测出心律、血压、汗腺、胃液、泪囊等在良知苏醒时的异常,相当于触摸到人体内的隐形上帝。人体同,则人心同。人体略同,则人心略同。就基本面而言,正如肠胃定制了食欲,生殖器定制了性欲,心律、血压、汗腺、胃液、泪囊等方面的异动,即每个人的贴身上帝,一种或可称为X的遗传物,常在不经意间闪现和爆发,则成为人们意识最深处的呼唤,成为道德的一种生理性发动。这种发动甚至常在理智控制之外,不为当事人所觉。

在这个意义上,身体不仅仅藏有欲望——人们常说的上帝并不在圣山之上或西天之远,倒是在所谓"自私的基因"之内。

作为初级的监测手段,测谎仪当然也有不太灵的时候。亦民当街头大哥那阵,在警察和民兵面前说惯了假话,开口就编故事,不编故事还几乎开不了口。如果当时动用测谎仪,说不定他心律正常时说的话最假,倒是脸红、眼眨、汗流、结结巴巴之时,说出来的倒有几分真。

测谎仪一类也常常困于人们闹心、恶心、惊心等情况的大不相同。贺亦民闹心的,他老婆不一定闹心。贺亦民和老婆都闹心的,其他人可能不闹心。民族、宗教、性别、职业、个性等方面形成的诸多变量,需要监测者小心甄别和修正。

这一天就是这样的。儿子过十岁生日,一家三口吃完生日蛋糕。为父者咳了一声,再次说出混账话:"小子,再过八个生日,就是你十八岁。你给我记住,从那以后,除非你有本事继续升学,老子一分钱都不会给你了。你是你,我是我,各找各的饭。"

儿子吓得脸色发白。

"如果我以后看见你在街上讨饭,我不但不会给你钱,不但扭

263

头就走,说不定还要踹你一脚。同样,如果你以后看见我讨饭,你也不要给我钱,也要扭头就走,最好还要狠狠踹我一脚。记住没有?"

继母几乎跳起来大叫:"姓贺的,世界上哪有你这样的爹?"

贺亦民眨了眨眼,"我怎么啦?"

"什么讨饭不讨饭?"

"一个人不会劳动,不就得去讨饭?一个讨饭的儿子,算什么儿子?一个讨饭的爹,还有资格当爹?"

贺亦民觉得自己说得合情合理丝丝入扣。相反,老师们说的那些"自我"呵,"成功"呵,"追梦"呵,"自由发展"呵,"把快乐进行到底"呵,在他听来没几句上道,差不多就是自己当年对付警察的忽悠,是存心给人下套。不是吗?他哥家里的那个丹丹,当年那个被爱得不耐烦的大宠物,把这个世界当宝宝乐园,成天叼一个关爱的奶瓶,总是等着兔妈妈鹿阿姨鹅大姐喂笑脸,不就是差一点被废了?好多家长的脑子被酱油浸透了,还真以为儿女们的幸福是爱出来的,不是拼出来的?

郭又军来找过他,大概下了很大决心,在小饭店里坐下后,又脸红又搓手的,说得结结巴巴。他告诉弟弟,他那个国营大厂彻底完蛋了。想不通呵想不通——汽车、发电机、锅炉、机床什么的都拿去抵了债,一些客户也拿苹果或大葱来抵厂里的债。工人领不到钱,只能一人领两筐大葱,把大葱吃得要呕,公共厕所里都是满鼻子大葱味。厂里把最泼、最浪、最烂的女工都派出去催账,在欠款方那里跳脚骂街、卧地打滚、叩头苦求,挂绳子威胁上吊,甚至帮人家端茶、扫地、洗短裤,权当自己是丫环使女……但一切都成效甚微,讨不回几个钱。工人们跑到厂长家里逼要工资。那厂长呢,上任还不到一年的倒霉蛋,在手表、自行车以及西装革履被工人们哄抢一空之后,觉得无脸面对家人,一时想不开便去卧轨自杀,怎一个"惨"字了得。

"亦民,我们不能给国家添压力,决不能让政府为难。你混得好,脚路宽,给哥找个差吧。"又军鼻子一酸,摇了摇头,"你放心,我什么苦都能吃,有的是力气。我做菜的刀功是一绝,我做衣的裁片也是一绝。你不知道吧?我当了五年的先进工作者,不会是个懒人吧?就算你让我扛包——当年我们车间为了给厂里省下装卸费,大家都是义务装卸,煤、沙子、水泥、圆钢、生铁,什么没扛过?三伏天里,闷罐子车皮成了个大烤炉,人人都烤出了一身痱子,累得躺在地上爬不起来,有谁要过奖金吗?"

贺亦民给对方点了饮料,"我也栽了,还不知道以后谁来雇我。"

"要不,你借我一点钱?"

"我没钱。"

"我只借三个月,顶多半年。你嫂子至少还是放不下丹丹的。我保证,她一寄钱来,我就……"

"哥,不是那意思。我是说,就算我有钱,也要有个借的理由。你在外面打肿脸充胖子,手脚大得很,回头找我来割肉,这事是不是有点扯?"

"下不为例,下不为例,好不好?看在兄弟的情分上——就算你不认我们的爹,但看在娘的面子上,你帮我过了这个坎。"

"慢点,慢点。我还得非硌你一下不可。"弟弟一抬手,"郭又军同志,郭又军先生,郭又军老兄阁下,话别扯远了。我的意思是,你一不缺手,二不缺腿,凭什么我要借给你?我是很想借给你,但得找个理由吧?是法律还是政策,规定我必须给你送温暖?"

郭又军怔住了,认真地看了他片刻,抽了自己一耳光,有一种腹痛难忍的表情。"好,算我没说,算我没说。你也确实不容易……"

弟弟还是一脸平静，起身离去结账。只是结账时女掌柜拒收他一张破钞票，惹毛了他，与对方吵一架。幸亏郭又军赶上去劝和，说了一大堆好话，才有机会把弟推出了店门。

兄弟这一别又是很久没来往，连电话也没有。他们多年来大多如此，话不投机，互相绷着，过得两不相干。这一天，贺亦民骑一辆破摩托经过香樟路，打算去淘一淘电器元件，再会一位老客户。天气晴朗，风和日丽，街市如常，上班的上班，上学的上学，购物的购物，一眼看去毫无异常。孩子放风筝和少女赴约会就应该选这样的日子，谈论生命的意义也该选这样的日子吧。他贺疤子也没有任何理由在这样的一天与自己过不去。他事后一直不明白，自己过路口时为何朝右方多瞥了一眼，摘下墨镜再多看了一眼，于是看见了一些城管队员执法，看见了几个大盖帽那里，有一张熟悉的脸。

竟然是郭又军，是他护住自己的一个水果摊，向大盖帽们求告什么。一个大盖帽夺走了台秤，拎走了化纤袋。另一个大盖帽正在拉扯三轮脚踏车，大概恼火于拉不动，把几块隔板踢得稀里哗啦。郭又军给对方赔笑和敬烟，不料对方一扬手，把整个烟盒打飞了。郭又军虽然身坯够大，但被对方连推带扯，脑袋摇得像根弹簧，一顶棉帽滚落在地上。"你们不能这样，不能这样……"他的声音又瘪又尖，"不卖了还不行吗？我这就收摊还不行吗？"

随着他的脸越来越红，越来越黑，求告逐渐转为粗声威胁。"要打架？要动手？好，你们抢，看你们怎么抢。我认识你们王书记的老师。我要给报社的何主任打电话。你也不去打听打听，我姓郭的是什么人？"

对方似乎不怕他的关系网，还是揪得他偏偏欲倒，忙乱中一抬脚踢翻了货筐，踢得苹果满地滚。

贺亦民看到这一切，禁不住全身血涌，一弹腿跳下摩托，跨过一个栏杆,拨开一位路人,在路边捡起一块砖冲上去,朝那个矮胖的背影干脆利落地劈下。

他后来也不无吃惊,尽管他个头不高,砖头居然还是那样高高地劈下,刹不住了,收不回了。砖渣飞溅,发出沉闷的一声。

然后是一片寂静。所有的目光都投向那个大盖帽,只见他没怎么动,保持两手前伸的僵硬姿态,一条腰身缓缓地旋转,还未转到可以后视的角度,便两眼翻白,嘴角歪斜,哗啦啦翻倒下去。

杀人啦——

出人命啦——

没有任何人上来。相反,人影四泄,很快给贺亦民留出一片开阔地,如同让一个主持人独占巨大舞台,听任他丢了砖块,拍拍手,拂拂衣,戴上墨镜,从容走回自己的摩托,慢腾腾发动了机器。他骑车离去时也无任何阻拦或追赶,引擎声轰然震天,电喇叭长鸣不止,大有一种独行天地的大自在。

只是回到住所后,他打开电视机,才发现屏幕下方飘出了通缉令:

犯罪嫌疑人男性,身高一米六左右,四十五岁左右,分头,扁平脸,戴墨镜,穿麻灰色夹克,骑一辆无牌照的嘉陵牌黑色摩托,在今天的香椿路口暴力袭击执法人员,然后朝沿江大道方向逃窜……

电话响了。他看了一下来电显示,发现是他哥打来的。但他实在不愿接这个电话,把被子一拉,睡了。

他有些意乱心烦,甚至后悔莫及,像是同自己赌气。他气的是自己明明知道不该那样,但偏偏就那样了,见了鬼呵。

三十七

我来到这个北方城市，发现这里虽有很多路牌，但出租车司机大多说不出路名，只习惯说部门的名称，比如"设备部"或"井测公司"，"采油五局"或"建工八处"。如果我说出朝阳路什么的，他们总是要翻译一下："你是说建工八处吧？"或者说："你是说采油五局吧？"

这样，我觉得自己不是身处一个城市，而是一个有广场、有路桥、有酒店、有公园、有警察、有车站和机场的公司帝国，在一个已经扩散为广阔城区的办公场所，靠出租车和公交车奔跑于各个部门之间。

住上几天后，我在这里也有了职员之感，出入宾馆不过是上下班，走进酒楼和舞厅也像是公事公办，处理什么跨部门业务。酒宴不过是升级版的食堂饭，迪斯科不过是升级版的工间操，星级宾馆不过是升级版的车间工休室……采油的叩头机冷不防出现在身旁，在窗帘那边上下捣腾。

我是来找老孟的。他是地球物理科班出身，在这个油田当副总，同我在一些行业会议上有过几面之缘。贺疤子知道我有这一层关系，硬要我来一趟，还说我认识的苏副省长也是这个口的，调任北京不久，说不定也能帮上忙。看他把飞机票都订了，我有点说不过去，就应承了这一次北行。

其实，我来了才发现，他根本不需要我拉关系，已是这里的知名人物。这真让我惊讶不已。一些宾馆服务生都熟悉他，连卖烟的有时也拒收他的烟钱，出租车司机有时也拒收他的车费，他们都从当地报纸上见识过他的照片，知道老总在机场铺红地毯迎接他的新闻。"打工爷""电器王""发明帝"……这些名号他们已听得耳熟。

我与他在饭店吃饭，常遇一些陌生人前来敬酒。有一天，靠大门那边围了三桌的汉子们，大概是哪个钻井队的，在那里拍桌子，敲盆子，跺脚，酒兴大发地唱歌，把一首首老歌吼得声浪迭起，引来门外一些闲人探头观望。有两位大汉脱下外衣，对打响指，即兴起舞，有搓背的动作，有揉面的动作，有蹲马桶或抹脖子的动作。他们把碗筷当碰铃，把餐巾当手绢，把头盔当手鼓，使出了牛鬼蛇神的各种把戏，于是歌声进入了排山倒海气势汹汹的高潮。

> 咱们工人有力量——嘿，
> 每天每日工作忙——嘿，
> 盖成了高楼大厦，
> 修起了铁路煤矿，
> 改造得世界变呀么变了样！
> ……

这首老歌在我听来几如出土文物，奇怪的是，在这里却熟腔熟调信手拈来。一位敬酒人宣布，这一首是献给发明哥的。弟兄们，这位姐夫贺亦民，也是一个老粗，一身黑汗，一身驴皮，给大家伙长脸啦。

姐夫随意，我先干了！
姐夫喝好！
姐夫保重！

……

他们不叫"大哥"叫"姐夫",不知有何用心。大概是让自己与对方的关系隔一层,有一种低调和谦虚。扯一个女人进来,似乎自己的体贴也更加到位。他们纷纷上前,把矮姐夫灌得满脸通红,傻呵呵地笑,一句话也憋不出。

"疤子,你姐夫都当不过来,还拉上我做什么?"我有点疑惑。

"你不明白,这些疯子只会灌酒,没权批字的。"

"长官对你也不错呵,三天一小宴,五天一大宴,把你整得像个慈禧太后,差不多每次都是满汉全席。"

"屁,那都是鸿门宴。"

这话的意思,我后来才慢慢有所理解。这么说吧,他是油田逮住的技术外援。自K型水表技术运用于油表,解决了一大难题。他后来受邀参与另外一些技术攻关,也是名声大震,以至他闭上眼也能画电路图的绝活,不用仪表就一口准的数据直觉,一时传为美谈。当然,也有人瞧不上他的学历,听不惯他古怪的普通话。测试二院的总工毛雅丽,刚从英国回来不久的女博士,对他就一直不冷不热,看他如同打量快递小哥。有一天,项目碰头会上,毛总说到深井数据的上传速度,那个最牛的HD公司已达到一百K每秒,我们仅有三十K,实在让人头痛。

贺亦民见讨论久久无结果,吃饭时间又快到了,便插上一嘴:"求人不如求己,自己搞一下算了吧。"

女博士不理他,"陆工,你看能不能组织队伍,再攻一下?"

那位陆工面露难色。

"依我看,搞到一兆应该没问题。"亦民又插嘴。

女博士还是没在乎这个疯子。一兆是什么意思?一兆相当于HD公司速度的十倍,相当于把世界第一检测巨头的专利权就地枪毙三次。

"我是说真的,搞就搞一兆。放一只羊也是放,放一群羊也是放。难得摆一个阵,挖就挖它一瓢狠的。我没开玩笑呵。"他扫视全场的每一位。

会场上出现一片低声窃笑,有点谈不下去了。女博士只好宣布散会,回头在走道里拉住几个高工,商议能否在法国、俄国、日本方面找到合作伙伴。亦民走过这些背影,只能怏怏的独自去饭堂。

他离开油田时,既没有饯行宴也没有官员送机,只有一个陌生司机开来东风大货,看上去是去机场拉货的,顺便把这个神经病打发走。他没说什么,但三个月后打电话告诉毛总,说数据传输的新样机已经搞定,分包和自理的几个部分已由他组合总装。

"十五还是五十?你说清楚一点。"对方肯定认为他说乱了。

"我再没文化,十五和五十还是能分清吧?告诉你,不是十五,不是五十,不是五百,是五千!五千!五千!"

"你是说五兆每秒?你是说五千个——K?"

"你耳朵还在那里吧?"

对方挂机了,大概觉得这家伙疯得更不像话。

疯子没好气地又把电话拨过去,"喂,你挂什么机?"

"你还要说什么?"

"你先说 Sorry。一位女同志,喝过洋墨水的,动不动就挂机,怎么这样没礼貌?你是卖大蒜还是卖猪脚的?"

"好吧,Sorry,贺先生。"

"这还差不多。"亦民算是消了气,"这样吧,你明天带人飞过来看样机。"

"贺师傅,我们都很忙,真的很忙。再说,科学技术研究是十分严谨和严肃的事,容不得半点马虎和轻率,一切都要靠事实说话,靠数据说话。我知道你很聪明,有很多发明创造,是一个自学成才的好技工。但你也许不明白,深井不是在地面,因此地上那些技术统统没用。光缆用不上,大口径铜缆也用不上。这个难题是全世界的……"

"毛阿姨,拜托了,你把舌头捋直了说好不好?你不就是不相信吗?你不就是需要检验报告吗?"

"当然,检验是最低门槛。"

"那你说,要哪一级的检验?技监局?中石院?国家科委?"

"不是不相信你,贺先生。但我们以前确实上过一些当。有些检验,后面经常有权钱交易……"

"你们亲自检验一下不行吗?你们直接拿到井下去试不行吗?毛阿姨,毛大妈,毛大奶奶,要是验不过关,我当你的面一口吃了它!"

女博士这才顿了一下,有了点笑声,说好吧,你先把资料发过来。

贺亦民不耐烦等,不知对方何时才能看完资料,当晚就赶往飞机场,第二天一早就出现在总工办公室前。装入两个木箱的样机也随身抵达。女博士吓了一跳,但态度已大变,因为她从邮件中已大体得知对方的思路。简单地说,旧思路相当于在一条道上尽力提高车速和车载量,贺疯子的办法则是围棋盘上走象棋,在一根电缆上,同时开放几十条道,让信息在起点拆整为零,分道畅流,但统统穿上不同波频标号的马甲,到终点后再凭马甲接受识别和整编,依序归位,合零为整。这种"两分(分散、分段)一集放(集中放大)"的方案,从根本上绕过了车道拥挤的难关。

果然,井场实测的结果是接近六兆,国外最牛 HD 公司指标的六十倍,油田现有指标的两百倍!毛总工吓得脸都白了。工人们争看屏幕上的图像,其新鲜感相当于医生们丢掉了听诊器,直接换上了胃镜、肠镜、胸腔镜以及胶囊摄影,第一次看到了来自上帝肚子深处的高清肥皂剧。他们当场就欢呼雀跃，把贺姐夫抛向天空，抢了他的皮帽，扯走他的围巾，抠一把油泥往他脸上抹。

姐夫！

姐夫！

姐夫！

……他们整齐地喊叫，抬着大家的魔法师和财神爷，围绕井架游了好几圈，以致贺姐夫事后好几天还腰酸背痛，说这群疯子手脚太重，差一点把他整进了骨科医院。

毛总在最豪华的御园单独宴请他。她抹了口红，挂了耳环，披一条蓝花雪纺大披巾，眉飞色舞地敬过一杯酒，建议对方看紧电脑，是一种很贴心的建议。要不要找个律师来详说一下知识产权？要不要派个外语强的姑娘来当情报助理？……说这些话也是一种自家人的口气。

"不用，不用。"亦民连连摇头，"我是猴子摘苞谷，做一件，清一件。资料你们全拿走。我又不要职称，从来不写论文。"

对方瞪大两眼，以手掩嘴，差一点惊呼。"你怎么可以不写论文？"

"我是那条虫吗？拜托，大事我做不了，不要找我。我能吃的菜，就是解决一些小问题。第一，想办法。第二，画图样。第三，做出来。完了。"

"天啦，我们……不知该如何感谢你。"

他们说到油田决定的两百万奖金，说到新技术下一步的延伸运用和跨行移植……疤子谈得兴起，见对方问他还有何要求，也就不客气了，"真要我提？你还真能做主？那好……加奖金就不用了，陪我睡一晚吧你。"

对方手里的刀叉叮当落下，人跳出几步远，"你说什么？"

他哈哈大笑，拿出一种财主强逼民女的淫威，让对方翻看自

273

己手机中的几条短信，都是另几家客户开出的洽购天价。在这一刻，二流子客大欺店，原形毕露仗势欺人，大概觉得女人的语无伦次和走投无路最为赏心悦目，觉得技术女皇花容失色转眼间成了一只急得团团转的小兔子，实在大快人心。

女博士有点呆，不得不结结巴巴："你刚才说，你不会对我做坏事，是不是？你是说，只要说说话，聊聊天，是不是？"

她是指对方刚才对睡觉的洁版解释。

"当然。"

对方再一次脸红，"那好，你得答应我，我不脱衣，不脱鞋。你还得答应我，我要随身带点东西……"

疤子压低声音："你扛机关枪来也无妨。"

"你太不正经了，太不像话了。我是你大姐好不好？你再想想，这谈话，在哪里谈都一样。你实在太过分了吧？……"尽管女博士已得到再次承诺，但还是大出粗气，不时拍打胸口看看天，完全是准备英勇就义的姿态。她出去转了一圈，大概是买好了剪刀一类利器，大概是为自己的学术前途和全公司的利益犹豫再三。

贺疤子一路暗笑，待对方挺身而出，赴汤蹈火，终于随他进了房间，便故意刷牙，洗澡，拉窗帘，插门栓，一再加以精神戏弄。其实他一直在琢磨英语的"回家"怎么说，"走"怎么说，准备到时候来一句高雅台词：亲爱的，你可以回家啦。

不过，他还未琢磨好这一句，就发现女博士已斜倒在沙发上，紧咬牙关，一脸惨白，晕过去了。

"毛总！毛总！毛雅丽！你别装死呵。"他拍打对方的脸，手忙脚乱掏出手机，赶快拨打一二〇。

三十八

郭又军可能万万没想到,他向往和崇拜的一众明星里,还得加上他弟的名字——这个他怎么看都觉得不上道的人渣。

不过,研发这一池水太深。发明并不等于运用,运用也并不等于成功。亦民后来苦恼的是,正因为他献上了一块唐僧肉,很多人便主张要慢慢吃,要切碎了吃,就像跳高运动员,超一毫米是破纪录,超五毫米也是破纪录,那么一步分成五步走,能拿五块金牌的,为什么只拿一块?在国家那里多捞几轮科研经费和技改资金,在市场那里多掏几轮客户腰包,有什么不好?

这还远远不是麻烦的全部。还有人主张把唐僧肉当肉馅,成为某个母项目下的子项目,以馅带皮,以荤带素,集中打一个大包,于是受奖、提薪、上职称、拿经费的受益面就更宽了。数以百计的专家都是哥们兄弟,无不呕心沥血,无不任劳任怨和摸爬滚打,只是很多人运气不佳,没挖到唐僧肉而已。通过这种组合,让他们也搭搭车,算是你二院和贺工扶贫济困了,算是顾全大局了,不能说很过分吧?

更难摆上台面的微妙意思,据老孟猜测,是项目组合打成大包后,贺亦民等都只能屈居为将,挂帅就得请大领导。即便大领导不想摘桃子,下面的人也得为首长考虑一下不是?首长也是人,也辛苦,也参与和服务了,就不想得一份奖金?就不愿在专业领域里有点动静,比如当个工程院士什么的?

这些问题,当然都得好好研究。

贺亦民是个体户,很难理解这里的水深,曾半信半疑斜盯着我,呼噜呼噜大口吃泡面。不会吧?主要是缺钱吧?他气呼呼地一口认定,项目之所以迟迟不验收,不结项,不运用,不公布,活活闷在柜子里,原因不会是别的,"无非是姓华的那只老鳖"——不知道他是骂谁。"他肯定是打进来的内鬼!"他的想象力接下来更为丰富:"他前妻是个卖水货的,肯定不是什么好鸟。他二舅在国外混了二十年,从来说不清自己是干什么的。那个妹夫还是个最无血的酒鬼……"这一扯,扯到了派出所甚至居委会的管理范围,越来越离题万里不着边际。

他已等候了很久,每次来这里都是饭局和饭局,睡觉和睡觉,唯有肠胃在准时发动和忙碌,却没等到什么准信。他毕竟只是一个编外"顾问",鸡窝里的一只鸭,对其他事插不上手。有些专家太在意知识产权,动不动就保密,一见他来了就合夹子、锁柜子、关房门,防贼一样的紧急行动,也让他生气。其中一个小白脸明明是来讨教,但说到具体情况,似笑非笑,欲言又止,竟然打死也不说。

"贺顾问,对不起,项目组有规定。我既不能给你看资料,也不能同你说数据。这个道理你肯定明白,对吧?请你千万要谅解。"

"你脑子进水了吧?"

"你……你什么意思?"

"是你要治病,不是我要治病,是吧?你舌头不让我看,脉也不让我摸,要我抓一把空气,揉一揉,搓一搓,就治好你的妇科病?"

"贺顾问,你好幽默,好幽默,嘿嘿。"

"今天不是你该去医院,那就是我该去医院了。"他气歪了脸,跳下床,把对方送来的人参和茶叶扔出门去,还砸去一只皮鞋,砸得对方落荒而逃。

他脾气越来越坏,只能把自己成天泡在酒里。他的酒友中有一位处长,最擅长为领导挡酒代饮的,最喜欢用手机写诗赞颂油田大好形势的,暗地里却形迹可疑,早就闪闪烁烁谈及几家外国公司,劝他跳槽的意思明显,自己居中牵线的意思也很明显。酒友中还有不少私商。一位广东佬曾扛来一箱钱,说这还只是"点头费",整个技术转让款将另议。另一位上海佬当面搅局,"五十万也拿得出手?把我们贺工看成什么人了?"这些奉承都让他受用,但也很受煎熬,不知该说什么。

与我再次通电话时,他说自己已苦等了两年,还是不愿失诺于油田。他,贺亦民,别说党员和团员,连红领巾也没摸过,其实就是想为国家出一把力——国企不就是他心目中最具体、最实际、最有手感的国家吗?在他心目中,除了这个"国",除了这种轰轰烈烈一望无际的大家伙大天地,还有什么鸟毛值得一提?他大概就是铁了心想证明,自己不是二流子,至少不仅仅是二流子。他放弃了好多业务,一头撞入这个梦,差不多是向自己的命运叫板,守住一个羞于出口的秘密,一份二流子的隐私。他真是想爱国,真是想为人民服务,真是想为全人类做贡献呵。但这些官话哪轮得上他来说?他混在灯红酒绿里,岂不是一说便假?一说就硌舌头和磕牙齿?

赵老板陪他喝得最多。此人好像是做电源的,又像是做工程机械或航空器材的,身份一直不大清楚。亦民再婚的那年,对方扔来一个十万,说是小意思,道个喜。疤子以为这是人情铺垫,下一步就该是生意了。奇怪的是,十多年过去,赵老板似乎真像他说的那样只是仰慕好汉,交个江湖朋友,从来没说过正事。听说兄弟在油田过得无聊,赵老板立即驱车两昼夜赶过来陪酒。两人喝多了就吵,为了一个屁大的事,无非是国产相控阵雷达缺陷何在的事，两人都像互掘祖坟，拍桌子，扯嗓门起高调，脸红脖子粗。贺工没吵过对方，一股邪火没处发，顺手抄起一辆自行车把临街橱窗砸得碎片四溅。没打击够，又抡起一立架广告，疯了似的扑向另一个橱窗。

赵老板的酒量显然大一些，此时还明白橱窗是怎么回事，赶紧从皮包里掏出钞票，朝前来的保安们一个劲地摇晃。"他是个神经病，身上绑了炸药包，你们千万不要惹，不要管，随他去！……"

第二天，两人说不能再喝了，便去夜总会。赵老板邀一位洋妞跳舞，一曲下来有点无酒自醉，手位有点偏下，接近对方的屁股。

"Bitch——"疤子还没看清是谁，便被一个大汉撞了个趔趄。大汉冲过半个舞场，一直冲到赵老板面前揪住了胸口。

舞场立即乱了，保安们慌慌地赶来，把争斗双方东拉西扯，尽可能隔离开。"他说你摸了屁股……"一位旅游团的导游给赵老板翻译，让他知道事情的原委。

"我摸了吗？我什么时候摸了？"赵老板整整衣领，脸上红一块白一块，"再说摸了又怎么样？这些羔子，岂有此理，刚才不也摸了中国屁股吗？"

周围一些人忍不住笑。墙角那边的暗影里还传来口哨，传来一阵起哄：摸得好，摸得好，再摸一个呵！

   姐夫你大胆地向前摸呀，
   向前摸，向前摸，
   ……

起哄者们又唱起来。

笑声缓解了气氛。经导游一番劝解，那位胸毛茂盛的猛男放过了赵老板，搂着女伴走向座位。但不知是谁嘟囔了一声"中国猪"，虽是洋文，虽是低声，贺亦民却听懂了。他顿时脖子一扭，眼睛探照灯一般紧急搜索，最后用一个酒瓶锁定对象。

"喂，你——"

那光头看看他，又看看别人，不知他在说谁。

"就是你！秃瓢！孙子！刚才就是你放屁！"

对方听不懂，但能感受到酒瓶的明显敌意，立即弓下腰身双手握拳，一前一后的跳跃试步，看来是要动手了。与他同来的几个洋哥们也立即上前，各自选择位置，或紧握一个酒瓶，或操起一把椅子，摆出了交战阵势。保安们一看形势不好，再次一窝蜂扑上来，在对峙双方之间组成一道人墙。

还算好，其中两位把亦民又拉又推，连哄带劝，最后架出了舞厅。"大爷，你出气不要紧，会砸掉我们的饭碗呵。"另一位也接着哄："别同他们一般见识。他们就是个司机团，没什么文化的。你就当他们真放了个屁。"

"老子同样没文化！"疤子对地下一指，"我就在这里等他们！"

不过，保安们够聪明，转眼就把司机旅游团从另一个门带走了，害得亦民在寒风中白等了半天，手指头都冻僵了。

自那以后，他给自己取了个网名，叫"中国猪"。既然百无聊赖，那就把时间消磨在网上算了。凡是为汪精卫翻案的，为八国联军摆功的，反对中国"两弹一星"的，把黑钱和二奶偷偷转移到国外的，无不被"中国猪"痛骂。可惜他错别字多，标点符号老错，好容易憋出一篇咆哮帖，一篇铁血文，跟帖者却寥寥。到后来，好容易有些跟帖了，但大多是挑剔他的文字。别人说对的他都觉得错，别人说错的他倒觉得对，时政话题往往成了死缠烂打的语法血拼。

"小布鳖，你得顶我一下。我这一篇的标点符号肯定都对了。"

279

他不惜深夜打来长途电话,把我从被子里揪出来。

"你是不是太闲了?打这些口水仗,有什么意思?"

"不瞒你说,我在这里坐牢。不灌水,不骂人,就只能看黄色网站。"

我在电话里说到了 Linux,说到它首创者林纳斯——那个开放源代码的芬兰人,叫板微软、英特尔以及一切市场规则的 IT 好汉。我的意思是,如果他贺疤子真不在乎钱,那么鱼死网破也是一招,可强迫油田来验收结项。不料他断然反对,说一旦技术公布,他的专利泡汤了,那倒没什么,但西方公司鼻子灵,手脚快,实力强,油水一定先肥了他们的田。到那时候他还能在坛子里混?"中国猪"不会成为网上喷子们剥皮抽筋的一堆烂肉?

但这一天终于到来了。我事后才知道,那天冰天雪地,他受邀去技术学院讲座,一开始就觉得有点不对劲,左眼皮跳了好几下,走到报告厅门口无缘无故摔了一跤,摔了个结结实实的嘴啃泥。他并不在意这一点,忍着嘴痛和腮痛,给娃娃们讲爱国主义。他说了一个从安嫂子那里听来的一件事。那是在南非,在实行种族隔离制度时期,公交车上都有白人专区,设在车厢前半截,即便那里有空座,有色人种也不得占用。有一天,一位华人上车后照例朝后边钻,朝一堆黑人里挤。但一位白人满脸笑容走过来,拍拍他的肩,说先生你好,你可以到前面就坐了。华人不明白对方的意思。对方却觉得奇怪,你难道没看今天的报纸吗?华人从对方手里接过报纸,这才发现头条新闻的标题是:"中国第一颗原子弹爆炸成功"!

呵呵,这就是生活,这个世界的逻辑是何其简明,何其坚硬,也何其势利!华人看到的是,就因为一颗原子弹,司机和其他白人都看着他,摆摆头,扬扬眉,示意他坐到前面去。

贺亦民说的这个故事激起了热烈掌声。

这使他高兴，甚至有点洋洋得意，便把接下来的技术部分说得有点乱。他需要讲解快速充电方案，还没把脉冲电流与材料疲劳的关系结巴完，又说到德国民用和美国军工是两只真老虎，好像有点跑题了。他说到三十多年前的《农村电工手册》是本好书，两毛钱的大宝贝，就更跑题了。他的信天游和十八扯，到最后几乎成了胡言乱语。他反对爱钱不爱技术，这本没错，但说什么婊子不要冒充情人，太粗鲁了吧。他希望青年们要有志向，这也没错，但说什么碗大（远大？）的理想和钵大（博大？）的胸怀，这种普通话谁听得懂？即便辅以展臂扩胸的动作，表示"博"的意思，人家是否能看得明白？

更重要的，在有些人看来，他不应该仇富和仇官，不应该用目光挑衅前排座一些方头大耳人士。"……你们在办公室坐出了一个大屁股，在馆子里吃出了一肚子好下水，爱一下国就这么难？现在一没要你去炸碉堡，二没要你去堵机枪，每天上班八个钟头，你拿一个钟头来爱一下行不行？拿半个钟头来办正事会死呵？"

这太过分了，已引起台下一片嗡嗡低语。主持人忙递上字条，让他注意用语礼貌并且重返脉冲的话题。

"我这就讲脉冲，这就讲。我准备好了的。"

他抹了一把脸，发现听众已有些涣散。前排座有人起身退场了，暴露出一些蓝色的空座椅。一位青年站起来大声接听手机，把周围的目光吸引过去。还有些男女学子牵的牵手，搂的搂腰，喂的喂食，在这里开辟爱情乐园。

他突然没了兴致，把脉冲问题匆匆了结，一头大汗走到贵宾休息室。这时，三位便衣已在那里等候。他这才注意到，这三张脸刚才一直守在侧门，似乎与自己有什么关系，与他报告前的摔跤和眼皮跳也有什么关系。

"你就是贺亦民？"三人都亮出了警察证件。

"嗯。"

"知道我们为什么找你?"

"你们……肯定找错了人。"

其实,对方的南方口音让他一听就明白,想必是几年前自己沉入一口水井的摩托,意外地重见天日,由车及人,把警察的鼻子引到这里来了。

"跟我们走吧。"

"凭什么跟你们走?"

"老实点,别要花招!"有位警察猛推了他一把,手铐也掏了出来。

"我有高血压,有心脏病。你们不想在这里逼出人命吧?"

"吓套鞋呵?你今天就是癌症晚期,也得乖乖地到案。"

"我要通知我的律师。"

"不行,你现在什么也不能做,一切到了局里再说。"

贺亦民发现自己的手机和便携电脑已被收缴,发现铐子已套上手腕,情急之下突然冒出一句:"我要投诉,你们违反《公安六条》!"

"公……"一位大个子便衣有点懵。

贺亦民其实并不清楚什么六条,只是自己当年蹲拘留所时听过一耳,好像是什么文件吧。但他从对方的迟疑中发现了机会,发现了信口胡说也有效果。"没听说过吧?难怪你们只会粗暴执法,没有任何人权观念。告诉你们,公安部就是要整你们这样的家伙。你们说,你们的警号是多少?"

对方大概以为什么最新法规出台了,对他们有些不利。大个子红了一张脸,"闹什么闹?《公安六条》我们也学过,不是只有你知道。别说六条,就是六十条,今天也保不了你!"

话是这样说,但对方总算温和了不少,没给他上戴铐,见他夺回手机也未加阻止，大概是允许他通知律师。

这已经足够。贺亦民立即用手机上网，三下五除二，一键确认，把技术资料包的准入密码取消。依靠《公安六条》所保障的权利，他还给我发来一句话：

我只能当人肉炸弹了谢谢姐夫还有孟姐夫

我明白这一句的意思。

我久久说不出话来。我一次次面对他手机、座机、博客、微博、电子信箱里的缄默或空白说不出话来。我不知自己是否该为我这位发小深深一叹，在今夜狂醉不醒，在大雨中远足不归，去捶打所有朋友的家门，捶开门后却不知自己该说什么。一键之下，事情结束了，他终于成为了中国的林纳斯，一颗乌托邦的人肉技术炸弹——他其实不太愿意充当的角色。若不是情急所逼，他并不想同自己的专利过不去。在那个要命的石油城，他差不多曾是一个特别顾家和恋家的孩子，采来一朵鲜花，一心献给母亲，但敲了好一阵家门却迟迟未听到开门声，只能重新走上流浪的道路，听任花瓣在风中飘散四方。

我想象他戴上手铐登上囚车时，周围没有熟悉的面孔，更无亲友相送，只有几个师生对这位爱国个体户的怀疑目光，只有一个同他玩得最多的傻子捶胸顿足，喷着鼻涕哇哇乱叫，在囚车后的雪地里追了好久。"你给我烟，给我烟——"傻子还在追赶着。

我想象那一天漫天大雪，一如老天做了什么以后不无心慌，于是喷出汹涌的泡沫，涂抹足迹，掩盖车辙，填埋各种气味和声音，正伪造一个白茫茫大地真干净的人间现场，不留下任何往事的物证。我想象他在颠簸的囚车中蜷缩于一角，全身哆嗦，目光死死盯住车顶，像要把那块铁皮看穿、看透、看烂、看碎、看得目光生根，其恨恨不休的神情让警察略感怪异。我相信他那时回望自己的一生，最可能大喊的一句是：

"郭家富你听着，我还会有机会——"

警察肯定不会明白这话的意思。

补记：

郭丹丹在法学院博士毕业，入职后接手的第一个案子就是叔叔的。她的导师也来帮忙，其辩护的主要理由是：一，死者本身有基础的心脏病史，在受伤数月后才死亡，可见外伤并非唯一死因。二，本案当事人是在亲哥郭又军严重受辱的情况下动手，属激情犯罪，事出有因，理应轻判。

他们同时代理应诉一桩民事官司：油田二院方面诉贺亦民获取对方的津贴和奖金，因此其成果系职务发明，个人不具完全知识产权，单方面公布成果属于严重侵权。油田的商业利益已大受损害，必须依法索赔。郭丹丹他们商议后，打算抓住当事人献身于国家和人类整体利益这一条，抓住他未获得任何个人收益这一条，来组织辩理和收集辩据。

郭丹丹还得说服她爷爷，一个双目失明的七句老人，说罪是没法顶的，不管怎样判下来，老子也不能替儿子坐牢。

她说世上不可能有这样荒唐的事。

三十九

我一直说服自己,把下面这件事看成一个梦。梦中的主角是我的外甥女马笑月。她在北京漂过一段,经历过几个公司。这次马楠去北京把她带回家,是要张罗一次相亲——据说男方是一个博士,虽年龄偏大,但相貌、身材、性格等方面绝对上乘。当姑姑的已去对方的单位踩过点,狗仔队一样拍回了很多照片,正面和侧面的,远景和近景的,只差没雇私人侦探去审查对方的婚恋史。

我相信这是一个梦,是因为马笑月的模样已似是而非,事情一开始就显出几分蹊跷。她瘦得全身冒出更多锐角,耳边挂了两个三角形大耳环,牛仔裤的两个破洞暴露膝盖,脚上的鞋子支一个倒翻的鞋头,像古代波斯人的海盗船,怎么看都是疑点重重。更重要的,是她弹吉他时我几乎听不到声音,她感冒时我几乎在她额头上摸不到温度,她冲咖啡或喷香水时我几乎闻不到气味……至少在我的记忆里是如此。那么这种记忆怎么可能是真实?

一个大活人,不是纸人,不是激光造影,怎么可以没有声音、温度以及气味?如果水果刀划破手指,她会不会出血?

她的房间还保留以前的模样,连书架上的卡通书还排列整齐,墙上那些她贴的小纸花也保存如旧。她最喜欢的布袋熊和芭比娃娃也由姑姑洗干净了,放在它们经常出现的床头,手里各有一面小红旗,上面分别是:"欢迎月月回家!""月月姐要好好吃饭哦!"还有一个画栏,是她姑找出的几张,其中最早的一幅,是一个椭圆形的红太阳,最简单、最天真、最横蛮霸气的那种。

马笑月当年画过一大堆这样的太阳,把这些太阳种到地里去。
"为什么要种太阳?"
"你们说的,种苹果就会长苹果树,种桃子就会长桃树。"
"月月的意思是,要长出好多太阳树,是吗?"
"对啦——"

她拍着小巴掌,满脸憨笑,无限憧憬往后的果园丰收,憧憬以后太阳树上结出好多太阳。遇到停电的时候,她就可以去送太阳,给每家送一个。

大家都笑了,觉得这孩子找到了一个对付停电的好办法,是帮助各家各户省电节能的天才想象。

大甲叔叔教过她画画,不愿意她执迷于一个个大红饼,但也没办法,只能在她的指挥下,去大院里挖坑,给太阳浇水,给太阳培土和施肥——她蹲下来撒了泡尿,倒是被教画先生誉之为行为艺术。

从那天开始,她每天早上一睁眼,就要爬到窗口去打望。"姑爹,太阳树发芽了吗?""姑爹,太阳树怎么还不发芽呢?""太阳树什么时候才能开出太阳花呀?""我们是不是还要去浇一点水?"……

她现在当然已完全忘记了那一切,甚至对她姑的精心布置无感,看都不看一眼,成天活得闷闷的,不是把自己倒锁于密室,就是大早出大晚归,一天下来难说几个字,顶多是含含糊糊地"嗯"。

她不会有什么事吧?
"我身上有犹太血统吗?"她有一次突然问得无比怪异。
类似的疑点还有:
"明天不会发生地震吗?"

"你们怎么不住到爱尔兰去？"

"以后的基因技术，会不会让歌手们长出八张嘴？胸口四张，背上四张，一个人把八部和声全唱了？"

这些没头没脑的问题只能使人懵，不知该如何应对。

我终于找到一个机会，与她谈了谈往事，包括再一次解释当年为什么没让她去电视台，说到后来电视台贪腐窝案的东窗事发，整个台大裁员，证实了我的估计。

她说："姑爹，我没怪你。"

"你以后有什么打算？还准备在外面漂吗？不打算回到你的专业？"我说到一个姓郝的教授，她那里最近刚好需要一个助手，入职门槛不是太高。

"姑爹，我真的没怪你。你们自己好好地过日子吧。"

她不无夸张地眨了一下大眼睛，少见的乖巧可人，却是答非所问。

她的相亲似乎不顺，博士生那里一直没回音。尽管她姑的劝说成功，让她放弃了波斯海盗船，把大耳环换成小耳环，把牛仔裤换成了花长裙，把黑唇膏换成了红唇膏，再加上一件橘色束腰风衣，甜甜的、暖暖的，一种淑女风格逐渐成形，但另外两场相亲也没什么下文。马笑月闭门不出的时候更多了，据说犯困，腰痛，血糖升高——她偷偷给自己注射胰岛素，我居然信以为真。我也没注意到她打哈欠、冒虚汗、全身痒、不大想吃饭的情况，是不是有点不同寻常，是不是该联系起来考虑。

她姑建议我带孩子出去散散心。正好，我要去 C 市参加一个会，于是驾车出城，取道西南方向，计划中将路过几个不错的景区，包括最新发现的一处著名地质遗产。一路上，笑月还是闷闷的，说这家饭店的汤太辣，说那家旅馆的被子太潮，说我的老捷达她开不顺手，车载音响设备也是侏罗纪时代的，太折磨耳膜了……反正没几件高兴事。好容易到了一个她略感兴趣的鳄鱼园，她嫌观众太多，嫌路边废纸巾和塑料袋太脏，刚入园就不愿走，让我只好一个人去检阅鳄鱼——否则两张入场券岂不成了爱心捐赠？否则绕道这一百多公里算怎么回事？

回到入口处附近，我发现她头戴耳机坐在树荫下，紧闭两眼，双拳及全身抽搐出节拍，把一支什么曲子听得很嗨。我怀疑她这是嗨给我看，偏偏要在这一刻，偏偏要在沮丧的长辈前摇头晃脑和手舞足蹈。

"我要去看鳄鱼！"

这家伙，等我回来了，她倒兴冲冲地要去了！

更没想到的是，等我在汽车驾驶座打了个盹。她忽然慌慌张张扑回来，一把拉开车门，夺走后座上的手袋。"你刚才翻我手机了？"

"来过两次电话，我没接。"

"你一定翻了！"她几乎叫起来。

"我只是看了下来电号码，看是不是你姑来的。"

"我讨厌！"

"笑月，你没事吧？"

她走到不远处检查手机，打了一两个什么电话。

我以为事情就这样过去了。我以为这孩子不过是脾气坏，不过是心结太深，一团冰不易化开。世上很多事都是需要时间来平复和弥合的，只能慢慢来，只能悠着点。这样，第二天，我们去看了附近一个天坑，是她从网上查到的，不算很出名。是一道地缝长约几百米，最宽处约三四十米，藏在老山里黑森森的深不可测，扔一个石头下去很久还没听到声音，不能不让人悚然心惊。靠近天坑处的气流很凉，一浪一浪幽幽逼人。大概是游客很少，石径上已密布青苔，两个粗糙的路标东偏西倒，几个泥沙半盖的空瓶子和包装纸也无人清扫。

我选定一个老树下的景点拍照，用镜头聚焦逆光中的马笑月。我突然发现有一颗黑斑在取景框里越来越清晰，越来越奇怪，越来越逼近和壮大——总算定焦了，看清了：竟是黑洞洞的枪口！

　　我的眼睛猛地离开取景框。

　　"姑爹，对不起了。"她的声音有些颤抖。

　　"你怎么有枪？"

　　"这你就不要管了。"

　　"你疯了吗？"

　　"我没办法。"

　　"你不是开玩笑？"

　　"对不起，我是被你逼的。与其让你把Roger送上死路，把我们都送上死路，不如你先走一步。这个选择对于我来说很残酷，但我别无选择，真的对不起了。我以后一时心血来潮，说不定也会想念你一下。"

　　"Roger？我怎么听不明白？"

　　"你不要把我当傻子。"

　　"我真是不明白，笑月！"

　　"你其实很明白。我太了解你了，太了解你们了。"

　　"笑月，我昨天真没翻你的手机。我不明白你说的人是谁，不知道你们有什么秘密。相信我，哪怕有天大的事，哪怕有天大的祸，姑爹也愿意帮你。我们谈一谈，好好地谈一谈。"

　　"帮我？"她发出一声冷笑，"姑爹，你自己说过的，八年前你不是帮过我吗？哈哈哈……"她一句句咬牙切齿，"关键时刻你丫的出手多狠！你毁了我的初恋，毁了我的前程，逼得我在河边一直哭到深夜，最后被四个流氓拖到林子里轮奸。轮奸——在两个垃圾袋边，就枕着垃圾袋。你知道吗？"

　　我脑子轰了一下，两眼顿时发黑，有重影和飞丝，我差一点站立不稳。

"轮奸也没什么。"她耸耸肩,啐了一口,"也是一种玩法。你参加过轮奸没有?对不起,你从来就不想强奸我,或者别的什么妞?"

"你胡说什么?你他妈的怎么啦?"我也狂怒无比。

"怎么啦?"她的一张脸狰狞变形,枪口继续在颤抖,"好,我要你走得明白。你和我那个爹,都是这个世界上的大骗子,几十年来,你们说过什么人话?又是自由,又是道德,又是科学和艺术,多好听呵。你们去死吧。你们先下手为强,抢占了优越地位,永远是高高在上,就像站在昆仑山上呼风唤雨,就像站在喜马拉雅山当上帝,还满脸笑容,还关心下一代,让我们在你们的阴影里永远内疚,没有活下去的理由,不是吗?"

"笑月,这里有很多误会……"

"不准动!退回去,退回去!"她用枪口指着我,"你们上知天文下知地理,活得很得意是吧?你们左右逢源,牛头马面,感觉超爽是吧?告诉你,你们也是一些人渣!你们没有饿得眼珠子发绿,所以你们躲过了杀人,用不着去偷、去抢。你们没有被高利贷老板派人用板刀追杀,所以你们躲过了贩毒。你们有爹,有妈,有朋友,一路春风一路笑,也没遇上杀人不眨眼的高考。你们甚至没遇上一次沉船,没有撅起屁股逃命,没一脚踹掉你老娘,一脚踹掉你老婆,夺走最后的一块救生的木板。"

没想到她如一座爆发的火山,能滔滔不绝喷发出那么陌生的仇恨,我完全意想不到的控诉。

"笑月,我不知道你心里有这么大的憋屈,你不妨慢慢说。我承认,你完全让人吃惊,让人受不了,但也许不是没几分道理……"

"这个他妈的世界太不公平了!"

"是有不公平,但那不是你毁掉自己的理由。你说我们是人渣,这没关系。但你痛恨人渣,是不是?"

"人渣不人渣，我其实根本他妈的不在乎。"

"你刚才还骂人渣，你不在乎就不会骂。"

"那又怎么样？"

"你为什么要骂？你为什么觉得人渣不人渣是在区别的？笑月，我们一直把你当自己的孩子，虽然我们照顾得不够，不是合格的家长……"

"别废话，没用了，太晚了！"

"笑月，你得明白这样做的后果。"

"有后果吗？我还能有什么后果？"

"笑月……"

"你不要上来，不要上来，不要上来！"

"你开枪呀，开呀。"

叭——枪终于响了。

我觉得枪声很不真实，似有似无，如同绽开了一颗小花苞，掉下了一颗小露珠，冒出一个小泥泡，在这个老树蔽日的风景里完全微不足道。一片浓淡相叠的绿色一动不动。一片浓淡相叠的绿色静止如常。一片浓淡相叠的绿色看来将地久天长万世永存下去——只是正在渐渐失去聚焦。

但我发现自己并没倒下，倒是有一支手枪丢在地上，她一只手抓住另一只，双膝弯折，身体烂泥般缓缓地委颓下去。

显然是听到了我的脚步声，显然是听到了附近有人声，她又魂飞魄散大睁两眼，突然跳起来，没命地扭头就跑。我太无知，不该去追她，不该大声喊。我不知这种紧张感只能加剧她的心乱，使她脑子里一片空白，几乎无意识向前狂奔。这位一言不合就爬窗跳楼的姑奶奶，有什么不敢干？还有什么狠事做不出？说时迟那时快，她毫不犹豫地翻越栏杆，一头扎向了天坑——那一张轻易吞下她的大嘴。

只在一瞬,事情就这样发生了,已经发生了,无可挽回的在那里了。我喊塌了、喊碎了、喊黑了全部天空,但坑边的灌木枝头,只挂着一块橘色布片,像一只蝴蝶,大概是衣上被挂破的一角。橘色那边巨大的幽暗里,什么声音也没有,只有幽幽的寒气,只有两三只受到惊扰的蝙蝠飞出坑外。

妈妈,我们开始捉迷藏,
妈妈,你睁开眼把我寻找。
我躲进了东边的肥皂泡,
我躲进了西边的彩虹桥。
你找不到,找不到。

妈妈,我们开始捉迷藏,
妈妈,你睁开眼把我寻找。
我躲进了南边的百灵鸟,
我躲进了北边的小花苞。
你找不到,找不到。
……

在今后的书架或书库里,在今后的故纸或硬盘里,很多往日的痕迹都会消失无踪,包括这一曲她以前常唱的儿歌,也不再会咿咿呀呀飘来我的枕边。

原谅我,孩子。

原谅我,我甚至不知道这是不是你。

我多少次咬痛手指,把自己从一个沉重的噩梦中咬醒,但一旦恍惚,一旦迷糊,还是能看见坑口停栖枝头的那只橘色蝴蝶。

对不起,孩子。

四十

爸,你等一等我。

妈,你不要老得太快,不要让我认不出你。

我其实刚刚诞生。无论我活了多久,一旦面对浩瀚无际的星空,我就知道自己其实刚刚抵达。

我还是一个粉粉的肉团,站不起来,更不能迈步,但我已睁开了双眼,看到了一片徐徐洞开的光明,迎来了一个万物涌现的炫目之晨。

这个陌生的世界实在太奇妙。一朵花居然是红色的,另一朵花居然是蓝色的,更多的花居然是黄色、紫色、橙色、粉色的,让人目不暇接。一片叶子居然是三角形的,另一片居然是八角形的,更多的叶子居然是蹄形的,剑形的,扇形的、线形的、瓢形的。天啦,一个动物居然有灵活的尾巴。另一个动物居然有神奇的翅膀。还有一些东西居然可以在海洋中潜游,在草原上奔跑,在泥土里掘进,千奇百怪的式样,该出自何等精巧的设计。再看看,天上居然有一个灿烂的发光体,人们叫它太阳,方便人们白天的劳作和行游。天上居然还有一个温柔的发光体,人们叫它月亮,方便人们夜晚的休息、闲聊以及遐想。

太奇怪了,我从未见过这种地方,一条条江河波光闪烁地流淌,慷慨滋润着土地和庄稼。我也从未见过这种地方,春风及时化解冰封,秋露及时浇灭酷热,生命中最珍贵、最甜美、最温柔的空气，竟是透明无形，无偿地随风而至浩浩荡荡，公平地抚慰每一颗嫩芽和每一个婴儿。

　　那是什么？那种直立行走的活物是人吗？那些天真的、妩媚的、刚毅的、慈祥的并且唯一能哭泣的动物，就是叫做人类的东西吗？哒哒嘀、嘀哒哒、乖乖隆的个咚——难怪一个孩子会发出如此含糊不清的惊叹。难怪这个孩子会着迷于人类鲜艳的薄片（叫做衣服吧）、温暖的盒子（叫做房屋吧）、躺在地上也能奔跑的巨大铁链（叫做火车吧）、飞向天空的一只只银色大鸟（叫做飞机吧），对这一切惊讶不已，深感困惑，觉得完全不可思议。

　　这就是传说中的天堂吗？

　　当然就是你们的天堂。

　　多么美好。

二〇一二年九月完稿
二〇二一年三月修订

图书在版编目（CIP）数据

日夜书 / 韩少功著. -- 上海：上海文艺出版社，
2025. -- （韩少功作品系列）. -- ISBN 978-7-5321
-8418-7

Ⅰ．I247.5

中国国家版本馆CIP数据核字第2025GP4012号

责任编辑：丁元昌　江　晔
装帧设计：付诗意

书　　名：	日夜书	
作　　者：	韩少功	
出　　版：	上海世纪出版集团　上海文艺出版社	
地　　址：	上海市闵行区号景路159弄A座2楼 201101	
发　　行：	上海文艺出版社发行中心	
	上海市闵行区号景路159弄A座2楼206室　201101　www.ewen.co	
印　　刷：	浙江中恒世纪印务有限公司	
开　　本：	1240×890　1/32	
印　　张：	9.375	
插　　页：	5	
字　　数：	227,000	
印　　次：	2025年5月第1版　2025年5月第1次印刷	
ＩＳＢＮ：	978-7-5321-8418-7/I.6646	
定　　价：	65.00元	

告　读　者：如发现本书有质量问题请与印刷厂质量科联系　T：021-59404766